UN CAS DE CONSCIENCE

DU MÊME AUTEUR
CHEZ LE MÊME ÉDITEUR

Sommeil de mort
Le Fantôme de la plage
Ombres chinoises

Frances Fyfield

UN CAS DE CONSCIENCE

Roman

Titre original : *A Clear Conscience*
Traduit par Alexis Champon

Le Code de la propriété intellectuelle n'autorisant, aux termes de l'article L. 122-5, 2° et 3° a), d'une part, que les « copies ou reproductions strictement réservées à l'usage privé du copiste et non destinées à une utilisation collective » et, d'autre part, que les analyses et les courtes citations dans un but d'exemple et d'illustration, « toute représentation ou reproduction intégrale ou partielle faite sans le consentement de l'auteur ou de ses ayants droit ou ayants cause est illicite » (art. L. 122-4).
Cette représentation ou reproduction, par quelque procédé que ce soit, constituerait donc une contrefaçon sanctionnée par les articles L. 335-2 et suivants du Code de la propriété intellectuelle.

© Frances Fyfield, 1994
© Presses de la Cité, 1998, pour la traduction française
ISBN 2-258-04558-4

A Clair Friedman,
toujours aussi belle et merveilleuse,
toute mon amitié.

Remerciements

Je dois des remerciements au personnel du Service des Violences Conjugales des commissariats de Plumstead et de Hackney. Je remercie aussi Mike Shadrack pour l'introduction.

Prologue

La vie est triste, monochrome. Vivons dangereusement. C'était l'opinion qu'elle avait d'elle-même qui lui faisait prendre des risques. Par exemple, elle ne regardait pas à droite ni à gauche quand elle traversait la rue, elle avançait lentement, les yeux fixes. Elle ne se jetait pas délibérément sous les roues de l'autobus, elle ne semblait tout simplement pas entendre le hurlement du klaxon ni le crissement des pneus. Cette même paresse, nourrie par la fatigue, lui faisait prendre des raccourcis, bien qu'elle eût tout fait pour retarder le moment de se retrouver chez elle. Elle avait chaud dans son manteau d'occasion. Dans le pub, devant lequel elle serait passée si elle avait pris la rue principale, la foule se pressait contre les fenêtres, quelques jolies filles, penchées comme des fleurs fanées au-dessus des tables, servaient des jeunes gens affairés aux pectoraux sculptés et aux petites fesses musclées ; les filles s'ennuyaient, elles cherchaient un bouc émissaire... quelqu'un de laid... L'une d'elles l'aurait aperçue, l'aurait montrée du doigt, aurait ricané, et même si elle avait perdu l'habitude de penser, elle ne voulait pas faire l'objet de commentaires. De toute façon, elle ne pouvait pas se concentrer plus de dix secondes d'affilée.

Elle prit donc par l'arrière du centre de loisirs, et entra dans le parc. Une piste en faisait le tour ; elle aimait sentir la cendrée sous ses pieds, son côté desséché et friable, le sentiment d'importance qu'elle éprouvait en ouvrant la barrière à l'autre bout, et en la franchissant comme si elle était la seule à connaître son existence. Le parc permettait d'éviter la rue. Autrefois, elle aurait choisi son chemin rationnellement, mais cette époque était révolue.

Le centre de loisirs était dirigé comme une église évangéliste et ressemblait de l'extérieur à un entrepôt. Les enfants du quartier, exclus de l'endroit pour leur manque total de dévotion à l'architecture ou aux buts mystiques du bâtiment, paraissaient le hanter, comme envieux des mystères qu'il renfermait. Le centre de loisirs n'était pas pour les intouchables. Elle connaissait la réputation de cette partie du quartier — elle y habitait, elle lisait le journal local aussi bien que n'importe qui — mais ça ne changeait rien parce que ça ne s'appliquait pas à elle et qu'elle s'en fichait. C'était le chemin qu'elle comptait prendre.

Par une douce soirée de printemps, les agresseurs avaient peu de chance de se montrer pointilleux, elle devait l'admettre. Ils seraient aussi peu regardants que des chiens fouillant dans les poubelles. Ils la bousculeraient volontiers pour lui prendre le contenu de son petit sac à provisions, mais s'ils se contentaient de deux bouteilles d'eau de Javel, de légumes bon marché, d'un paquet de lessive et de sa clé, grand bien leur fasse. Et si c'était le viol qui les attirait, ils feraient demi-tour dès qu'ils la verraient de près et chercheraient une proie plus appétissante. Faudrait qu'ils soient aveugles pour s'entêter ; les jeunes sont peut-être vicieux, mais pas désespérés à ce point. Même un mâle en chaleur ferait la grimace à la vue de cette petite bonne femme de vingt-cinq ans, qui en faisait soixante, avançant lourdement le long de l'allée jouxtant Smith Street. L'allée menait au parc de jeux, grillagé comme une prison pour empêcher les enfants de sortir ou pour les empêcher d'entrer, la question se posait, flanqué par les courts de tennis, eux aussi grillagés, et entouré par cette même allée qui conduisait à la barrière, puis remontait vers un chemin de terre qui aboutissait devant sa porte.

Elle aurait pu regarder les tours qui se dressaient sur la gauche et éprouver de la gratitude de ne pas avoir à y vivre ; être obligée de grimper jusqu'en haut d'une telle splendeur spartiate, ah, non, jamais. Elles scintillaient comme des étoiles dans la nuit, étrangement flamboyantes pour qui ne les connaissait pas aussi bien qu'elle. La cité Bevan, qui s'enfonçait dans le ciel, était la plus sinistre. Mais la gratitude la fatiguait, elle n'était pas d'humeur. Elle ne connaissait que la souffrance, la douleur et les bleus, la peau flasque de ses bras qui frottait contre le coton usé de son chemisier. Elle traînait les pieds dans ses baskets, sa jupe qui remontait entre ses jambes dessinait une boule sous son manteau et soulignait la légère proéminence de son ventre. Elle avait un double menton naissant, des joues pâteuses, des cheveux tirés par une bande élastique, et des yeux déjà bordés de rides. Elle boitillait légèrement. Un viol ? Me faites pas rire, se dit-elle pour oublier son premier frisson de peur. Ils me paieraient pour que je décampe. Vous cherchez de la chair fraîche et de la belle, c'est à mon frère qu'il faut s'adresser. Il a tout ça, lui. Elle eut beau tousser pour la chasser, la peur persistait à la tenailler. Elle grossit comme une bulle d'air dans sa poitrine, une lourdeur d'indigestion, d'abord inconfortable, puis franchement aiguë, et reflua dans sa gorge comme une brûlure d'estomac.

Ce fut le bruit soudain du vent dans les arbres qui déclencha l'étrange sensation. Le murmure des feuilles bourgeonnantes, trop hautes pour les vandales, ajouta un sifflement au son du vent dans les branches nues. Il n'y avait peut-être rien de nouveau dans le bruit, peut-être seulement chez elle une aptitude nouvelle pour remarquer les symptômes des saisons. Elle reconnaissait l'été parce qu'il faisait chaud, l'hiver parce qu'il faisait froid, c'était tout, mais à présent le bruit du vent dans les arbres ressemblait à un commandement. Pas ça ! Pas ça ! La peur grandit, grossit et la mit en rage.

« Pas ça, quoi ? » hurla-t-elle, et elle s'arrêta pour reprendre son souffle. Les arbres parurent obéir, le silence se fit, puis tout recommença, les gémissements, les sifflements. Ici, les arbres étaient des étrangers, ils venaient d'une autre planète. Ils perdaient leurs feuilles en automne, ça en faisait des saloperies par terre. Elle ne s'était jamais réjouie du triomphe de leur renaissance. Elle ne regardait ni en l'air ni par terre, seulement droit devant, et ne se laissait pas distraire : mieux valait avancer d'un même pas, le regard fixe, et pourtant, elle s'aperçut qu'elle avait accéléré.

Il y avait un moment où elle devait choisir un chemin, longer le grillage par la gauche ou par la droite pour boucler le cercle, atteindre l'autre bout de la piste et ressortir par la barrière. L'un des chemins était plus long que l'autre, et elle le prit par erreur, troublée par les arbres. Accélérant de son pas bancal, elle marcha sur le lacet de sa chaussure, un accident, elle se dépêchait, les lacets étaient trop longs, elle faillit suffoquer, trébucha, manqua tomber, mais vacilla seulement, comme son frère quand il était saoul, rebondit contre le grillage, la peur de tomber pire que la chute elle-même. Elle se rattrapa, ajusta son sac dont la poignée mordait sa paume calleuse soudain glissante de sueur. Sa peau, aussi sèche que le linge qu'elle repassait presque tous les matins, était rêche comme du parchemin. Elle imagina un couteau traverser sa grosse joue en papier mâché : elle ne saignerait pas, pas maintenant. Qu'est-ce qu'elle avait, bon sang ? Allez, allez ! Personne ne pourrait la vouloir ni lui en vouloir, personne ne la connaissait assez pour penser qu'elle méritait des misères ; il n'y avait rien à craindre, mais la peur grandissait, venue d'on ne sait où. Le court trajet parut interminable, s'allongeait à mesure qu'elle tentait bêtement d'accélérer, le sac de plus en plus lourd et l'eau de Javel tourbillonnant dans les bouteilles. Et quand elle atteignit la barrière du parc, elle était fermée. Pas seulement fermée, deux mètres de haut et bel et bien verrouillée. Pour les empêcher d'entrer ou les empêcher de sortir.

Elle se retourna en soupirant de rage et le vit se faufiler furtivement derrière un arbre. C'était juste un de ces jeunes capables d'escalader le grillage sans problèmes. Sans doute un jeune Noir, ils grimpent comme des singes, volent tout ce qui bouge, du moins le lui avait-on dit, et elle l'avait cru, mais comment aurait-elle pu savoir ? Elle savait seulement que, sans s'en rendre compte, elle s'était mise à s'enfuir de l'autre côté, le long du grillage, vers les arbres. A peine avait-elle fait trois pas qu'elle comprit son erreur : il n'y avait pas de lumière de ce côté, ces mêmes lumières qui lui avaient fait choisir l'autre route, plus longue, à l'aller. Cette fois, il n'y avait que des buissons poussiéreux en bordure de piste, et la cendrée épaisse la fit glisser. Il la poursuivait à présent ; elle n'avait pas besoin de se retourner pour le savoir derrière elle, courant à petites foulées crissantes, ses yeux blancs fixés sur sa démarche disgracieuse, sachant fort bien qu'elle serait incapable d'accélérer **pour de bon.** Son lacet claqua, elle trébucha de nouveau, se rattrapa, et poursuivit en tanguant. Le vent hurlait plus fort quand elle arriva près des arbres. Plus que l'allée à franchir, qui menait au magasin de spiritueux, après le coin de rue où se trouvait le pub qu'elle avait évité en faisant tout ce détour. Pas ça, disaient les arbres, pas ça.

Avant l'entrée sombre de l'allée, elle se retourna, décrivit un cercle en vacillant, entraînée par son sac en PVC, tournant en rond de plus en plus vite, les yeux fermés pour ne pas voir le coup venir. Rien. Le sac la déséquilibra, l'emporta à l'entrée de l'allée, et la propulsa contre le mur avec un craquement ; l'odeur acide de l'eau de Javel se répandit dans l'air. Une large main qui sentait la bière l'empoigna par les cheveux, et la tira en arrière.

Tremblante, étourdie, les bras le long du corps, la main droite toujours cramponnée au sac qui fuyait, elle se demanda bizarrement ce qui était arrivé au bouchon, la tête renversée en arrière, le cou offert. Sa jupe remontait désormais en boule autour de sa taille, son manteau pesait lourd, la sueur ruisselait de ses aisselles, elle devait sans doute sentir ; et lui qui ne haletait même pas, d'un calme parfait. Elle devina la lumière d'une lampe qui, brisée par les branches qui s'agitaient dans le vent, éclairait son visage en oscillant. Vas-y ! Je ne crierai pas, je ne saigne pas : mon con est tellement sec, faudra que tu forces. Vide l'eau de Javel dans ma gorge, mais pas de couteau, s'il te plaît, pas de couteau, et fais vite.

La main relâcha sa prise. Le coude qui lui enserrait le cou l'attira à lui. Elle sentit une joue rêche se frotter contre sa peau douce.

— Je veux... (Un murmure, une voix mielleuse.) Je veux...

Elle se retourna lentement vers lui.

— Ah, c'est toi, fit-elle. C'est vraiment toi ?

— Moi ? Bien sûr que c'est moi.

Son rire éclata, un couinement hilare. Elle connaissait ce rire ; il riait comme cela, sans inhibition, depuis l'enfance. Le rire se prolongea, étouffa le bruit du vent dans les arbres, et les lointains cris de joie qui parvenaient du pub. Le moteur Diesel d'un autobus grogna au loin, et le rire qui continuait.

L'eau de Javel coula du sac sur ses chaussures. Elle évalua le gâchis, puis, lentement, avec la soumission répétitive de la passion mêlée de terreur, elle tendit la bouche pour un baiser.

Première partie

1

Tant que c'est pas cassé, faut pas reparer. Déconne pas avec le système. Laisse-le en paix. Et cætera.

Quand je serai vieille, se dit Helen, j'arrêterai d'essayer d'être bonne. Je n'aurai plus de conscience, je porterai du mauve, des dentelles et des faux seins, et en attendant, je n'apprendrai jamais à me servir d'une perceuse électrique.

Plantée dans la cuisine à regarder la poussière dégringoler, elle continua à marmonner et à hocher la tête, sa manière à elle de ne pas dire des gros mots. Un vieux compagnon gisait par terre après toutes ces années, affalé au milieu d'une volée de mouches narquoises et des restes du petit déjeuner. Décédé, les extrémités encore frétillantes, taché par endroits de ses propres marques de doigts graisseux. Assassine !

Elle observa le beurrier vaciller au bord de la table avant de tomber à retardement, parmi les autres détritus, le côté gras au-dessus. Quelqu'un du labo pourrait examiner le cycle de vie des mouches crevées afin d'estimer combien d'étés s'étaient écoulés depuis que le store refusait de remonter plus haut que la moitié de sa course, et encore, seulement après un maniement précautionneux. Helen avait simplement tiré trop fort, contrairement à sa prudence habituelle. L'inattention conduit souvent à la mort, mais avec l'inconstance qui l'horrifiait tant, ses pensées chancelantes retombèrent dans l'oubli. A quoi servait le store ? Pourquoi le pleurer ? Parce qu'il cachait trois carreaux, l'un fendu, deux autres crasseux, d'une fenêtre à guillotine dont la corde n'était pas sûre ; un état de chose commun au reste de l'appartement : les tiroirs de la commode qu'il fallait forcer pour les ouvrir ou les fermer, le rouleau de papier hygiénique en équilibre sur un clou fragile, les chaises bancales sur un plancher inégal, les fenêtres qui ne fermaient pas. Tout dans son domaine exigeait pour fonctionner une coordination exemplaire de l'œil et de la main, mais rien n'était cassé au point d'avoir besoin de réparation ; l'ensemble ressemblait plutôt à un parcours du combattant nécessitant un entraînement intensif. Un étranger ne saurait pas tirer la chasse d'eau avec le degré particulier de force requise, donner un petit coup dans le placard avant de l'ouvrir, soulever la porte du salon au-dessus du tapis, et éviter de manipuler le store de la cuisine sans instructions précises. Tant que c'est pas cassé, n'y touchons pas.

Poissée de sueur après une longue journée de travail, Helen West s'assit et attendit que son ressentiment s'épuise. Le seul débat restant concernait les mérites comparés du gin et du vin blanc, mais, dans cette maison, même de telles décisions étaient purement théoriques. Il n'y avait pas de glaçons pour le gin ; le Frigidaire, haletant comme un chien dans le désert, pouvait encore refroidir après toutes ces années, mais pas au point de fabriquer de la glace. Un verre de vin à la main, Helen erra donc de pièce en pièce, quatre en tout, salle de bains non comprise, sentant monter en elle une sorte de mécontentement qui suintait comme l'humidité dans sa chambre. Quelques scarabées fuyaient les prédateurs du jardin afin de se réfugier auprès d'une hôtesse qui passait rarement l'aspirateur. Si je cassais le mur entre le vestibule et le salon, se dit Helen West, ça donnerait plus de lumière, surtout depuis qu'il n'y a plus de store dans la cuisine. Son esprit légaliste, une déformation professionnelle pesante, souleva aussitôt des complications telles que demande d'autorisation, règlement de copropriété et autres tracasseries administratives, avant de passer à des projets plus simples, moins polémiques, refaire la peinture, par exemple. Les changements majeurs ne feraient que multiplier les problèmes mineurs ; au diable !

Le deuxième verre était presque vide, le store de la cuisine avait disparu dans la poubelle quand Bailey arriva. C'était à Helen de faire la cuisine. Après trois années de fuite, elle avait finalement appris à surmonter sa répugnance en n'achetant que des ingrédients simples et de qualité qu'elle pouvait préparer en dix minutes, mais malgré cela, il apportait quand même des en-cas dans un sac en plastique, qui contenait cette fois du fromage, du pain et une barquette de fraises à moitié écrasées. Elle lui en était parfois reconnaissante, elle s'en irritait parfois, mais aujourd'hui elle ne réagit pas. Son baiser d'accueil fut machinal.

— Tiens, qu'est-ce qui est arrivé au store ? Il a fini par casser ?

Il évita prudemment le sarcasme. Presque tout fonctionnait chez lui. Il habitait au dernier étage d'un entrepôt, dans un loft, qu'il avait acheté avant la brusque flambée des prix, retombée comme un soufflé. Un loft remarquable, calme, clair et facile à entretenir. Elle l'aimait bien, mais ne le lui enviait pas.

— On prend l'apéritif dans le jardin ?

— Parfait.

Elle détestait qu'il sache si bien retenir sa langue. Elle détestait aussi sa manie d'essuyer la chaise métallique avant de s'asseoir, afin de pouvoir se relever le pantalon de son costume d'été gris foncé suffisamment propre pour un homme qui n'aimait pas qu'on sache où il avait traîné, alors que des stries de poussière marqueraient sa jupe de coton. Le jardin avait le don de la calmer, cette jungle humide et chaude qui exigeait le genre d'entretien acharné qu'elle ne pouvait consacrer à son appartement ; mais alors qu'elle admirait les nouvelles pousses, le désordre contrôlé de la cuisine continua de la hanter.

— Je pensais casser le mur du salon, se risqua-t-elle. Ou tout repeindre en jaune. Changer les rideaux, tout changer.

Il acquiesça prudemment en sirotant sa bière. Encore deux et il en sentirait les effets, mais la diplomatie de

Bailey survivait à n'importe quelle quantité d'alcool, alors qu'Helen devenait plus bavarde, plus expansive, avec des gestes larges qui renversaient tout sur leur passage.

— C'est pas des projets bon marché, remarqua-t-il. Tu as encore touché des pots-de-vin ?

Elle s'esclaffa, sa mauvaise humeur balayée comme un nuage poussé par le vent.

— Pas de danger ! Imagine quelqu'un payer un procureur pour perdre une affaire. Faudrait être fou. Les procureurs perdent leurs affaires gratuitement. Enfin, je me disais, peut-être du jaune partout. Pour faire entrer la lumière.

Ah, ma généreuse amie, songea-t-il, les cheveux noirs, l'appartement sombre, et un penchant pour la lumière. Bailey repensa à son propre métier, plus sombre que lumineux, quelle blague ! Un avocat de la Couronne et un gradé de la police ne devraient pas se rencontrer pour discuter du décor de leur vie. Ils avaient essayé de dissocier leur vie professionnelle de leur vie privée, leurs sorts étant inextricablement mêlés, la moitié de la semaine chez elle, l'autre moitié chez lui, les week-ends au milieu, liaison particulièrement embrouillée, pleine d'affection et de disputes, à la recherche d'une meilleure formule qui leur tomberait dessus en même temps. Bailey regarda Helen. Tant que c'est pas cassé, n'y touchons pas.

— Hum, fit-il, le jaune est très bien. Certains jaunes, en tout cas.

La femme qu'il avait interrogée le matin portait un chemisier jaune, taché sur le devant du sang qui avait dégouliné de son nez. Le tout ressemblait à de la crème anglaise teintée de rhubarbe. Il ne se souvenait plus de la couleur de sa jupe, seulement qu'elle la serrait dans son poing en parlant et que ses bras nus étaient couverts de bleus. Elle aimait son homme, disait-elle, elle ne savait pas pourquoi il lui faisait ça. Bailey ne comprenait pas non plus. Il ne voulait surtout pas qu'Helen comprenne.

Bailey aimait Helen. Helen aimait Bailey. C'était aussi compliqué que ça. L'idée que l'un d'eux puisse lever la main sur l'autre leur était aussi étrangère que la planète Mars. Une simple remarque était assez dangereuse comme cela. Le chat, qui venait de se rouler dans l'herbe humide, se frotta contre les mollets de Bailey, y laissant une tache verdâtre qu'Helen remarqua avec plaisir.

— Mais, reprit prudemment Bailey, que tu le peignes ou non en jaune, ton appartement restera un entresol[1], donc sombre. Tu ne crois pas ? Pourquoi ne pas simplement prendre un homme à tout faire et entreprendre un nettoyage de printemps ? Après, tu pourras juger de ce dont tu as vraiment besoin.

Elle fit la grimace et caressa le chat de son pied nu. Bailey lui avait souvent proposé ses services de Mr. Répare-Tout, charpentier de son état, et avait dernièrement essuyé un refus qui l'avait vexé, même si, rétrospectivement, il avait deviné qu'il s'agissait d'une allégeance à la doctrine de la femme libérée et autonome qu'Helen ne serait jamais tout à fait.

— Tu insinues que mon appartement est sale ?

— Non, bien sûr que non ! Je dis seulement que tu n'as pas le temps de le nettoyer. Qu'il ne soit pas nettoyé ne signifie pas qu'il soit sale. Cet endroit reçoit un coup de plumeau au moins une fois par mois. Pourquoi le nettoierais-tu, d'ailleurs ? Les femmes libérées se font aider.

— Par des femmes non libérées, tu veux dire ?

— Il n'y a pas de honte à ça. Faire le ménage chez quelqu'un, c'est pas comme le faire chez soi. Et quand on est au chômage, on est bien content de se faire un peu d'argent.

— Un salaire de misère !

— Un boulot régulier, un arrangement mutuel et des fenêtres propres.

Elle entra chercher du vin et une autre bière. Le chat la suivit, lécha les traces de beurre dans la cuisine avec un enthousiasme bruyant. Dans le jardin, la silhouette

---

1. Il ne s'agit pas de l'entresol haussmannien, situé entre le rez-de-chaussée et le premier étage. Comme beaucoup de maisons britanniques, celle-ci comprend un rez-de-chaussée auquel on accède par un escalier, et, en sous-sol, un entresol, auquel on accède généralement par un escalier extérieur qui descend dans une sorte de tranchée, appelée cour anglaise. De l'autre côté, l'entresol débouche de plain-pied sur un petit jardin ou sur une courette. (*N.d.T.*)

nonchalante de Bailey était légèrement brouillée par la poussière.

Il n'était pas décoratif. Il était exaspérant mais logique, davantage sur la défensive qu'elle-même. Ils ne s'étaient jamais fait la cour, les choses étaient arrivées d'elles-mêmes. Tant que c'est pas cassé, ça se fête.

Le vin doré luisait dans le verre légèrement maculé ; la bière était d'un ambre profond. Dans la lumière de fin d'après-midi, après une pluie d'été, les murs rouges du salon évoquaient des hématomes récents. L'hiver, le feu dans la cheminée qui masquait les fêlures donnait à l'endroit l'aspect d'une cave tapissée de velours. Mais, en été, tout était gris et criard.

Elle pourrait tout peindre couleur maïs. Dénicher des rideaux en chintz vieillots, façon petits-bourgeois. Laver le chat, oublier le store. Tout recommencer à zéro. Faire d'elle et de son foyer quelque chose d'élégant et de sécurisant.

L'abat-jour de Cath était jaune. Couleur parchemin autrefois, un joli ton, déjà passé à l'époque, trouvé dans une boutique d'occasions, avec des franges marron foncé. Une lumière de cochon pour coudre, mais Cath l'aimait. Non qu'elle cousît là, d'ailleurs ; cela faisait des mois qu'elle n'avait pas cousu, peut-être des années. Elle s'asseyait sous la lampe et attendait.

La pièce sentait le nettoyage fréquent, encore plus soutenu depuis quelque temps. Les murs portaient des traces de lavages et par endroits de nouvelles couches de peinture. Elle frissonna en pensant à ce qu'il y avait en dessous. Un peu de son sang, sans doute, beaucoup de sa sueur, et un seau de larmes.

Joe avait proposé de faire à manger. Des plats cuisinés, des crêpes surgelées fourrées avec un machin qu'on appelait poulet et fromage, aussi nutritif pour un homme que pour une femme fluette, avec des petits pois surgelés, bouillis à mort... et le pain et le beurre qui étaient meilleurs que tout le reste réuni, sa propre contribution à elle. Apathique, mais consciente, prête à se redresser prestement dans une attitude d'appréciation positive, le suivant des yeux s'activer dans la kitchenette, scène de gauche, la tête tournée vers la télé. Quand le repas arriverait, elle savait qu'elle était censée murmurer d'admiration, oh, ah, comme s'il fallait être génial pour trouver une assiette ; elle répétait déjà les répliques dans sa tête, craignant qu'il ne brûle quelque chose, incapable de suggérer une meilleure méthode. Jusque-là, son humeur était de bon augure. Cath ne connaissait pas le sens du mot relaxation, mais elle s'autorisa un instant de léthargie, guettant les gestes de son homme, écoutant sa voix tandis qu'elle s'affaissait avec le sentiment coupable de se laisser aller.

— Toujours est-il que le type me dit : Jack, vous êtes un type bien. Je reconnais tout de suite un ancien soldat quand j'en vois un. Discipliné, encore meilleur pour faire les cocktails que moi pour les vider, ha, ha, ha ! Tout ça c'est très bien, que je lui dis, mais je m'appelle Joe, colonel, remarquez, c'est pas important. Alors, là, Cath, tu sais ce qu'il a fait ? Juste devant le bar, au Spoon, le fumier avale son verre cul sec et tombe de son tabouret. Ce vieux con pouvait plus se relever. Ah, fallait voir ça ! Il a pris un air surpris, sans arrêter de sourire, le regard dans les vapes, et vlan, il s'est affalé. J'étais mort de rire.

Elle s'efforça de calquer son propre rire sur son gargouillis perçant, y réussit plutôt bien, voulut l'encourager à poursuivre. Il y avait forcément une formule pour se dégeler la langue.

— Qu'est-ce que tu lui as donné, Joe, pour qu'il tombe comme ça ?

Joe travaillait dans un pub dont la clientèle se recrutait dans la haute, comme il disait. Et ils amènent leurs dames, ha, ha, ha ! Et leurs foutus mômes, qui se gueulent dessus et fourrent des chips dans l'oreille des voisins — de bonnes blagues nulles —, et papa paie l'addition, ils vomissent partout ou ils sortent foutre des coups de pied dans les bagnoles avec leurs belles chaussures. Joe avait une vision ambivalente du monde des officiers supérieurs, mais l'amour y prévalait, ce qui ne l'empêchait pas de prendre son pied quand ils roulaient par terre.

Cath, fatiguée au-delà de sa propre imagination et qui s'émerveillait constamment de voir à quel point on pouvait être épuisée ou blessée tout en restant consciente, prétendait parfois partager les préjugés de son homme. En secret, elle estimait que les problèmes des gens étaient tous les mêmes, à condition qu'on les aime assez pour les écouter.

— Hein, qu'est-ce que t'as donné à ce type pour qu'il s'écroule, Joe ?

Une odeur de brûlé parvint de la kitchenette : le surgelé qui se transformait en carbone, c'était couru.

— Du vermouth, du gin, surtout du gin. Ah, et un doigt de Campari, pour la couleur. Une goutte de jus de fruit. Mais surtout du gin et du vermouth. Il l'a bu cul sec. C'était son troisième, tu te rends compte ?

L'odeur de brûlé s'accentua, un filet de fumée s'échappa du four. L'heure de la relaxation était terminée.

— Je peux t'aider, Joe ?

— Non.

Elle sentit la colère monter. Parce qu'il ne voulait pas la laisser rattraper son gâchis. Parce qu'elle voyait un pauvre vieil homme, poussé à dépenser son argent jusqu'à ce qu'il tombe de son tabouret, empoisonné par un barman en qui il avait confiance.

— Joe, t'aurais pas dû faire ça...

— Faire quoi ?

Il s'escrimait dans la cuisine, ne trouvait pas le truc pour égoutter les petits pois, ça le rendait marteau. Cath voyait bien comment tout cela finirait ; elle n'aurait pas dû critiquer les blagues cruelles auxquelles il se livrait sur les clients ivres, mais ne pouvait s'en empêcher.

— Faire ça. Ce que tu as fait. Tu as encouragé ce type à boire du poison. Il avait confiance en toi, pas vrai ? Pauvre vieux couillon, pauvre vieux colonel Fogey. Tu devrais avoir honte.

Il y eut un silence. Elle se concentra sur les inanités déversées par la télé, en se demandant trop tard si elle avait le temps de bouger. Le repas atterrit sur ses genoux, sans assiette ni plateau. Un tas de crêpes chaudes et de petits pois moelleux qui transpercèrent sa jupe et lui brûlèrent les cuisses. Elle se recroquevilla, les cheveux retombant sur son visage, tandis qu'il lui martelait les côtes et les seins ; il lui refila un dernier coup de poing dans le ventre, fragilisé parce qu'elle essayait vainement de se protéger la poitrine. Les coups étaient violents, répétés pour qu'elle comprenne, les petits pois voletaient et rebondissaient sur les plis de sa jupe. Lorsqu'il s'arrêta, elle n'émit qu'un simple grognement.

— Une truie, cracha-t-il dédaigneusement. Voilà ce que tu es. Tu grognes même comme une truie.

Il prit son assiette, s'assit tranquillement et commença à manger, les yeux rivés sur la télé. Elle ne bougea pas tout de suite, puis se leva, tenant sa jupe devant elle comme un tablier, les gestes silencieux et incertains. Il ne quitta pas la télé des yeux et elle ne dit pas un mot. A son retour, cinq minutes plus tard, elle rapportait une assiette de pain et de margarine. Cath mangeait surtout du pain et de la margarine.

— Qu'est-ce que t'as fait de la bouffe que je t'ai préparée ? demanda-t-il.

— Je l'ai mangée, bien sûr, souffla-t-elle. Qu'est-ce que tu crois ?

— Je sais pas, t'aurais pu la jeter.

— Non, c'était délicieux. Merci.

Elle se mit à tousser, s'arrêta parce que ça faisait mal et que ça l'énervait. La toux entraînait les vomissements, et ça l'énervait encore plus. Elle avait appris à contrôler la nausée, à ne l'utiliser qu'en dernier recours, car il avait des côtés délicats. Il ne la frapperait pas si elle était malade, mais le revers de la médaille était que la présence d'aliments régurgités l'empêchait de s'excuser après la scène.

— Ils te donnent rien à manger, marmonna-t-il, fixant toujours la télé.

— Non, t'as raison, Joe. Ils me donnent rien.

Elle picora ses tartines. C'était pas des tartines distinguées, pas des grosses tartines non plus. Leur vue l'écœurait : une mie blafarde, du gras doré. A son travail, elle avait une autre sorte d'alimentation : du pain aux noix, des tranches de pain complet richement tartinées de véritable beurre.

Elle pourrait vider leur frigo si elle le voulait. Elle pourrait leur dire qu'elle avait des ennuis, mais c'était pas exactement le cas. Tant qu'elle était assez habile, qu'il ne la frappait pas trop fort, surtout pas à la figure, et qu'elle pouvait prétendre que les ménages étaient aussi insupportables que les aristos qui l'employaient.

— Joe ? implora-t-elle. Joe, tu veux bien aller me chercher à boire ? Du thé, bien sûr.

Joe ne buvait que du thé à la maison. Il buvait de l'alcool à son travail, matin et soir, non que cela se vît quand il rentrait, à moins qu'on appelle son drôle de rictus un symptôme. Elle imaginait comment il était derrière son bar, se demandait comment on le supportait, espérait qu'on le garderait longtemps parce que l'idée d'un Joe sans travail la faisait cauchemarder. S'il ne travaillait pas, il l'empêcherait de travailler, mais tant qu'il restait où il était et qu'elle prétendait ne pas parler à ses propres patrons, tout irait bien. Ce qui n'était pas bien, c'était de boire de l'alcool à la maison. Ils faisaient tous deux comme s'il n'en buvait jamais une goutte ; elle faisait comme s'il ne supportait pas l'alcool, et à sa manière, il ne le supportait pas. En tout cas, son corps. Les mauvais jours, c'est-à-dire les jours où il avait du mal à traverser la rue, les jours où il s'était disputé avec un client, ou lorsque sa fierté avait été mise à l'épreuve, l'alcool et la désillusion faisaient un cocktail vénéneux. C'était uniquement l'alcool qui faisait de ce saint homme un pécheur. Il regardait l'écran, son assiette était vide, son ventre en redemandait.

— Joe ? S'il te plaît ? J'ai mal partout, Joe.

Il vacilla, puis se ficha le pouce dans l'oreille et se couvrit le visage de sa large main. Elle l'observa, tenta sans succès de se durcir le cœur tout en se palpant prudemment les côtes douloureuses. Il se couvrait toujours le visage quand il avait honte.

Elle se leva pour aller faire du thé, courbée en deux par la douleur, elle ne désirait rien d'autre que son lit. Il parla d'une petite voix, si mal assortie à son corps musclé, mais en rapport avec sa taille.

— Je t'aime, Cath. Je suis désolé.

Elle le laissa agripper sa jupe en passant, feignit la colère. Dans la cuisine, elle nettoya, avec des gestes lents, pleins de regrets, toussa, cracha dans l'évier. Elle choisit avec soin la tasse qu'il préférait, y mit un sachet de thé, versa l'eau brûlante de la nouvelle bouilloire sans fil électrique. La cuisine resplendissait. Après avoir pris une profonde inspiration qui lui coûta autant de souffrance que d'efforts, elle lui apporta le thé.

Il s'était endormi dans le fauteuil, le visage trempé de larmes. Elle alla chercher la couette dans la chambre, lui en recouvrit les genoux et le laissa.

Ils avaient un nouveau lit, avec un socle équipé de tiroirs d'où elle tira une couette de rechange, aussi immaculée que celle dont elle avait recouvert son homme. Il y avait d'autres pièces, toutes encombrées de meubles.

Cath travaillait dur pour atteindre cette promesse quotidienne d'oubli. Dans la salle de bains, elle remit sa vraie toilette au lendemain matin, comme ils en avaient tous deux l'habitude, sauf quand il y avait du sang, se força à s'asperger le corps et le visage d'eau froide, consciente de la nature et du degré de sa douleur et faisant de son mieux pour l'ignorer. Elle détourna les yeux des plis de la cicatrice qui zébrait son ventre, se débarbouilla soigneusement et évalua la taille des bleus du lendemain. Il ne la frappait jamais au visage. Jamais.

Rien de cassé ; rien qui mérite d'être réparé.

— Qui se souvient du numéro de téléphone de Cath ? Ah, bon sang, où est-ce que je l'ai mis ?

— Pourquoi le veux-tu, chérie ? Ne me dis pas que tu as besoin de l'appeler. Elle vient demain matin ; d'ailleurs, elle n'aime pas qu'on lui téléphone chez elle, surtout si tard.

— Tard ? C'est l'heure d'aller au lit, alors, minauda Emily Eliot.

Elle s'ébouriffa les cheveux d'un air mutin et adressa un clin d'œil au miroir accroché au-dessus du bureau de son mari. Il leva les yeux de ses papiers épars, croisa son regard et sourit.

— Pas ce soir, Josephine. J'en ai encore pour une

heure. Qu'est-ce que vous fabriquez en bas ? Les gosses se chamaillent ?

— Non, on joue au Scrabble. Mark gagne, il a la victoire bruyante, ce petit monstre. Il faut vraiment que tu travailles ?

Elle lui avait passé les bras autour du cou et ils se souriaient dans la glace.

— Ouais. Tu sais ce que c'est.

— C'est atroce, railla-t-elle, mais le baiser qu'elle posa sur son front déniait le moindre ressentiment. Une femme renonce à ses droits conjugaux afin de pouvoir rembourser l'emprunt. D'accord, je sais rester à ma place, je me contenterai de réchauffer le lit. Bon, et ce numéro de téléphone ?

— Pourquoi tiens-tu tant à le savoir ?

— Ah, j'avais oublié. Helen a téléphoné. Tu te rends compte, elle m'a dit qu'elle me le demandait parce que nous sommes tellement bien organisés... si elle savait ! (Le rire d'Emily était sonore, clair et sincère.) Elle cherche une femme de ménage. Notre Cath dit qu'elle prendrait volontiers des heures en plus, et telle que je connais Helen, elle la paiera une fortune. Voilà pourquoi il me faut le numéro de Cath.

— A cette heure ?

— Ah, oui, c'est vrai. C'est l'heure d'aller au lit.

Elle resta un instant perplexe, comme si elle avait complètement oublié l'urgence de sa demande. Son sens embrouillé des priorités, son besoin de remplir les tâches à mesure qu'elles apparaissaient faisaient marcher la maison tout en lui donnant l'aspect d'une lessiveuse, gigantesque mais élégante. L'irritation occasionnelle qu'en ressentait le procureur surchargé de travail était plus que compensée par la vision d'Emily et de leurs enfants. Emily possédait leur énergie effrénée, et leur captivante pâleur ardente ; femme lourdement charpentée, les cheveux raides, le visage propre et luisant, elle portait une vieille robe de chambre mauve ornée de dragons cabriolants. Alistair l'attira sur ses genoux.

— Embrasse-moi. Hum, tu sens bon !

Elle se laissa tomber lourdement et il fit mine de gémir

sous son poids. Accrochée à son cou, elle le serra à l'étouffer. Puis elle abaissa son regard sur les papiers qui encombraient le bureau. Il y en avait des tas, des paquets vaguement défaits, dont l'un, le ruban rouge qui le retenait repoussé sur le côté.

— Qu'est-ce que tu as là, mon amour ? Meurtre ou mutilations ?

— Un peu des deux. Je t'en ai parlé.

C'était vrai ; il lui racontait toutes ses affaires, même les plus ennuyeuses, et elle l'écoutait, même au milieu de la nuit.

— Un meurtre, bien sûr. Comment appeler ça quand il y a une bagarre dans un pub, qu'un camp perd, qu'il s'en va, et revient armé ? Un jeune homme poignardé, mais seulement un coupable arrêté. L'autre s'en tire à bon compte.

— Et le coupable ne dénonce pas son complice ?

— Nan.

— C'est Helen qui s'occupe de l'affaire ?

— Non, Bailey. Helen, c'est celles-là, dit-il en désignant les paquets enrubannés de blanc. C'est encore pire. Violences conjugales. Des types qui frappent leur femme. On dirait qu'elle se spécialise dans les femmes battues en ce moment. Je me demande si ça a un rapport avec le fait qu'elle cherche une femme de ménage.

Emily se leva et l'embrassa sur le haut du crâne.

— Tu ne me frapperas jamais, hein ? Même si je suis insupportable ?

Quand elle s'éloigna, il donna une tape sur son volumineux derrière. Elle accepta la caresse sans se fâcher. On aurait dit un applaudissement timide.

— Te frapper ? Jamais de la vie, même si tu me suppliais. Ah, si c'était strictement consensuel... Une longue et lente collision. Il n'y a pas de blessés quand des âmes pures se rencontrent.

— Oh, que si, si la rencontre des âmes implique aussi les crânes. En plus, ajouta-t-elle en tendant sa main calleuse, je crois que tu pourrais très bien finir ton travail demain matin.

Ils allèrent jusqu'à la porte, appuyés l'un contre l'autre.

Il fut envahi d'un soulagement familier. Que fait un homme quand il n'a pas de partenaire comme la sienne, qui l'agace, le cajole, le séduit et l'entraîne au lit avec la grâce furtive d'une courtisane ? C'était un vrai caméléon, tantôt tigresse, tantôt tolérante, tantôt ardente. Sécurisante.

C'était une maison malcommode, pleine de coins et de recoins, encombrée par les possessions de cinq individus d'âge variable. Sur le palier du premier étage se tenait Jane, la benjamine, de la morve séchée sur sa chemise de nuit, une fillette de neuf ans, potelée, trempée de sueur et de larmes, le visage collé contre la planche de surf de son frère appuyée au mur, la peau pâle, rosie par endroits. Mark, le frère aîné, quinze ans, était un beau garçon brun, la grande sœur de douze ans, blonde, élégante et blasée, mais les cheveux poil de carotte de Jane poussaient en boucles sauvages, les mèches les plus longues collées de salive d'avoir été sucées. Jane n'était pas jolie, même si elle était aux yeux de ses parents la beauté incarnée et l'objet de leur fierté.

— C'est encore la chose dans ma chambre, dit-elle, tremblante. La chose, maman. Le monstre est revenu.

Elle se jeta dans les bras d'Emily. Papa enlaçait maman par la taille, il tendit le bras pour chatouiller la tête humide aux boucles rousses.

— Eh bien, s'indigna Emily, elle en a du toupet d'être revenue ! On aurait pu croire qu'elle avait compris. Quel culot ! Viens, on va l'enfumer. Je crois qu'elle adore la chaleur, tu sais. C'est marrant qu'elle ne vienne jamais quand il fait vraiment froid.

Jane renifla, apaisée.

— Cath a fait le ménage aujourd'hui. Je croyais que si c'était propre, elle ne reviendrait pas.

— Cath ne connaît pas le coup du parfum, mais de toute façon, la bête est partie. Viens, on va s'en assurer, tu veux ? Et on laissera la lumière allumée, comme ça tu pourras monter chercher Mark, ou nous. D'accord ?

Le ton d'Emily interdisait les lamentations. L'enfant acquiesça, émit une sorte de hoquet, puis délaissa ses parents enlacés pour descendre l'escalier, sûre qu'ils allaient la suivre. Alistair s'émerveillait, s'inquiétait parfois, de la façon dont Jane avait adopté le pas lourd, autoritaire et gracieux de sa mère. Ils descendirent en faisant le maximum de bruit. Un de ces jours, il faudra qu'ils achètent une moquette qui étouffe les bruits ; mais d'abord, payer les études. Jane avait brusquement dévié, avec une agilité qui démentait son poids, et fonçait vers la salle de bains des parents, où les enfants n'avaient pas le droit d'entrer en général. Elle voulait l'eau de Cologne de sa mère. Il y avait beaucoup de parfums dans la maison. Alistair en achetait dans les magasins duty-free lors des déplacements à l'étranger qu'il détestait et qui lui donnaient le mal du pays. Et il en rachetait chaque fois qu'il en voyait. Rien d'extravagant, mais toujours des flacons géants, une manie à lui. Le résultat était une femme qui sentait bon, même quand elle nettoyait la maison à genoux dans la poussière, et une fille qui avait la passion des vaporisateurs d'*eau de parfum*[1] qu'elle utilisait pour chasser ses propres démons enfantins.

Le fantôme dont Jane prétendait qu'il hantait épisodiquement sa chambre — souvent après qu'elle eut fait des bêtises ou commis des péchés de gourmandise, remarquait son père avec une ironie désabusée — ne se risquait dans la chambre que si elle n'était pas rangée. La propreté et le rangement l'effrayaient. Le parfum le chassait pour de bon. Emily vaporisa généreusement la chambre. Le parfum avait le même effet qu'un cercle enchanté. Alistair riait, et se disait que c'était donné pour le prix.

Helen West s'endormit sans avoir tiré les grilles des fenêtres de son entresol, comme toujours quand Bailey dormait avec elle, ce qu'elle n'osait jamais faire autrement. Elle ne lui avait jamais dit ce qu'il savait déjà : que bien qu'endurcie, elle avait peur d'un rien. La présence des grilles provoquait une sorte d'amertume et une légère panique quand elles étaient fermées. En cas de feu ou d'inondation, une menace interne plutôt qu'externe,

---

1. En français dans le texte.

comment s'échapperait-elle si la panique l'engourdissait ?
Pourquoi toujours croire que le danger vient de l'extérieur ?

Parce que c'est souvent le cas. Pour elle, certainement.
Le souvenir de l'agresseur, estompé par le temps, lui
revenait non seulement lorsqu'elle voyait dans la rue
quelqu'un qui lui ressemblait, mais la hantait aussi la nuit
et la laissait en sueur. Parfois, elle sentait sa présence
dans la chambre, simplement en soulevant les cheveux
qui masquaient la cicatrice qu'elle portait au front.

Elle avait le goût du sang dans la bouche, elle hoquetait
en repensant à sa réaction violente et au sentiment d'impuissance qui avait suivi. Elle se retournait dans son lit,
essayait de se distraire grâce à des images de la lumière
du jour inondant une chambre propre et désinfectée,
lavée des souvenirs tenaces. Jaune. La couleur du maïs et
de la lâcheté ; un jaune assez lumineux pour exorciser les
démons.

Bailey chercha sa main.

— Ça ne va pas, trésor ?

— Non.

Il l'attira à lui.

— Allez, viens. Je vais te raconter une belle histoire.
Une histoire qui finit bien.

Elle aurait voulu sucer son pouce, arrêter de penser au
présent, au passé ou à l'avenir. Tu n'as pas besoin de moi
autant que j'ai besoin de toi, songea-t-elle. Elle accepta
avec reconnaissance la main qu'il lui tendait, et l'écouta
raconter une histoire idiote jusqu'à ce qu'elle s'endorme.

Tant que c'est pas cassé, faut pas réparer.

2

Dans la lumière blanche du matin estival, Mary Secura sortit de sa voiture en s'efforçant de prendre l'air nonchalant d'un fonctionnaire venu constater un carreau cassé ou une panne d'ascenseur dans la cité Bevan. En voyant son reflet, déformé par la vitre de la portière, elle s'aperçut qu'elle avait légèrement exagéré son déguisement. Les fonctionnaires du service d'entretien de la mairie arboraient peut-être fièrement leur carte d'identité au revers de leur veste, mais ils n'étaient généralement pas aussi soignés. Mary avait aussi un faible pour les sacs à main, et elle soupçonnait que le fonctionnaire moyen ne possédait pas le même genre de sac en beau cuir patiné. Il était assez grand pour cacher une radio, la seule arme en sa possession qui ne soit pas orthodoxe.

La radio était trop lourde, elle n'était pas censée servir d'arme même si on pouvait parfois l'utiliser comme telle quand c'était plus rapide que d'appeler à l'aide. La cité Bevan se dressait telle une falaise abrupte ; sa mission ne l'emmènerait pas plus haut que le troisième étage.

Elle passa sa main (aux ongles rongés, un signe, de quoi ? elle n'en était pas sûre) dans ses cheveux courts pour qu'ils ne paraissent pas trop bien coiffés, et traversa vivement le couloir jusqu'à l'appartement 15, s'efforçant de marcher d'un pas à la fois rapide et rassurant pour ne pas effrayer la locataire. Shirley Rix serait peut-être aussi courageuse et résolue ce matin qu'elle l'avait paru la veille au téléphone, mais ce n'était pas joué d'avance. Les deux femmes se parlaient presque tous les jours depuis six semaines et si ce n'était pas encore une véritable amitié, cela y ressemblait. Il suffisait à Mary d'arriver jusque chez Shirley, et tout irait bien. Dès qu'elle l'aurait présentée à miss West, qui faisait bien son boulot, en deux temps, trois mouvements, le salaud de mari serait bon pour le tribunal.

Ce qui l'ennuyait, moins obscurément que le doute entêtant qui l'agaçait, c'était l'espoir qu'elle portait comme un flambeau pour les femmes comme Shirley Rix. Plus le fait que lorsqu'elle en aurait fini avec l'affaire, elle, un agent de police spécialisé dans les violences conjugales, Shirley Rix se rendrait compte qu'en dépit de son soutien, elle se retrouvait finalement toute seule. Avoir un mari qui essayait de vous tuer aussi régulièrement que le faisait Mr. Rix n'était pas de nature à améliorer vos perspectives d'avenir, même si, comme l'espérait l'agent Secura, le témoignage de sa femme lui vaudrait une longue peine de prison. Pauvre Shirley, elle n'avait pas un curriculum vitæ reluisant.

Mary frappa à la porte, fascinée comme toujours par la façon dont Shirley réussissait à échapper à la misère sordide ; son petit appartement, sans être vraiment propre, était loin d'être sale. Autrefois, en se basant sur le jugement de ses parents, Mary aurait trouvé la propreté douteuse de l'intérieur des Rix intolérable. Désormais, elle y voyait le triomphe de la maternité, qui sauvait aussi les vies de la moitié de ses témoins car c'était souvent pour les enfants que les mères acceptaient finalement de témoigner ou de porter plainte. Le jour où le père coléreux força son fils de trois ans à boire de la bière, qui le rendit malade, avant de le fourrer au lit et de battre son épouse parce qu'elle protestait, ce fut ce jour-là que Shirley Rix décida de porter plainte. Brave Shirley.

Mary frappa de nouveau, plus fort cette fois, troublée par un obscur pressentiment. Elle vérifia sa montre : neuf heures vingt, quarante minutes avant l'heure de la convocation au tribunal. Miss West y serait de bonne heure, comme toujours. Il restait encore un peu de temps. Mary frappa, encore plus fort ; elle fut prise d'une envie stupide se frayer grossièrement un chemin à coups de coude. Seule. Lorsque Mary atteignit l'escalier qui menait à la Cinquième, Helen sentit sa bile refluer, l'acidité de la frustration.

Mary Secura la rejoignit, légèrement essoufflée, et haussa les épaules sans un mot. La défection du témoin principal ne nécessitait pas de commentaires. Même si ce témoin souffrait encore d'une lèvre fendue, de dents en moins, d'un crâne fracturé et d'un bras cassé, le tout au nom de sa soumission à l'homme qui attendait en bas dans une cellule. Helen blêmit de colère contre la victime qui se complaisait dans son rôle.

— Quelle imbécile, pesta-t-elle. Quelle stupide garce. Qu'est-ce qu'elle s'imagine ? Vous êtes sûre qu'elle connaissait la date ?

Un ressort se brisa dans la tête de Mary Secura. Mains sur les hanches, elle colla son visage à quelques centimètres de celui de miss West.

— Bien sûr qu'elle connaissait cette foutue date ! On en a assez parlé ensemble. Elle connaissait la date, le lieu, et elle savait que je venais la chercher. Et ne vous avisez plus de la traiter de garce. Vous avez vu les photos, vous savez dans quel état elle est. Je peux l'appeler de tous les noms d'oiseaux qui me plaisent, c'est moi qui l'ai amenée jusqu'ici, mais pas vous, espèce de vieille bique ignorante. Vous n'avez aucune idée de...

Soudain, à sa propre consternation, elle fondit en larmes ; elle se tourna à demi pour chercher dans son sac en cuir luxueux le paquet de mouchoirs en papier qu'elle avait toujours sur elle, et laissa échapper la radio qui rebondit avec fracas sur le dallage.

— M'est avis que ce joujou coûte bonbon, remarqua Helen.

Elle se baissa pour la ramasser alors que Mary, tout en se mouchant, faisait le même geste. Elles faillirent se cogner la tête. Helen approcha la radio de son oreille, la secoua, et grimaça.

— Radio One fonctionne, j'ai l'impression. Ça ira.

Elles se mirent à parler ensemble, et s'arrêtèrent en

de s'emparer de sa radio et de casser la vitre qui occupait le quart de la porte. Par cette même vitre, elle voyait une ampoule électrique éclairer le vestibule. Mary, qui avait d'abord été rassurée par la vue de la lumière, savait maintenant qu'il s'agissait d'un mauvais présage.

Lorsque la porte de l'appartement 16 s'ouvrit, Mary avait à moitié admis l'inévitable, presque aussi détendue qu'Helen West avec ses foutues bonnes manières. Sur le palier parut une femme d'âge indéterminé, entre trente et cinquante ans, dont la sécheresse indiquait qu'elle se méfiait des intrus qui n'apportaient jamais rien de bon.

— Si vous cherchez Shirley, elle est partie. Y a environ une heure, avec ses enfants et tout le reste. Elle reviendra pas.

La porte se referma en claquant et Mary entendit le bruit d'un double loquet qu'on verrouille.

Mary Secura regarda de nouveau sa montre, puis frappa une dernière fois chez Shirley, consciente de l'inutilité de la chose. A l'intérieur, la lumière parut la narguer, l'appartement était désert, cela sautait aux yeux. Lorsqu'elle regagna sa voiture, Mary tremblait de rage. Six semaines de travail, des heures à bâtir une relation de confiance ; ah, l'amitié !

Devant l'entrée de la cinquième chambre, le hall était presque désert. Il n'y régnait ni la puanteur, ni la fumée, ni les grognements de la foule qu'Helen West apercevait en se penchant au balcon pour observer le flux et le reflux humain. La première chambre jugeait les référés ; Helen était soulagée de ne pas y être ; les centaines d'affaires à plaider à la va-vite : flagrants délits, relaxes sous condition, accusés plaidant coupable, ajournements pour constitution de dossier ou par défaut de représentation ; le tout étant un supplice de concentration. Mieux valait plaider en haut, avec une seule affaire prévue pour la matinée, si toutefois elle prenait autant de temps. Le prisonnier était au dépôt, les deux témoins de la police avaient signé leur feuille de présence, tout était prêt. Helen jeta un regard par-dessus le balcon, juste à temps pour voir l'agent Secura arriver par l'entrée principale et riant gauchement. Helen respira profondément, fit la moue, et s'assit. Mary Secura l'imita.

— Bon, alors qu'est-ce qu'on fait ? La mise en accusation remonte à quatre semaines, le mari en a fait six de préventive et on a promis que le procès aurait lieu rapidement. On a des témoignages de disputes, de cris et de hurlements ; la police, quand on l'a appelée, a constaté des coups et blessures. Il se contredit, il prétend qu'elle a trébuché sur une poussette, et la fois suivante qu'elle a piqué une crise et qu'il a dû la frapper pour la calmer. On ne peut pas le laisser au trou indéfiniment. On peut retourner la chose dans tous les sens, sans elle, on n'a pas assez de preuves.

— Je sais.

— Je n'ai pas le choix, je vais être obligée de demander l'arrêt des poursuites.

— Je vous en prie, supplia Mary Secura. Essayez encore un ajournement. Donnez-moi une chance de la retrouver. Il faudra bien qu'elle retourner chez elle tôt ou tard.

— Pourquoi ?

— Parce qu'elle n'a nulle part où aller.

— Pour qu'elle refiche le camp la prochaine fois ? Ça va encore coûter des centaines de livres au contribuable.

— Je vous en prie, dit l'agent Secura. Je vous en prie, miss West. La prochaine fois, il risque de la tuer.

L'huissier qui se tenait près de la porte arborait un sourire béat, entre la compassion et l'espoir d'une matinée vite passée.

Le thé était froid, le service quelconque.

— Bon, je m'excuse de vous avoir traitée de vieille bique ignorante, dit poliment Mary Secura avec une certaine raideur, alors qu'elles étaient attablées à la cantine, une heure plus tard.

Elles avaient dépassé des rangées de gâteaux au fromage blanc, déjà avachis à cette heure matinale, ignoré le fumet du bacon dans les poêles, les piles de toasts désolés que plus personne ne mangerait, les paniers de biscuits empaquetés et les assiettes de scones abandonnés. La cantine du palais de justice fournissait toujours des plats fades à l'extrême, le degré zéro en matière de goût. Helen était persuadée que la crème anglaise des tartes aux pommes était fabriquée une fois par mois et conservée en pavés.

— Pas de cérémonie, dit-elle gaiement, dites ce que vous pensez vraiment. Je ne serais pas là si les insultes me minaient au point d'en mourir, mais ça me fait mal quand elles viennent de quelqu'un que je respecte. C'est pourquoi je vous dois des excuses. Evidemment, je savais bien que vous auriez fait tout votre possible pour amener cette femme à témoigner. Si j'ai insinué que vous ne l'aviez pas fait, c'est que j'étais en colère.

— En colère ? fit Mary. J'étais furieuse. J'aime bien Shirley. Et son gosse est beau comme un prince.

Un silence s'ensuivit.

— De toute façon, vous avez raison, ou presque. Je suis une ignorante. Après tout ce temps, après toutes ces affaires, je ne comprends toujours pas. Pas vraiment. Je ne comprends pas pourquoi une femme reste avec un homme qui la bat.

L'agent Secura remua son jus de chaussette.

— Oh, moi je comprends. C'est bien pour ça que j'aimerais changer de registre. Faire un boulot plus simple. Attraper des criminels et les faire condamner, par exemple.

— Vous avez encore lu des contes de fées ? demanda Helen. Ou vous voulez être mutée à la brigade territoriale ?

Secura haussa les épaules en souriant.

— Je sais que vous comprenez. Au point où j'en suis, un bon cambriolage ou un meurtre de derrière les fagots, ça serait comme des vacances. On n'a pas tant de résultats que ça avec les femmes battues.

— Si j'étais à votre place, dit prudemment Helen, repensant à sa propre frustration qu'elle avait étalée un peu trop ouvertement, j'aurais parfois envie de les battre.

— Eh bien pas moi ! On en arrive à un point où on ne peut pas se mettre en colère, c'est comme avec les enfants. C'est contre le bonhomme que je suis furieuse.

40

C'est comme de marcher sur des œufs. Les voisins nous appellent plus souvent que les victimes. C'est souvent le soir, on arrête le fumier d'ivrogne pour violences conjugales et on revient le lendemain matin chercher le témoignage. Mais la victime, avec son esprit étriqué — et vous ne pouvez pas imaginer à quel point il est étriqué, parfois —, nous regarde comme une merde de chien. Et elle se met à hurler. Alors, on essaie de la calmer et de lui faire signer une déposition. Ensuite, elle se retrouve avec ses criards de mômes, et aboutit à la conclusion que le fumier qu'elle connaît n'est pas aussi salaud que celui qu'elle ne connaît pas, surtout si cet incapable aide à faire bouillir la marmite. Ah, j'oubliais, il y a aussi cette petite complication qu'on appelle l'amour.

— L'amour ? Pour un type qui vous brise les côtes ?

— Oui, Votre Honneur, railla Mary. Allez, vous avez votre Bailey, j'ai le mien, nous savons toutes deux ce qu'est l'amour.

— Pas ce genre d'amour, non.

Helen sentit que Mary ne désirait pas s'étendre sur un sujet aussi grave. Elle était trop consciencieuse, elle prenait ses échecs professionnels trop au sérieux. Elles avaient obtenu leur ajournement, Helen ayant laissé entendre que l'absence de Shirley était plutôt due à une maladie ou à un enlèvement qu'à une réticence à témoigner. Ah, elle est forte pour manier la culpabilité, se dit Mary : elle sait faire en sorte que les juges s'imaginent qu'ils n'ont pas le choix ; ah, j'aimerais bien qu'elle change de sujet.

— Dites-moi, fit Helen, qui se pencha comme pour confier un secret, au point que Mary eut un mouvement de recul, craignant que ce procureur aux bonnes manières s'apprête à lui avouer une perversion sexuelle bizarre. Dites-moi, est-ce que vous vous accordez sur les couleurs, vous et votre homme ? Evidemment, Bailey et moi, nous ne vivons pas exactement ensemble, mais il passe pas mal de temps chez moi, et figurez-vous que j'ai envie de tout repeindre en jaune, mais il a l'air de penser que le jaune n'est rien d'autre que la couleur du... euh, du pipi.

— Pourquoi son opinion compterait-elle ? protesta Mary. Jaune ? Papier peint ou peinture ?

Et elle continua, le regard pétillant. C'était un enthousiasme qu'Helen reconnut aussitôt, l'ardeur déterminée d'une accro du shopping.

— J'ai une salle de bains jaune. Des grosses roses jaunes. J'adore.

Elle fouilla dans son grand sac à main, parmi la radio et la montagne de mouchoirs. Pour la énième fois, elle consulta sa montre. Helen eut la vision fugitive de Bailey qui ne regardait jamais une montre ; il connaissait l'heure exacte même en plein milieu de la nuit. Etrange qu'il ait en même temps une passion pour les montres, alors qu'il était le dernier à en avoir besoin.

— Ah, il faut encore que j'aille téléphoner, dit Mary. Au cas où quelqu'un aurait aperçu Shirley. Sinon, j'ai une heure à perdre. Il y a un extraordinaire magasin de papiers peints et de peinture en bas de la rue. Pourquoi croyez-vous que j'aime ce palais de justice ?

Leurs regards complices se croisèrent. Malgré la photographie de Shirley Rix, montrée aux juges, malgré le souvenir d'un but commun autrement plus sérieux, il y avait aussi cette allégresse particulière qui suivait la poussée d'adrénaline, une certaine euphorie consécutive à la chute de tension. En moins de deux, elles étaient dehors, les talons claquant sur le pavé, fuyant avec la précipitation coupable d'enfants qui font l'école buissonnière.

Le surintendant Bailey sentit que l'inspecteur Ryan hésitait à sortir du véhicule.

— J'sais pas, patron. On peut pas jeter un œil d'ici ? La caisse risque d'avoir perdu ses roues à notre retour.

— Il y a une alarme, non ?

— Oui, mais je ne sais pas qui elle peut effrayer. Pas les moins de quinze ans, en tout cas. C'est les vacances scolaires, patron, personne n'est à l'abri.

— Pourtant, les autres voitures ont toujours leurs roues. Allons-y. Vos pneus ne passeraient pas l'examen de contrôle réglementaire, de toute façon. Vous ne voulez pas venir jeter un coup d'œil, hein ? Vous avez perdu la capacité de marcher, c'est ça votre problème.

Ils traversèrent la rue en direction de la cité Bevan qui se dressait devant eux, imposante. Une pelouse en friche agrémentait son entrée, autrefois jardin paysager planté d'arbres qui n'avaient pas survécu, désormais jonché de voitures qui débordaient sur la dalle de ciment menant à un portique, lui aussi en ciment, avant de dévier sur la droite et la gauche vers les entrées et les cages d'escalier. Trois cages d'escalier, trois ascenseurs, constamment en panne. Les douze premiers étages se gravissaient à l'air libre, les douze autres s'élevaient ensuite comme un monument, dont les fenêtres étaient trop hautes pour être cassées, sinon par une fusée.

— Vous vous rendez compte, se risqua Ryan, intéressé, malgré son agressivité et sa rancœur d'avoir fait le déplacement, ils fourrent les familles avec des enfants dans les étages inférieurs, enfin, autant que possible, je parle de la mairie, bien sûr. Les couples non mariés habitent plus haut, et les célibataires au-dessus, mais personne ne veut crécher tout en haut. En tout cas, c'est ce qui était prévu ; mais c'est le bordel, parce que personne veut habiter tout en haut. Merde, vous iriez, vous, si vous étiez à la retraite ? Le haut est à moitié vide. Des petits studios, des cagibis, oui ! La mairie arrive pas à les remplir.

Bailey jeta un œil indifférent à la façade. Il ressentit une pointe de rage à l'idée qu'on puisse concevoir un immeuble aussi inhumain, puis réprima son opinion vieux jeu et se demanda combien cela coûterait de persuader les enfants qui jouaient alentour, sales comme le ciment sur lequel ils s'ébattaient, de s'organiser pour brûler l'affreuse tour. L'architecture inhumaine ne cause pas d'émeutes en elle-même, mais elle y contribue certainement.

— Montrez-moi, ordonna-t-il.

Ryan haussa les épaules.

— Damien Flood habitait en haut. Il grimpait tous ces étages, vous vous rendez compte, même quand il était bourré, ce qui arrivait souvent. Il avait aussi une autre piaule, fallait qu'il se cache de ses conquêtes, mais c'était ici sa planque régulière.

Ryan se retourna d'un coup, presque à cent quatre-vingts degrés, de sorte que le doigt qu'il pointait vers le sommet de la tour dériva vers le vide.

— Là-bas, vous voyez ? Ce qu'on aperçoit, c'est le centre de loisirs. Ah, ils l'entretiennent, caméras vidéo et videurs, en veux-tu en voilà. Y a un parc sur le côté. Le parc était là avant, si vous voyez ce que je veux dire. Avec des arbres et tout. Damien allait au centre faire de la musculation ; y a plein de boxeurs qui y vont, même s'ils ont leurs endroits pour ça. Damien n'y allait pas régulièrement vu qu'il se laissait un peu aller, mais c'était quand même un mec assez entraîné.

Ryan reprit sa position et observa la tour, une main en visière.

— Quand même, pour grimper tous ces étages, fallait qu'il soit en forme.

Bailey s'accroupit. Il portait une veste mais avait eu le bon sens d'ôter sa cravate. Ses genoux pointaient. Ryan souhaita que son pantalon attrape des poches, mais il savait que ce ne serait pas le cas. Il n'allait pas non plus arrêter de parler, ça risquait pas.

— C'était votre boulot, Ryan. Je vous avais dit de vous y mettre.

— C'est ce que j'ai fait. Ça a donné un résultat, pas vrai ? Le suspect passera en jugement. Et vu que vous étiez trop occupé pour vous soucier d'aller voir un foutu proc, pourquoi vous me lâchez pas la grappe maintenant ?

Un enfant s'approcha en traînant un skateboard, la figure sale et l'air fourbe. Il se campa devant eux avec toute la puissance de ses dix ans, un défi dans le regard.

— Tu vois cette voiture ? fit Bailey en glissant deux pièces d'une livre dans sa main crasseuse. (L'enfant acquiesça.) Surveille-la pour nous, tu veux. Mon chauffeur s'inquiète pour ses roues.

Tandis que l'enfant s'élançait vers la voiture, Ryan sentit l'humiliation familière l'envahir, semblable aux bouffées de chaleur de sa mère.

— J'ai fait ce que j'ai pu, dit-il. On a un cadavre, comme j'ai dit. D'accord, ils étaient tous dans ce pub, là-bas, précisa-t-il en pointant de nouveau son doigt. Près du centre de loisirs. Un pub bien tenu. Damien Flood était avec ses potes. Il avait gagné trop d'argent au billard. Ceux qui avaient perdu sont revenus chercher la bagarre. Damien s'est retrouvé séparé de ses copains, il a été poignardé. Entendu, j'ai pas coincé les trois autres, mais j'en ai eu un. Et vous savez très bien que je l'ai pas forcé à parler ; j'ai suivi le règlement à la lettre pour l'empêcher de parler, mais il s'est mis à chanter comme une perruche. C'est fou ce qu'il y a comme perruches dans cette tour. Je croyais qu'ils n'avaient pas le droit d'avoir des animaux.

Bailey s'étendit dans l'herbe. Son silence ne présageait rien de bon, même quand il se relaxait, les yeux plissés par le soleil, le visage rougi par la chaleur.

— Vous avez chopé un jeune gringalet. Vous n'avez pas cherché plus loin. Vous n'avez même pas enquêté dans le pub.

— Et après ? riposta Ryan, tentant de cacher son irritation et de nier la culpabilité que la nonchalance de Bailey lui faisait ressentir.

Tout cela était aggravé par la capacité du bonhomme à se relever sans l'aide de personne, comme un chien prêt à jouer. Il y eut un bruit de verre brisé. Ryan crut qu'il provenait des énormes poubelles qui flanquaient l'entrée principale et gâchaient la seule tentative de grandeur architecturale. Bailey, qui l'entendit aussi, pensa à un bruit ordinaire.

— J'espère que ce petit couillon n'est pas en train de s'amuser avec vos vitres.

— Pas encore. Pourquoi vous me lâchez pas la grappe, patron ?

— Parce que j'aime vous asticoter. Et c'est pas ce que vous avez fait avec l'autre, hein ?

Ryan aurait juré que l'un d'eux avait craché, mais Bailey, quand il le regarda de nouveau, aussi impassible que d'habitude, tapotait le sol desséché du bout de sa chaussure.

— Mais j'ai vu les photos, dit Bailey tandis qu'ils retournaient à la voiture. J'ai vu mieux, j'ai vu pire, mais Damien Flood n'a pas été tué par un gosse de dix-neuf ans qui s'était fait plumer au billard. Ni par ses amis. Allons, Ryan, allons.

— C'est tout ce que j'ai trouvé, concéda Ryan.

Bailey ne soupira pas, pas plus qu'il ne regardait sa montre ni n'ouvrait la bouche sans raison.

— Dommage, dit-il quand la voiture s'éloigna de la tour vertigineuse. Oui, vraiment dommage.

Ryan devina au moins la moitié de ce qu'il voulait dire.

Il traversa le couloir à pas feutrés, trébucha sur un carré de moquette retourné et reprit sa marche avec moins d'assurance. Il ouvrit la porte, se glissa dans la pièce, referma derrière lui et respira bruyamment. Ah, il la tenait. Une demi-heure de retard. En plein dans le mille. Brian Redwood, procureur général de la Couronne, patron d'Helen West, entre autres problèmes, un homme d'une timidité féroce, posa son large fessier sur le fauteuil, bomba le torse, hocha la tête, pianota sur le bureau, mais continua à porter les traces de la dernière personne qui s'était essuyé les pieds sur lui. Alors, il commença à fouiller.

Le désordre, voilà ce qu'il trouva. Pas le moindre signe du rangement soigné qu'il préconisait, encore moins de signe de respect du règlement. Le casier des entrées dangereusement surchargé, le casier des sorties vide, deux plantes mortes et un paquet de pastilles de menthe collantes dans le tiroir supérieur. Redwood pesta, suça distraitement une pastille tout en poursuivant ses recherches. De vieilles cartes d'anniversaire, une liste de courses, une paire de chaussures à ressemeler, rien de plus personnel que ça. Elle cachait peut-être des choses. Ses yeux tombèrent sur le sac en papier kraft dans un coin de la pièce. Des rebuts confidentiels, l'endroit où remiser les vieux papiers destinés à la déchiqueteuse, une corbeille qu'on vidait tous les quinze jours. Hum. Le papier kraft crissa, accusateur, sous ses doigts ; son contenu était révélateur. Des directives, des notes de service de sa propre main, rédigées quotidiennement, témoin partiel de ses efforts pour diriger le service par l'écriture. Il fut légèrement choqué de découvrir que dans le cas d'Helen ses efforts ne représentaient que le chemin le plus court entre le casier des entrées et la corbeille.

Regardant par la fenêtre, Redwood découvrit avec horreur qu'on l'épiait. Une ruelle étroite séparait le bureau de ceux d'en face, où une charmante femme le regardait ; elle lui fit un signe. Redwood, pris sur le fait, eut l'impression qu'il venait de perdre son pantalon et, une liasse de feuilles toujours à la main, plongea hors de la vue de l'inconnue. Il était à quatre pattes, le cul pointé vers la porte, quand Helen entra. Comme toujours, se dirait-il par la suite, elle avait retourné la situation à ses dépens.

— Vous cherchiez quelque chose, monsieur ?

Elle laissa tomber le classeur qu'elle portait sous un bras. Les papiers se répandirent par terre, la photo des blessures de Shirley Rix sur le dessus. Pendant que Redwood regardait la photo d'un œil morne, Helen cacha vivement ses courses derrière son dos.

— Vous êtes en retard, aboya-t-il en se remettant sur pied. Où êtes-vous allée ?

— Vous devriez le savoir. Au palais de justice. Avec les femmes battues. Vous me cantonnez aux femmes battues depuis six mois. Une fois de plus, le témoin ne s'est pas présenté à l'audience.

Elle pensa au contenu de son sac. A la façon dont elle avait substitué sa quête de peinture jaune à la question controversée de savoir si elle avait eu raison de demander une citation à comparaître pour la femme sur la photo. Elle pensa aux différentes nuances de peinture mate, si agréables à regarder dans leurs pots d'échantillon qu'elle aurait pu les sortir du sac, arracher leur couvercle en plastique et les manger comme des yaourts aux fruits.

— Nous avons besoin d'une ligne de conduite, aboya Redwood, pour savoir quoi faire quand ces femmes ne se présentent pas au tribunal. Il faut qu'on sache quand abandonner et quand poursuivre. Notez-le.

— Noter quoi ? Quel mal y a-t-il à décider au fur et à

mesure que les cas se présentent ? Chacun est différent. Il faut parfois abandonner, parfois pas.

— Vous risquez de vous tromper.

— Oui, dit-elle, patiente. Je risque, vous risquez, nous risquons. Les risques seraient les mêmes avec des règles inflexibles. Nous n'avons pas de lois gravées dans la pierre pour ceux qui sont peu disposés à témoigner dans les autres affaires. Pourquoi en faudrait-il pour les femmes battues ? Il nous suffit d'écouter ce que dit la police.

— Helen, nous sommes censés ne pas dépendre de l'opinion de la police.

Redwood la dévisagea avec circonspection, attendant de voir si elle allait prendre sa remarque pour une affaire personnelle. Il tenait chaque policier en haute suspicion et s'imaginait que la vision d'Helen était obscurcie par sa liaison miraculeusement durable avec l'un d'eux. Avec la même patience dont il avait fait preuve en attendant que sa fille guérisse de la varicelle, Redwood attendait que miss West se remette de son étrange toquade pour le surintendant Bailey. De telles liaisons n'étaient pas contraires au règlement, mais elles ne faisaient pas non plus bon ménage avec lui.

— Nous sommes bien obligés de dépendre du jugement des policiers puisqu'ils ont rencontré la victime et nous pas, rétorqua-t-elle calmement. D'ailleurs, on ne peut pas dire que la corruption et la subornation soient monnaie courante dans le service des violences conjugales.

Redwood garda un instant le silence.

— Ah, je ne sais pas, fit-il avec un haussement d'épaules. Je ne sais vraiment pas comment ça se passe. Je croyais que nous vivions une époque d'égalité. Battre ma femme, ce serait bien la dernière chose que je ferais.

Songeant à la masse de Mrs. Redwood, Helen l'approuva discrètement.

— Pensez à notre règle de conduite, insista Redwood, qui se retrouva, sans savoir comment, congédié comme un vulgaire laveur de carreaux.

— Mais, monsieur, dit-elle suavement, je ne pense qu'à ça.

Le soleil s'était aplati derrière leur immeuble. De nouveaux bureaux, un affreux mobilier qui ne survivrait pas au bail. Les hommes comme Redwood promulguaient des inepties bureaucratiques dans l'espoir de sauver leur poste que lorgnaient des jeunes loups plus grisâtres encore. Helen ressentit une bouffée de désespoir, refoula les visions dansantes de peinture jaune, dont les pots étaient désormais cachés dans le tiroir du bas, avec le maquillage, les biscuits aux dates périmées, les livres prêtés ou empruntés et le cendrier que Redwood n'avait pas réussi à trouver. Le soleil, en se réfléchissant sur les vitres des bureaux d'en face, empêcha son examen quotidien de la vie qui s'y déroulait. Elle se plongea dans son travail.

La lumière déclina avec grâce. Le casier des sorties gonfla. Des cris et des rires résonnèrent dans le couloir. Quelqu'un passa devant sa porte en courant, hurlant un « Attends-moi ! » qui mourut dans un long gémissement. Quelqu'un trébucha sur la moquette, puis le silence s'abattit sur l'immeuble, pénétrant lentement jusqu'à ce qu'Helen lève la tête et s'aperçoive, avec une pointe de déception, que les employés des bureaux d'en face étaient tous partis. Dommage, elle ne verrait pas ce soir qui s'était attardé pour partir avec qui. Aucune chance de mise à jour concernant le destin de ceux d'en face.

Le téléphone sonna. C'était un nouveau combiné, accroché au bureau pivotant.

— Rentre chez toi, Helen West. Rentre tout de suite. Laisse tomber ce que tu fais et rentre.

Le cœur d'Helen cessa de battre : le silence était soudain devenu oppressant, puis le bourdonnement lointain du trafic lui rendit sa raison.

— Emily ? Ah, tu m'as fait peur. Quelle heure est-il ?

— Six heures et demie, godiche. Tu n'as donc pas de montre ?

Bizarrement, la voix aristocratique et stridente d'Emily

n'entraînait jamais de discorde : elle inspirait la confiance et la joie ; Emily, ingénument douce, d'une efficacité enviable, mais, à vrai dire, un tantinet tyrannique.

— Deux choses. D'abord, j'ai laissé le numéro de téléphone de la femme de ménage sur ton répondeur, mais comme je me doutais que tu n'arriverais pas à lui fixer un rendez-vous, je m'en suis occupée. Tu habites à mi-chemin du trajet du 59 entre chez elle et chez moi. Elle m'a assuré que ça ne la dérangeait pas. OK ? Elle sera chez toi dans une heure, alors chausse des patins et fonce. (Patins, vélos... L'attirail de ses enfants fournissait à Emily ses métaphores.) L'autre chose, c'est qu'elle travaille chez moi tard parce que j'ai des gens à dîner. Bailey et toi, vous ne faites pas partie des invités, par hasard ?

— Non. Une prochaine fois, j'espère.

— Bon Dieu ! Ah, si je pouvais me rappeler qui vient. C'est dingue, non ? Si ça se trouve, ça sera un détachement de juges végétariens. Oh, à propos, elle sent la Javel ou le désinfectant ou je ne sais quoi. Et elle a tendance à mastiquer la bouche ouverte, mais c'est pas grave. Je t'assure. Helen ? T'oublies pas de rentrer, hein ?

Rentrer chez elle. Avec les fenêtres poussiéreuses, le jardin en friche et les sols mal lavés. L'idée la fit frémir de plaisir. Parvenue à la moitié du couloir, elle se souvint des pots de peinture. Elle ne serait pas retournée pour autre chose, mais ces pots avaient la valeur d'objets de contrebande. Helen était bien la seule à avoir laissé un poulet surgelé, par terre, dans le bureau, tout un week-end. Elle s'en enorgueillissait, mais se vantait moins du poisson qu'elle avait oublié sous le siège du 59.

Afin d'aller plus vite, elle ne prit pas l'autobus. Sous les rues surchauffées, le métro était supportable, l'heure de pointe étant passée depuis longtemps. La rue où Helen habitait paraissait fraîche, digne, sûre, ornée de vastes maisons victoriennes aux frontons en stuc blanc, toujours élégantes quel que soit leur état général, bâties à l'origine pour des familles influentes, désormais divisées en appartements. Ceux qui, comme le sien, étaient désignés sous l'euphémisme « appartement sur jardin » étaient ensoleillés à l'arrière et sombres à l'avant. Helen descendit sa rue avec un plaisir familier, notant l'âge des arbres, les clématites sur les grilles noires, l'émergence de géraniums rouge sang et les surprenantes lobélies bleues dans des jardinières sur le rebord des fenêtres. Et elle fit ce qu'elle faisait toujours avec une honteuse régularité : elle s'arrêta pour regarder par les fenêtres comment les gens arrangeaient leurs intérieurs.

Assise sur les marches, une femme attendait avec une patience surnaturelle, comme si elle n'avait pas besoin de bouger, comme si elle pouvait rester ainsi indéfiniment, telle une statue de jardin.

— Oui ? fit Helen d'un ton abrupt. Vous vendez quelque chose ?

La statue se redressa et sourit.

— Je m'appelle Cath. Je suis venue pour le ménage. Si vous voulez bien de moi.

— Cath ? s'étonna Helen. Cath ? Ah, oui !

Elle ouvrit la porte, se retourna, s'excusa en souriant pour son retard, marmonna qu'elle rentrait plus tôt d'habitude. Elle aurait voulu s'excuser pour son appartement, soudain illuminé quand elles entrèrent dans la cuisine qui recevait de plein fouet les rayons du soleil couchant. C'est alors que, surprenant dans le sourire absent de la femme un signal de rien du tout, le chat entra, et Cath le souleva dans ses bras avec un cri de joie. L'espace d'une seconde, Helen revit les mêmes yeux marron meurtris que ceux de Shirley Rix sur les photos, défiant le monde de dire qu'elle était responsable de son sort. Helen se secoua.

Il n'y a pas deux personnes au monde à avoir les mêmes yeux, pas plus que la même voix ou les mêmes empreintes digitales.

A part cela, Cath avait un visage de madone.

3

Tant que c'est pas cassé, faut pas réparer. Ce qui soulevait la question de la définition exacte de « cassé ». Cassé, du latin *quassare*, qui signifie brisé, et non fatigué ou ivre. Bailey imagina un juge pédant traduisant l'expression pour un jury. « Cela signifie, mesdames et messieurs les jurés, que si un objet n'est pas cassé, il ne faut en aucun cas le réparer. »

Ce qui n'avait pas exactement le même sens. Cela manquait d'un *je ne sais quoi*[1]. Bailey regarda le réveil qu'il tenait dans sa main, ce réveil qui l'avait fait digresser. Pas cassé en tant que tel, Votre Honneur, mais il marche en heures supplémentaires, l'aiguille des heures tourne aussi vite que la trotteuse. Bailey posa le réveil sur la table de travail. « Donnez-moi simplement l'heure, marmonna-t-il, et je téléphonerai à l'horloge parlante pour connaître la date. »

La réparation de cette vieille horlogerie attendrait jusqu'à ce qu'Helen la voie. « Regarde, dirait-il, voilà ce qui arrive quand tu vois ta vie filer devant tes yeux. A première vue, tu as maintenant cinquante-six ans. » Bof, ce n'était peut-être pas si drôle, après tout.

Bailey, grand et mince, un physique légèrement cadavérique, n'avait pas l'air de quelqu'un qui sourit facilement, bien qu'il souriât, et même fréquemment, parfois timidement, comme étonné de son propre amusement.

---

1. En français dans le texte.

Helen lui arrachait des sourires : il se surprenait parfois à l'observer de loin et à sourire. Il était censé avoir de la chance. Ils n'étaient pas si nombreux à connaître ces hauts et ces bas, ces sautes d'humeur, ces jours sombres et ce refus ambivalent injuste de s'engager avec une femme plutôt belle, et à être malgré tout aimés et tolérés, bien qu'avec un certain degré d'exaspération. Vieux jeu, habitué à considérer le mariage comme la norme, Bailey avait honte de son manque d'engagement ; parfois, il s'apercevait qu'Helen avait atteint dans leur relation le point où elle désirait un engagement. Si tu ne veux pas en faire l'histoire d'une vie, se reprochait-il, tu devrais abandonner et laisser la place à un autre, mais ce n'était pas ce qu'il voulait non plus. Il ne voulait pas davantage d'une autre femme, ni même la liberté de rechercher une liaison moins compliquée, bien qu'il eût flirté avec cette idée, Helen aussi d'ailleurs, mais ils avaient l'un comme l'autre battu en retraite avant de sauter le pas. En outre, il lui avait proposé le mariage, plusieurs fois, au début, mais n'avait rencontré que son hésitation, blessante à l'époque, comme si elle refusait un cadeau qu'il s'était donné tant de mal à emballer. Les rôles s'étaient inversés ces derniers mois : il tenait sa revanche, en quelque sorte.

D'après le réveil, une heure s'était écoulée en une minute. Helen était en retard. Ils traversaient actuellement une de leurs phases tranquilles, une célébration des jours brumeux de l'été, mais il avait beau insister en silence pour que leur relation reste telle qu'elle était, sans engagement mais néanmoins exclusive, il devait admettre que ses histoires de démolir les murs de son appartement le perturbaient quelque peu. Il la voulait indépendante, bien sûr, mais pas au point de se construire une vie dans laquelle il n'aurait pas son mot à dire. « Vous êtes en train de manger votre pain blanc », disait Ryan, toujours envieux de l'état de célibataire. Bailey était prêt à le concéder. Mais il n'avait pas dit à Ryan que même manger du pain blanc coûtait des efforts.

Il ne lui avait pas non plus confié qu'ils n'avaient pas, Helen et lui, entièrement réussi à vivre ensemble la seule fois où ils avaient essayé, bien que le choix de l'endroit, qu'ils détestaient tous les deux, eût été des moins propices. Et leurs goûts ne s'accordaient jamais. Elle aimait les couleurs profondes, les tableaux par dizaines, le feu dans la cheminée, les vieux rideaux sombres, de sorte que son salon aux murs rouges ressemblait à un club de gentlemen. Le loft de Bailey, une seule pièce sans rideaux, était moins coloré que la salle de bains d'Helen. C'était surtout du bois et encore du bois. Des étagères plutôt que des placards, dans la cuisine intégrée le plan de travail aux tons pastel sur lequel il avait posé le réveil luisait de propreté. La seule tache de poussière était le chat qui allait et venait et s'absentait des jours durant. Les chats sont comme les femmes, se disait Bailey avec un cynisme de policier, ils ne restent que si ça leur chante.

Huit heures trente, le dîner qui mijotait et personne avec qui le partager. Si tout capotait, il lirait un livre. Il avait songé aller plus loin que sa licence de droit, acquise grâce aux cours du soir ; il lirait même peut-être un livre de droit. Dommage, pourtant : c'était un de ces soirs où il avait réellement besoin de parler. Il n'y avait pas beaucoup de couples qui pouvaient discuter d'un meurtre en dégustant des côtelettes d'agneau. Pas davantage qui étudiaient des photos de cadavres pendant le dessert. Il voulait partager avec quelqu'un le dilemme moral qui le hantait : un procès pour lequel il savait qu'ils n'avaient pas arrêté l'homme qu'il fallait. Pas tout à fait un innocent, mais pas un véritable coupable non plus.

Le loft était propre, Bailey était propre. Seule sa conscience était sale comme un pare-brise.

Helen ne savait pas quoi faire avec la femme de ménage. La confrontation la gênait. Ne pouvant imaginer ce travail autrement que fastidieux et solitaire, elle avait horreur de demander à quelqu'un de le faire à sa place, même si, en tant que procureur de la Couronne, certes pas aussi riche que ses cousins de la City ou du droit commercial, elle gagnait suffisamment pour vivre dans l'aisance, laquelle comprenait une femme de ménage, si seulement elle pouvait réprimer la culpabilité qui accompagnait les ordres à donner.

— Et voilà le salon. Ici, c'est la salle de bains, s'entendit-elle dire, avec, croyait-elle, le ton d'un agent immobilier condescendant s'adressant à un client stupide.

Cath hocha la tête. Bien sûr qu'elle voyait ce que c'était, elle n'était pas aveugle, se reprocha Helen, dont l'embarras était accru par la passivité de Cath. C'était une jeune femme robuste, mais qui marchait avec une légère claudication, comme si elle portait un poids lourd à la taille, et qui, au lieu de parler, se contentait d'incliner la tête. Mais elle ne semblait pas effarée par les vêtements éparpillés dans la chambre ni par l'aspect grumeleux du sol de la cuisine.

— Je suis navrée pour le désordre, s'excusa Helen, mais je n'ai pas le temps de...

— Oh, je n'appellerais pas ça du désordre, dit Cath d'un ton neutre. C'est même pas sale. Vous avez un bel appartement.

Helen fut instantanément charmée.

— Bien sûr, reprit Cath, je pourrais vous donner un coup de main pour le jardin.

Cela mit de nouveau Helen sur la défensive. Le jardin était son domaine.

— J'aime m'occuper du jardin, dit-elle. C'est le ménage que je ne supporte pas.

— Bon, pas de problèmes, dit la femme d'une voix douce, presque un murmure. Je le proposais seulement parce que Mrs. Eliot me l'avait conseillé.

Elle devint soudain étonnamment bavarde, comme si elle savait que le pire était passé et qu'elle s'accommoderait de tout le reste.

— A propos de désordre, vous devriez voir ce que les Eliot arrivent à faire. C'est à tomber à la renverse. Presque chaque matin, on dirait que la salle de bains et la cuisine ont été bombardées. Et ce que les gosses emportent dans leur lit, c'est pas croyable.

Elle parlait d'eux avec une sorte de tendresse ardente mêlée de déférence, en hochant la tête. Helen ressentit une pointe de déloyauté coupable pour sa curiosité avide au sujet du véritable état de l'intérieur d'Emily. C'était comme regarder par les fenêtres : elle ne pouvait s'en empêcher.

— Racontez, demanda-t-elle.

Mark allait parfois au lit avec ses bottes de caoutchouc, est-ce qu'elle se rendait compte ? Oui, elle se rendait compte. Jane avait appris récemment à faire de la pâte à tarte, elle en avait balancé un gros morceau sur la vieille hotte aspirante de la cuisine, il y avait encore des restes collés au plafond, et d'autres moisissaient sans doute dans les coins. Avec les morceaux d'œufs à la coque que Mrs. Eliot avait oubliés sur le fourneau pendant qu'elle s'était laissé entraîner dans une de ses incessantes conversations téléphoniques. Les œufs à la coque explosent comme des bombes, remarqua Cath. Il y avait aussi la poêle, avec de la graisse dans le fond, qui avait pris feu quand Mr. Eliot avait oublié son bacon ; les taches avaient été rejoindre les autres. Helen se réjouit secrètement. Quel soulagement de savoir que la belle maison d'Emily avait elle aussi ses cicatrices.

— Bon, alors vous voulez que je vienne ? demanda Cath.

Helen en avait très envie.

— Je peux faire les mardis et les jeudis, disons deux heures dans l'après-midi. Vous êtes loin de chez Mrs. Eliot, mais c'est à mi-chemin de chez moi, c'est le même bus, le 59.

Sa voix était singulièrement plate quand elle cessait de parler des Eliot. Elle ne paraissait pas pressée de partir, elle contempla lentement les murs du salon avec un plaisir évident.

— Oui, j'aime bien cet endroit, décréta-t-elle.

En allant chez Bailey, conduisant avec un relâchement imprudent, Helen eut l'impression d'avoir passé une sorte de test. Et, s'agissant des Eliot, d'avoir atteint une certaine égalité. Les Eliot étaient l'un des rares couples que Bailey et elle pouvaient qualifier d'amis communs. En principe, il était difficile de partager ses amis avec Bailey. Il n'était pas un animal sociable, malgré son charme certain de grand timide, et il était risqué de le traîner chez des amis, qui pensaient généralement que les policiers étaient de dangereux cinglés. On l'attaquait pour une contravention, on lui reprochait la mise en liberté d'un terroriste, on le forçait à se justifier de la dernière bavure policière, on procédait à son contre-interrogatoire pour les erreurs judiciaires. Bailey avait beau ignorer tout cela, Helen ne pouvait pas. Bien des dîners s'étaient terminés par un silence gêné, et Helen et Bailey étaient soulagés de partir. Il était trop fier pour se laisser harceler comme un ours. Mais, avec Alistair Eliot, il y avait des bases communes d'expérience professionnelle et de respect mutuel. Ils avaient connu les mêmes affaires et les mêmes dilemmes ; quant à Emily, elle se nourrissait des cancans. Pleins de charisme, les Eliot n'avaient pas d'idées préconçues sur leurs fréquentations. Le père d'Alistair était évêque : Bailey avait un jour suggéré qu'il y avait quelque chose de chrétien dans leur hospitalité à tout vent.

La prochaine fois que nous irons chez eux, se dit Helen, il faudra que je pense à regarder le plafond de leur cuisine. Et que je demande à Emily pourquoi elle trouve que Cath sent le désinfectant.

Telle une vague paresseuse, le 59 partait des profondeurs du nord-est de Londres, où habitait Cath, s'enfonçait dans le centre à la vitesse d'une péniche, contournait en flânant les splendeurs de South Kensington, où vivaient les Eliot, et poursuivait vers le sud défavorisé. Le dépôt, où Cath avait souvent atterri, restant sur l'impériale jusqu'à ce que le bus fasse demi-tour, expliquant, si on l'interrogeait, qu'elle s'était endormie ou qu'elle avait oublié des courses, était un endroit qu'elle adorait, avec ses rangées de bus à impériale et d'autocars alignés dans le hangar comme des Dinky Toys. Les vapeurs d'essence lui emplissaient les narines, mais il y faisait frais en été. Le 59 avait quelque chose d'immuable. C'étaient tous de vieux bus avec des conducteurs et des receveurs, jamais les nouveaux engins, avec un seul conducteur, qu'elle détestait à cause de leur froideur impersonnelle et du bruit criard de leurs freins qu'elle entendait de sa chambre les nuits paisibles. Lorsque le 59 avait adopté une livrée crème et bordeaux, elle s'était assise bien droite sur son siège, fière comme une actionnaire. Si un voyageur refusait de payer sa place, Cath entrait en rage, même s'il s'agissait d'un accident ou si le fautif était visiblement un pauvre diable. Cath méprisait ceux qui ne payaient pas leur place. Elle ne se considérait pas mal payée, et abhorrait les plus pauvres qu'elle.

Joe était bien payé, il n'avait pas voulu qu'elle travaille. Tu vas voir, ma fille, toi et moi, on va leur montrer, à ces fumiers. Cath pensait à « eux » chaque fois que le bus l'emmenait à Kensington où Joe travaillait. Ce n'était pas tout à fait un pub, plutôt un hybride de pub et de bar à vins, situé dans une impasse[1] et, à cette époque de l'année, obscurci par des jardinières en fleurs et des plantes rampantes qui recouvraient les murs blancs d'un flamboiement de rose, de bleu et de vert. Les impatientes et le lierre ajoutaient un charme discret, une promesse d'intimité.

A ce stade du trajet, le 59 s'était enfoncé pesamment dans « leur » territoire, terre d'adoption de Joe, territoire de ses ennemis. Lorsque le bus tournait dans Sloane Square et remontait Sloane Street vers Knightsbridge, Cath était en partie contaminée par sa haine de classe généralisée. C'était comme si elle traversait un pays étranger, habité par des femmes taillées comme des juments ou des lévriers, avec d'élégants chemisiers en coton et des rangs de perles. Elles montaient dans le bus pour des sauts de puce, braillaient sur leurs enfants prénommés Justin ou Hugo. Les enfants ressemblaient à ceux d'Emily, se dit Cath, effarée, tandis que le bus tournait en vacillant pour l'emmener vers Islington et Helen West. Cath n'avait pas imaginé qu'Emily faisait partie de la race ennemie. C'était juste Mrs. Eliot, avec ses taches de rousseur, un mari et une famille, la quintessence de tout ce que Cath admirait.

---

1. Il s'agit ici de ruelles bordées par d'anciennes écuries — les Mews, qui tirent leur nom des Ecuries royales où les faucons du roi étaient autrefois confinés dans des cages (des mues) — désormais transformées en appartements ou ateliers. (*N.d.T.*)

En pensant à Emily, Cath grimaça ; c'était l'amour ardent pour les enfants qu'elle n'aurait jamais, pour une famille qui lui ouvrait ses portes, l'inondait de compliments et de cadeaux, lui disait : venez, venez !, et semblait sincère, alors même qu'elle savait qu'elle ne pourrait jamais venir. Elle ne pourrait même pas s'approcher.

A vingt minutes au nord de chez Helen, quarante de chez Emily, accélérant comme s'il sentait l'écurie, le 59 atteignit à coups d'embardées le centre de loisirs. C'était à un millier de kilomètres d'Harrods. C'était là qu'elle vivait, dans le duplex avec grenier que Joe avait dégoté grâce à une relation de l'armée, près du parc où Damien était mort. Cath était désormais dans le territoire des « nôtres », où on ne voyait jamais les « autres », mais le quartier en avait sa propre version : « eux », c'étaient ceux qui vivaient dans des maisons qui valaient le coup d'être cambriolées, « nous » étant ceux qui les cambriolaient. Le cœur léger, presque grisée, Cath emprunta le chemin le plus long qui passait par le supermarché ouvert en nocturne, et évitait le centre de loisirs. Elle avait trouvé un autre endroit à aimer, sinon une autre personne. Un autre jeu de clés, qui appartenait à quelqu'un dont la voix n'avait pas les intonations interrogatives aiguës d'Emily. Un endroit à briquer qui était, dans l'esprit de Cath, plus sûr qu'une maison.

Sombre, secret, sécurisant, avec un chat et un jardin. Là-bas, cachée à la vue, elle pourrait tout astiquer, et Joe ne saurait jamais où elle était.

A dix-neuf heures, quand Emily, paniquée, téléphona à Alistair pour lui dire : chéri, tu ne te souviens pas qui vient dîner ce soir ?, il consulta son agenda et déclara qu'il n'en avait aucune idée.

— Mais, ils viennent d'où, nom d'un chien ?

— Je n'en sais rien, chérie. Ce sont des amis à moi ou à toi ?

— Je ne sais pas. Tu rentres maintenant ?

— Pas tout de suite, dit Alistair. J'ai besoin de parler au jeune collègue qui s'occupe de l'affaire de lundi. En fait, je dois le rencontrer au pub. Ça ne t'ennuie pas ? ajouta-t-il, inquiet.

Emily se réjouissait d'avoir un mari aussi excessivement dévoué, mais elle s'irritait parfois de ses retards, même quand elle ne voulait pas l'avoir trop tôt à la maison. Cela lui était égal qu'il rencontre un collègue au pub ou ailleurs. Sa colère avait une autre origine, alimentée par le fait que même si Cath s'était escrimée toute la journée, la maison restait obstinément en désordre, mais Emily était, comme d'habitude, inexplicablement soulagée d'être débarrassée de sa femme de ménage. Perchée sur le palier du premier étage, Emily hurlait, et sa voix couvrait le tapage d'une bagarre.

— Silence, en bas, vous allez vous taire, oui ? (Puis, plus doucement, mais sur un ton tout aussi autoritaire, dans une sorte de grognement, elle exigea, moins subtile :) J'ai besoin de vous ici, bande de petits couillons ! Allez, les matelots ! Ceux qui font ce que je leur demande pourront regarder la super vidéo que j'ai achetée. C'est plein de sexe et de violence. Les autres, au lit ! Je parle pour toi, Jane. Mark, je balance ta planche de surf par la fenêtre. Jane, tu m'entends ?

C'était une longue maison étroite où les voix résonnaient. Dans le hall, trois enfants, quinze, douze et neuf ans, regardaient, tête levée, les yeux écarquillés, suspicieux, confiants, sur le qui-vive, leur mère descendre l'escalier.

— Allez mettre le couvert, vous voulez bien ? Pour huit personnes. Les couteaux et les fourchettes, un grand couteau et un petit, et pas ceux du tiroir de la cuisine, bien alignés. Deux verres à vin par personne. Et que les deux salles de bains soient rangées ! S'il vous plaît. Ah, pendant qu'on y est, est-ce que l'un d'entre vous se rappelle où j'ai noté le nom des gens qui viennent dîner ?

Une bousculade, ils disparurent. Après tout, elle leur avait appris à obéir à coups de récompenses. Elle n'avait pas besoin d'un coup de main, c'était simplement pour les voir, vérifier qu'ils étaient bien là.

Les impatientes, si impatientes, et les lobélies mauve

vif, baume de l'âme, s'épanouissaient par une soirée de juillet d'une chaleur surnaturelle, quand les jours semblent durer éternellement. Assis à la terrasse du Spoon and Fiddle, dont l'enseigne était cachée par la verdure, Alistair Eliot regrettait le mensonge qu'il avait raconté à sa femme. Il n'avait rendez-vous avec personne : il voulait simplement déguster une demi-pinte de bière en route, comme cela lui arrivait de temps en temps en été, mais la duperie lui pesait. L'été dernier, pendant le règne d'une nounou super efficace, bien qu'un tantinet souillon, hélas disparue, ils avaient, Emily et lui, abandonné leur progéniture pour s'asseoir une heure à ce même endroit, alors que la maison était au bord de l'explosion et qu'Emily avait dû admettre qu'elle devenait folle. Ils avaient besoin d'un endroit tranquille pour discuter des affaires domestiques ; les fleurs y étaient plus abondantes que les rares qui survivaient dans leur petit jardin, massacrées par les piétinements juvéniles aux cris de « Attrape ! ».

Emily avait des coups de cœur intenses mais brefs pour certains lieux, et pour celui-ci en particulier, car ils avaient une raison de lui témoigner leur reconnaissance. Un an plus tôt, le barman les avait entendus parler de ce qu'Emily décrivait comme l'envahissement de la crasse. Il leur avait présenté Cath. « Excusez-moi, avait-il dit en essuyant la table, je n'ai pas pu m'empêcher d'entendre. Il se trouve que je connais quelqu'un de très bien. Dans ce métier, on apprend des choses, vous savez. Vous voulez que je lui dise de vous téléphoner ? » Cath était un don de Dieu, mais les Eliot n'étaient pas pour autant retournés au Spoon. Emily en avait conclu que le barman était marié avec Cath, mais à part cela, ils ne savaient pas d'où elle venait et s'en fichaient. C'était Cath, le trésor, sans nom de famille, juste un numéro de téléphone où l'appeler, en cas d'urgence uniquement.

La soirée commençait à peine, Alistair jouait avec sa demi-pinte et tentait le diable. En levant le coude pour avaler une gorgée de bière, il remarqua que sa manchette sentait le parfum, une odeur entêtante qui l'avait poursuivi toute la journée, rivalisant avec les fleurs des jardinières, tour à tour irritante et rafraîchissante. Il avait apprécié le parfum au milieu des relents de désinfectant des cellules où il s'était rendu de bon matin, mais il l'appréciait moins ce soir. C'était comme si l'odeur s'était renforcée au cours de la journée. Alistair sourit. Il n'avait pas besoin de se culpabiliser à propos de sa femme. Il la gardait avec lui, partout où il allait. A moins que ce ne fût Jane, qui l'avait enlacé ce matin, sa chemise de nuit imbibée d'*eau de parfum*.

Outre le besoin d'un intervalle, aussi court soit-il, entre le cirque du tribunal et le cirque plus stimulant de son foyer, Alistair s'arrêtait au Spoon and Fiddle pour saluer le barman. C'étaient là des raffinements moraux qu'Emily ne partageait pas. Elle ne voyait pas pourquoi, lorsqu'on se lassait d'un endroit, on ne pouvait pas tout bonnement ne plus y retourner, même si le service avait été excellent et les souvenirs agréables, et dans ce large éventail elle incluait les salons de coiffure, les boucheries, les boulangeries, les restaurants, dans une recherche permanente du nouveau, à défaut du meilleur. S'il n'avait tenu qu'à lui, Alistair serait allé aux mêmes endroits année après année. En agissant autrement, il concevait une légère culpabilité. Objectivement, il était bien conscient qu'il ne devait rien au Spoon, avec, à l'extérieur, son étrange décor floral et, à l'intérieur, son assortiment bizarre de souvenirs militaires au-dessus du bar, que ce fût pour les bons moments passés ou pour le répit qu'il lui avait procuré pendant les difficultés de l'été précédent, il ne devait rien non plus au barman sous prétexte qu'il était si sympathique et qu'il était marié à la femme de ménage. Mais il estimait de son devoir de passer de temps en temps, juste au cas où Joe se sentirait injustement abandonné. Il y avait aussi une autre raison à cet étrange raffinement de manières. Bien qu'issu d'une famille aristocratique citée dans le Debrett[1], Alistair se sentait secrètement plus à l'aise avec les petites gens qu'avec les grands de ce monde, les nobles et les nantis.

De toute façon, ses raisons ne comptaient pas car Joe le barman (connu sous ce nom seulement) semblait

---

1. Le *Who's Who* de la noblesse britannique. (*N.d.T.*)

apprécier la peine qu'il se donnait. Quand Alistair était
entré dans le salon minuscule pendant l'heure creuse
entre la sortie du travail et l'arrivée des gros buveurs du
soir, le sourire du barman avait illuminé la pénombre. Joe
connaissait les clients par leur nom et, le propriétaire lui
laissant la bride sur le cou, il dirigeait sa coquerie avec
l'efficacité d'un quartier-maître. Avec les souvenirs militaires, les cocktails n'étaient qu'un extra pour attirer ceux
qui recherchaient la nouveauté ou la route la plus rapide
vers l'oubli. Alistair aurait préféré qu'ils décrochent les
écussons des régiments du mur, de même que l'épée de
cérémonie et les baïonnettes croisées qui juraient avec le
chintz immaculé ; il buvait comme un homme qui n'a
jamais vraiment appris à boire, et commandait d'habitude une demi-pinte.

— Ah, Mr. Eliot ! Content de vous voir. Restez pas
dans le noir, allez vous asseoir dehors, je vous apporte
votre demi. J'en prendrai bien un moi-même. Allez vous
chauffer au soleil. Demain, il va pleuvoir...

L'homme ne montrait jamais de signe d'ivresse. Il avait
l'air de l'ancien soldat qu'il était (ancien barman au mess
des officiers, avait-il confié un jour), de sorte qu'Alistair
supposait qu'il avait vaincu les risques de sa profession.
Alistair n'était pas contre un peu de parlote, en fait il
aimait cela. Cela le changeait de ses clients souvent taci-
turnes et, dès qu'il serait rentré chez lui, il était bon pour
mener plusieurs conversations en même temps toute la
soirée.

— La famille va bien, Mr. Eliot ?

Humble, Alistair prenait tout au pied de la lettre.
Quand on lui posait une question, il y répondait de bout
en bout. Ainsi, Joe Boyce en savait long sur sa famille.

— Ah, Jane et son frère se battent comme chien et
chat. C'est marrant, ils jouaient comme des chiots avant,
et quand ils ne s'entre-déchirent pas, ils continuent. C'est
marrant, non ? Je ne comprends pas ce genre de relation,
et vous ? Moi, j'étais fils unique. J'aurais aimé avoir un
frère.

— Oh, vous dites ça, Mr. Eliot, mais c'est pas toujours
drôle d'avoir un frère, vous savez.

C'était l'un des avantages de Joe, non seulement il parlait doucement, mais il ne craignait pas de s'étendre. Alistair adorait écouter. D'une certaine manière, il ne voulait pas être avocat : il en avait marre de parler.

— Moi, je suis comme vous, je suis fils unique. Mes vieux m'ont jeté dès qu'ils ont pu, ils m'ont envoyé à l'armée. Remarquez, je leur en veux pas. Mais ma femme, elle a un frère, et c'est l'enfer pour elle. Fallait qu'elle soit sans arrêt derrière son dos. Il était toujours en train de lui taper du fric, toujours en délicatesse avec la loi, toujours saoul comme un cochon. Moi, je vous le dis, Mr. Eliot, il a failli briser notre mariage. Parce qu'on peut pas chasser son beau-frère, pas vrai ? Faut bien lui ouvrir la porte, quoi qu'il advienne, même si c'est le dernier des derniers.

— Oui, j'imagine, concéda Alistair, dont la curiosité s'était éveillée. Alors, comment allez-vous vous débarrasser de lui ?

Il eut soudain la vision d'Emily obligée de composer avec un parent à lui du même acabit. Ce n'était pas une image agréable.

— Oh, il a débarrassé le plancher lui-même, Mr. Eliot. J'avais essayé d'être ami avec lui et tout. Je lui avais même dégoté un boulot, mais non, il ne voulait rien faire. On peut pas empêcher un homme de se tuer s'il est décidé, pas vrai ?

— Il s'est suicidé ?

— Oui, d'une certaine manière, on peut dire ça comme ça. Il s'est fait tuer dans une bagarre.

— Ah, mince, murmura Alistair.

Sa bière eut soudain un goût amer, bien que Joe parût désinvolte, comme si l'incident avait eu lieu des lustres auparavant et à des milliers de kilomètres. Querelles d'ivrognes, rixes de pub, bandes qui se forment spontanément, vengeances, c'était son lot quotidien. Il ne comptait plus les affaires d'homicide qu'il avait plaidées, il eut tout à coup envie de parler d'autre chose. Comme toujours, Joe Boyce devina son désir de changer de sujet, de même qu'il savait quand approcher une chaise pour un client sur le point de s'asseoir.

— Ah, Mr. Eliot, j'ai une histoire pour votre fille.
Combien peut-on faire tenir d'éléphants dans une Mini ?
— Je donne ma langue au chat.
— Quatre, bien sûr, deux à l'avant et deux à l'arrière.
Alistair éclata de rire de bon cœur. Il aimait encore plus
les calembours et l'humour facile que sa fille.
Il arrivait parfois que Joe Boyce oublie les distinctions
entre « eux » et « nous ».

— Alors, comment s'est passée ta journée ? demanda
Bailey d'une voix traînante, roulant la question sur sa
langue.
Il ne se considérait pas comme un détective et ne faisait
pas son métier avec une touche de romanesque. Il n'était
qu'un fonctionnaire qui devait arranger les ennuis, aller
au-devant d'eux, parfois, mais il lui arrivait de ressembler
à un privé machiavélique avec des faux airs de fouineur
miteux. Il avait même une robe de chambre en soie, un
cadeau d'Helen, qui n'avait pas seulement vu des jours
meilleurs, mais des années.
— De quelle journée parles-tu ? demanda Helen, qui
examinait le réveil aux aiguilles folles. Ah, aujourd'hui.
Eh bien, je t'ai parlé de Cath, la femme de ménage qui
va révolutionner ma vie. Elle supervisera peut-être aussi
la révolution de mon appartement. J'ai fait une découverte agréable aujourd'hui : Emily Eliot n'est pas la
femme d'intérieur idéale que je croyais.
— Tu te mets à dire des vacheries ?
— Non. Critiquer quelqu'un qu'on aime, ce n'est pas
dire des vacheries.
— Ah, première nouvelle. Je ne comprendrai jamais
les femmes.
Il la taquinait. Helen pensa aux yeux de Shirley Rix, à
la tragédie des vies délibérément gâchées, à la passion de
Mary Secura pour son métier, à Cath et à son apparente
passion pour le ménage.
— Tu ne comprends pas les femmes ? Personne ne les
comprend, même pas les femmes elles-mêmes.
Elle n'avait pas parlé de Shirley Rix à Bailey. Cela la
rendait trop maussade et elle attendait que sa culpabilité

s'estompe avant d'aborder le sujet. En revanche, ils avaient discuté en long et en large de l'affaire de Bailey ; ils n'hésitaient jamais à parler boutique, vu qu'ils n'en parlaient jamais avec personne. Il retrouvait une certaine tranquillité d'esprit à lui expliquer pourquoi il s'inquiétait, bien que, désireux de la protéger, il rechignât souvent à entrer dans les détails. Elle ne l'exhortait pas à poursuivre ni à oublier son propre confort moral dans l'intérêt des résultats. Ainsi, Helen savait tout du meurtre du pub, suffisamment éloigné de son secteur pour qu'elle n'ait jamais à s'en occuper professionnellement parlant, au grand soulagement de Bailey. Elle savait tout, la partie de billard, les copains de beuverie, la dispute dans le pub... trois types d'un autre quartier qui s'en vont et reviennent armés jusqu'aux dents, la bagarre, le gars du coin blessé, les deux autres, croyant que leur copain avait juste le souffle coupé ou une simple égratignure, poursuivent les agresseurs, qui s'étaient enfuis aussitôt après les premiers échanges de coups. A leur retour, ils découvrent que leur copain est mort. Une histoire cruelle, absurde, et sanglante. Tout ça à cause de l'alcool, avait dit l'agresseur arrêté peu après, un couteau dans la poche. Il était venu au pub avec une arme et prêt à s'en servir. Il refusait de dénoncer ses camarades. Ayant participé à la bagarre mortelle, il avait été inculpé de meurtre. Il maintenait qu'il n'avait pas eu l'intention de tuer, qu'il n'avait porté qu'un seul coup, et qu'il s'était enfui à la première goutte de sang.

— Quelle différence ? avait dit Bailey pendant le dîner. Les trois types armés étaient des jeunes loubards. Ils n'auraient pas gagné contre trois hommes. Celui qu'on a serré est le moins dur de la bande mais il s'entête bêtement à rester loyal.

Ils avaient discuté de cette affaire, puis des projets de week-end, du réveil aux aiguilles folles qui prétendait qu'un mois de leur vie s'était écoulé en une soirée, puis Helen était revenue sur le type resté sur le carreau.

— Comment s'appelait-il ?

— Damien Flood. Un ancien boxeur, un joueur de billard, plutôt beau gosse.

— Je ne comprends pas les hommes, dit Helen. Qu'est-ce qu'ils ont à toujours vouloir se battre ?

— C'est les hormones, paraît-il. J'en sais rien. Je n'ai plus envie de me battre.

— Ah, ça non.

Ni pour moi, ni contre moi, ajouta-t-elle pour elle-même. Ni pour rien. Tu esquives, comme un danseur. Tu es prêt à te battre pour ton idée de la justice, mais tu ne te battrais pas pour me garder.

4

Elle percevait les bruits de coups, imaginait le silence qui suivait, puis les éclats de voix, et enfin les cris. Mary repassait le film dans sa tête, d'abord en accéléré, puis au ralenti, jusqu'à l'arrêt sur image. Une vague sanglante recouvrit lentement la scène, tel le rideau écarlate d'un théâtre. Fin de l'acte trois. Il était temps de rentrer. Acte premier : Shirley Rix, jolie fillette battue par son père. Acte deux : Shirley Rix, adulte, belle femme, mère aimante, battue par son mari. Acte trois : la fuite, pour des raisons qu'elle n'arrive pas à comprendre. A neuf heures trente, elle veut traverser la rue pour aller chez sa sœur. Elle porte une vieille valise à la main, tire de l'autre main son aîné qui traîne lui-même le plus jeune. Elle doit s'arrêter pour tenir plus commodément sa valise trop lourde. Elle lâche la main de l'aîné qui veut rentrer à la maison. Il se précipite ; elle court derrière lui en hurlant, le perd de vue, voit quelqu'un l'empoigner au moment où le bus pile dans un grincement de freins. La secousse déséquilibre les passagers ; Shirley heurte le véhicule pesant qui la projette contre la voiture dont le chauffeur en retard double impatiemment le 59. Shirley s'écrase contre le pare-brise, dents en avant, pantin désarticulé, glisse en s'accrochant bec et ongles au capot, rayant la carrosserie, puis disparaît. Le conducteur, figé, voit le film se dérouler silencieusement sous ses yeux, puis, tel un automate, éteint la stéréo qui a étouffé l'onde de choc. Les bruits de la rue lui parviennent alors. Le gémissement d'un klaxon, un cri de femme qui s'éternise, le martèlement des talons sur l'asphalte tandis que le corps, la nuque brisée, tressaute avec des soubresauts mécaniques. A côté, une femme serre l'enfant contre son gros ventre, lui enfouit sa tête dans sa jupe. L'enfant se débat, mais la femme l'empêche de s'enfuir.

La foule regarde, paralysée. Quelqu'un s'aventure prudemment sur la chaussée.

Mary Secura attendait au commissariat au cas où le téléphone sonnerait. Aussi inutile que cela paraisse, elle avait besoin de rester, de jouer avec des cocottes en papier, de compenser son propre sentiment d'échec. Elle avait souvent proposé, au grand étonnement de ses collègues, qu'il y ait une permanence de nuit. C'était la faute de l'alcool, d'après les victimes, et cela justifiait la présence d'un agent au commissariat aux heures traîtresses où les pubs fermaient et où les maris rentraient chez eux battre leurs femmes. La pauvre Shirley Rix avait refusé à son mari l'occasion de la tuer. Mary n'avait rien à faire au commissariat. Personne n'était payé en heures supplémentaires pour attendre un coup de téléphone alors que le répondeur fonctionnait et que les victimes avaient toujours la ressource d'appeler le 999. Le sergent qui officiait à l'accueil s'était étonné. Vous n'avez donc nulle part où aller ? Mary décida de sortir par la porte de derrière.

Elle menait, selon ses employeurs, une vie stable, dont les détails avaient été discrètement ajoutés à son rapport annuel des deux dernières années. L'agent Secura habite avec l'agent Dave Inglewood (un brave gars ; il ira loin), affecté à la circulation, division « A ». Crédit commun pour un appartement en duplex. Aucune mention de son désir de réussite qu'il ne partageait pas, ni du soulagement qu'elle ressentait quand les obligations de service d'Inglewood faisaient qu'ils ne se voyaient pas pendant des semaines d'affilée. Ses parents à elle, regrettant l'absence de bague au doigt, contemplaient avec fierté les photos, quotidiennement épousetées, de leur fille en uniforme bleu et chemise blanche immaculée. Ah, comme elle avait bien réussi !

Le bureau était niché dans les enfers du commissariat : deuxième étage, deux portes pare-feu, tourner à gauche, puis à droite, c'était en face. Le téléphone resta muet pendant que Mary fixait la photo de Shirley Rix au mur. Le profil de Shirley caché derrière le visage souriant de son bébé blond. La photo avait été prise pour qu'elle se détende, attends, Shirley, je vais prendre Jason, oh, comme il est mignon ! La fierté avait poussé Shirley à se tourner vers l'objectif. La photo de la mère et de l'enfant ne faisait pas partie de l'affaire, qui, comme toutes les poursuites pour violences familiales, décollait avec la rapidité et l'efficacité d'un gros-porteur accidenté. On en avait donné une épreuve à Shirley : Mary supposait que Mr. Rix la trouverait parmi les affaires de son épouse quand il serait relâché, et qu'il la brandirait avec indignation en venant porter plainte pour arrestation arbitraire.

En finissant de punaiser soigneusement la photo, Mary prit conscience de l'absurdité de son comportement. Chaque minute de plus passée à son poste ne servait à rien d'autre qu'à renforcer sa réputation d'excentrique, certainement pas une qualité dans la police, surtout pour une femme.

Elle avait atteint la première série de portes pare-feu quand elle entendit le téléphone sonner dans son dos. Elle fit vivement demi-tour, mais on se trompait toujours avec ces doubles portes, fallait-il tirer ou pousser, et que laisser tomber pour utiliser ses deux mains ? Lorsqu'elle parvint enfin dans le bureau minuscule, avec les classeurs alignés contre le mur et l'écran éteint de l'ordinateur qui semblait la regarder, le message engageant, quoique irréel, du répondeur à moitié dévidé s'acheva brusquement sur un clic et un ronronnement quand elle s'empara du récepteur et y colla son oreille pour n'entendre que le néant.

Alors, Mary Secura s'assit lourdement et versa des larmes sur Shirley Rix, morte pendant que sa protectrice était partie à la recherche de papiers peints avec un procureur. Elle ne pardonnerait jamais à Helen West de l'avoir distraite. En ressortant, elle voulut ouvrir d'un coup de poing les doubles portes, s'arrêta, grimaça, puis poussa de la main la porte dans la bonne direction. Dehors, dans le parking, quelqu'un sifflait, lentement mais fort.

Mary se disait : il doit y avoir un autre moyen. Elle y pensait encore quand elle ouvrit à la volée la porte de son appartement ; il était propre et rangé, avec sa salle de bains jaune.

C'est tout ? se demanda-t-elle. Est-ce vraiment tout ?

Ah, comme on est bien chez soi ! Cath reposa le téléphone et pouffa. Joe avait un répondeur ; ils avaient tout. Ils occupaient les deux derniers étages et le grenier de cette maison grinçante pour presque rien. Ah, comme on est bien chez soi ! Il y avait un palier en haut de l'escalier, un salon, une kitchenette, une chambre et une salle de bains à l'étage au-dessus, et encore trois chambres mansardées dans le grenier, avec des plafonds aux traînées marron et dans l'une, un trou dans le plâtre par lequel elle pouvait voir les étoiles. Cath supposait que la maison appartenait à quelqu'un. Un pauvre vieux couillon qui avait oublié le loyer et les poursuites judiciaires longtemps après que Joe avait cessé de payer et affirmé que c'était désormais chez eux, vu que personne ne s'était manifesté depuis un an et, voyons les choses en face, Cath, c'était déjà pas cher avant. Oui, même si elle pensait qu'ils vivaient là frauduleusement, d'une certaine manière. Et c'était spacieux, mais il y avait des fuites, la maison était glaciale et probablement condamnée.

— Oh, Joe !

Elle en avait rougi de plaisir. Maintenant, elle rougit en se rappelant la première fois où elle avait vu les murs nus, les traînées marron, le linoléum, le robinet de la cuisine qui gouttait, le mobilier et tout le reste emporté, sauf les traînées et l'escalier.

— Je t'avais bien dit que je prendrais soin de toi, non ?

Il n'aurait jamais accepté d'avoir une femme à lui dans une HLM, même s'ils y avaient droit, d'ailleurs il n'avait même pas essayé. On les refile aux Noirs et aux lesbiennes, avait-il dit, et, bizarrement, elle l'avait cru. Les HLM, c'est pour les pauvres, avait-il ajouté, et on sera bientôt riches. Cath s'était gonflée d'importance sous le défi, comme les bulles de l'eau bouillante. C'était déjà une spécialiste des poubelles et des magasins d'occasion, plus c'était sale mieux c'était, elle marchandait durement aux ventes aux enchères où les amateurs de pièces de prix ne se hasardaient jamais, et faisait des pieds et des mains pour gratter quelques pence. La veille d'une collecte hebdomadaire de cochonneries, Cath errait dans les rues et dénichait des trésors. Elle frappait aux portes si quelqu'un avait jeté un morceau de moquette, une chaise à trois pieds, un placard. Elle fabriquait des étagères avec du bon bois et des parpaings, trouvait des posters avec des marguerites et les torchons assortis. Elle était bâtie pour le travail ; rien ne la gênait quand c'était pour son appartement.

Nécessité fait loi, avait-elle dit gaiement. Elle s'était retrouvée une fois à la rue et s'était promis que cela ne lui arriverait plus jamais. Mais la fierté de Joe ne se satisfaisait pas des « peaux de lapins-ferrailles à vendre ». Plus elle en faisait, plus il se taisait. Lorsque les murs furent peints, les planchers plus ou moins recouverts d'une chose ou une autre pour cacher les rayures et les lattes brisées, quand les robinets furent changés, que la kitchenette eut son fourneau et son frigo, il fut si content qu'il la battit comme plâtre. Si elle avait pu en parler, elle aurait peut-être avoué que la correction avait calmé son ardeur décorative, car elle n'avait pas complètement perdu son sens de l'humour, mais deux côtes cassées lui avaient ôté la voix et elle n'avait pas d'amis à qui se confier. A sa manière insidieuse, il avait fait le vide autour d'elle.

Ils n'avaient pas d'amis communs, sauf son frère, Damien.

La lampe témoin du répondeur diffusait une lueur constante qui rassurait Cath quand elle entrait dans une pièce sans lumière ; c'était un peu comme une veilleuse, bien que sur le plan utilitaire elle soit superflue. Le clignotant indiquant un message ne signifiait rien de plus qu'un faux numéro, parfois un appel de l'employeur de

Joe, Michou Gat, ou une entreprise de doubles-vitrages. Ce dernier appel avait eu lieu en début de soirée (Bonjour, je m'appelle Lucy, vous avez une minute à m'accorder ?), et Cath trouvait toujours le temps de leur faire réciter toute la gamme de leurs articles avant de raccrocher. Voilà, disait-elle ensuite, s'adressant au mur, ça vous passera l'envie de déranger les gens, même si elle aimait être dérangée. Quand Damien était encore en vie, il y avait davantage de coups de fil, bien sûr, et même si sa voix était tellement pâteuse qu'on aurait cru qu'il téléphonait de l'autre bout du monde, c'était déjà mieux qu'un représentant de commerce. Ces derniers temps, privée de l'illumination occasionnelle de sa voix, Cath utilisait le téléphone pour se brancher sur d'autres répondeurs, laissait parfois des messages, ou raccrochait violemment, comme si l'appareil lui brûlait la main, lorsque quelqu'un prenait la communication. On pouvait appeler toutes sortes de compagnies comme ça, on pouvait rêver. Par exemple, la fille du service des Violences conjugales avait une voix agréable. C'était peut-être elle que les voisins avaient appelée un matin après une scène plus virulente que d'habitude. Celle qui n'avait pas cru Cath quand elle lui avait dit : non, tout va bien, et maintenant, si vous voulez bien me laisser. Le vieux couple de l'étage en dessous qui avait cafté n'habitait plus là. Des jeunes les avaient remplacés ; ils faisaient assez de boucan eux-mêmes pour couvrir les pires scènes de Joe.

Il était neuf heures du soir. Le jour touchait à sa fin et, par le plancher à moitié recouvert du salon, Cath sentait le rythme régulier des basses lui traverser les pieds et résonner dans ses tympans.

Elle emporta une assiette de pain et de margarine et une tasse de thé à l'étage supérieur et commença à manger, perchée sur le lit, évitant soigneusement de faire tomber des miettes. Parfois, quand il ne faisait pas trop froid, elle allait manger dans le grenier, qu'elle ne supportait pourtant pas. Elle détestait les pièces mansardées, pas à cause de la température, ni de l'humidité, qui séchait chaque été, mais pour les objets qu'elles contenaient. Des cartons de compagnies de vente par correspondance.

Rêveries d'une vie meilleure de Joe, aussi épaisses et monochromes que les catalogues qu'il parcourait avec respect. Le dépotoir de Joe, l'entrepôt de ses rêves, amoureusement entassés pour le jour où ils pourraient emménager dans leur palace. Elle lui avait dit un jour, à l'époque où elle le taquinait encore, que s'il devait témoigner en justice et qu'on lui présente une bible pour jurer de dire toute la vérité, il réclamerait à la place un catalogue de vente par correspondance, sous prétexte qu'il n'y avait pas dedans une seule promesse à laquelle il ne croyait pas. Toutefois, c'était mieux que tous les machins militaires qu'il avait avant, même s'ils avaient plu à Damien. Au moins, elle avait réussi à décider Joe à s'en débarrasser, une fois qu'il s'était rendu compte que c'étaient des saloperies d'occasion.

Cath mangea le pain et la margarine, mais elle avait encore faim. Il ne voudrait pas qu'elle aille acheter des frites. Une fois chez elle, elle devait y rester. C'était une des choses qu'elle avait aimées chez lui, ce grand costaud qui gardait la faible femme. Adorable Joe. Même si elle reculait devant lui, terrorisée, même si, réduite au désespoir, elle s'enfuyait encore, même si leurs uniques distractions consistaient à traîner d'un pub à l'autre, elle était fière de sortir avec lui. Au moins, elle avait son homme, et son appartement était nickel. Cette pauvre Helen West ne pouvait pas en dire autant. Tant que c'est pas cassé, faut pas réparer.

Le grenier semblait osciller au gré des bruits de la circulation. Cath, qui détestait les étages supérieurs et rêvait de vivre à l'office, redescendit vivement l'escalier. Le téléphone sonna alors qu'elle avait encore la bouche pleine. Cath regarda l'appareil, étonnée, la mâchoire pendante, elle la referma d'un coup de poing qui la fit grimacer. Il n'appelait jamais, pas Joe. Elle resta un instant paralysée, puis se mit à mastiquer furieusement pendant que le répondeur vomissait le message sympathique de Joe — « Allô ! Nous ne sommes pas là pour l'instant... » —, comme s'ils avaient l'habitude de sortir le soir ! Quand il n'était pas derrière un bar à servir, il était de l'autre côté à boire, mais Cath se surprit malgré tout à regarder par-

dessus son épaule, mastiquant avec une ardeur renouve-
lée au cas où il serait sur le pas de la porte, qu'il lui
reproche de ne pas mieux l'accueillir et critique sa glou-
tonnerie. Telle qu'elle était, pétrifiée, la tête tournée, tout
ce qu'elle entendit fut la voix hésitante d'Helen West, qui
semblait déroutée par le message lumineux de Joe. Helen
parut reprendre de l'assurance à mesure qu'elle parlait.
Sans oser formuler ses propres conclusions (un passe-
temps que Cath trouvait dangereux et profondément suspect), Cath devina qu'Helen n'était pas à l'aise avec les
machines et pas aussi assurée qu'elle le paraissait.

— Ah... euh... allô... c'est un message pour Cath.
Mince, je viens juste de m'apercevoir qu'il est un peu tard
pour téléphoner... Est-ce que je vous ai laissé les clés ? Ça
ne fait rien, dites-le à Mrs. Eliot si j'ai oublié. Quelle
idiote je fais. Bon, à très bientôt, j'espère. Portez-vous
bien. C'était Helen.

Vers la fin, le débit s'accélérait, comme si le son de sa
propre voix la rendait nerveuse. Quelle idiote je fais,
disait cette voix. Cath sursauta, secouée par un ricanement, troublée par un sentiment de pitié délirant. Quand
même, cette bonne femme était vraiment pathétique,
avec son physique et son âge, une dizaine d'années de
plus que Cath, et pas un homme pour s'occuper d'elle !

Cath nettoya son assiette et son couteau, les réutilisa
pour préparer des sandwiches à Joe, et passa d'une main
lasse un chiffon humide dans la cuisine. Elle pensa à
Helen West, inventant des salades pour expliquer l'inex-
plicable, une jolie femme qui vivait sans homme. Et il y
avait autre chose. Helen West, presque une beauté, mais
avec une grande cicatrice qui lui barrait le front, et que
Cath avait vue quand elle avait repoussé sa longue mèche
presque noire, retenue par une barrette qui ne pouvait
contenir entièrement la masse de ses cheveux. Cath s'y
connaissait en cicatrices. La cicatrice lui suffisait à supporter la bonne femme.

Cath se retrouva penchée au-dessus du répondeur ; elle
aurait voulu repasser le message dont elle avait aimé le
ton hésitant et le sentiment de pitié qu'il avait provoqué,

un vrai luxe. Cela faisait bien une heure qu'elle n'avait pas pensé à Damien.

Joe Boyce se rendait à l'arrêt du 59. Il portait une sacoche dans laquelle il fourrait des outils propres à sa profession. Il ne voulait pas qu'on les lui vole, tels qu'ils étaient. Il y avait un petit couteau avec un manche confortable, une Thermos étincelante pour mélanger les cocktails, une peau de chamois, douce comme de la soie, pour rendre les verres brillants comme du cristal. Le mois dernier, quelqu'un était entré au Spoon par effraction et avait emporté tous les alcools du bar. Joe avait à peine bronché. Il avait maintes fois prévenu Michou Gat que l'arrière du bar était mal protégé, et de toute façon, la perte des alcools, c'était pas la fin du monde. Les cocktails étaient passés de mode ; en été, tous ces pédés ne buvaient que de la bière et du vin, à part ceux de la vieille école, les derniers survivants de Chelsea, qui vivaient de leur pension et de l'air du temps, et qui se regroupaient dans un coin pour boire whisky citron sur whisky citron. Bien que n'y connaissant rien en vins fins, Michou n'était pas stupide. Joe avait ordre de ne pas encourager les gros buveurs, ni ceux qui entraient boire une demi-pinte et restaient des heures. Joe respectait les ordres. Michou Gat était un membre éminent, bien que marginal, de la classe ouvrière britannique, et Joe avait toujours du temps à consacrer à ces gens-là, même à ceux qui tanguaient dangereusement. Michou était peut-être un loup déguisé en agneau, mais c'était tout de même un loup. Si Michou, née Michaela, avait été du sexe masculin et non une créature aux traits et aux attitudes hommasses, il y aurait eu de quoi être intimidé. Mais telle qu'elle était, Michou, dotée de la force d'un homme et des subtilités de son sexe, présentait un mélange propre à terrifier.

— Tiens, v'là un petit quelque chose pour ta petite dame, dit-elle en tapotant l'épaule de Joe avec une force qui le fit grimacer, bourrade amicale entre grands gabarits. Elle aimera ça. Si ça se trouve, ça va être ta soirée, fiston.

Michou avait le charme prolétaire, un charme étalé à

coups de truelle, en partie authentique, en partie tiré d'une fascination d'enfance pour les frères Kray[1]. Elle partageait peu de choses avec Joe. La carrière sportive de Michou avait été un succès depuis le début : championne d'haltérophilie, elle avait tâté du catch mais avait arrêté quand elle s'était aperçue que son maquillage en souffrait. Elle n'avait pas perdu tous ses muscles. La carrière lamentable de boxeur de Joe s'était déroulée sous la protection de Mr. Gat, l'homme de Michou, ancienne gloire du ring, assez rusé pour profiter de sa renommée afin de se lancer dans l'organisation de combats, un sacré joueur, qui avait eu l'intelligence de diversifier ses affaires, amasser un magot et se faire un cortège d'amis ; alors que la faible stature de Joe et son manque de discipline dans le ring comme en dehors lui avaient coûté le déshonneur. Mr. Gat (Harry pour les intimes) s'était désormais « retiré », noyé dans le nuage de fumée de cigarette qui avait assombri sa carrière, et, sans rancune, Michou préférait qu'il en soit ainsi. Elle avait endossé sa célébrité locale, la boxe, le billard, les pubs, le commerce, aussi naturellement qu'un manteau. Elle ne s'en vantait pas souvent, encore moins devant Harry, mais le cerveau, c'était elle, depuis toujours.

Pour reconnaître un brave gars, faut en être un soi-même. Michou clignait de l'œil tel un comique amateur sur le point de raconter une histoire salace, épiçant les échanges les plus innocents d'une pointe de conspiration inoffensive. Comment Michou gagnait sa croûte, sinon qu'elle possédait ce pub, et deux autres à Clapton pour mettre du beurre dans les épinards, Joe n'en savait rien et se gardait bien de le demander. Michou se montrait rarement dans la boutique aux heures d'ouverture, sauf tôt le matin ou tard le soir quand le gros des clients était parti. Le soir, le survêtement lustré, son uniforme matinal, laissait la place à une tenue plus flamboyante. Même sans les couleurs, le physique de Michou aurait terrifié les habitués avec leurs pièces de cuir aux coudes. Malgré sa voix douce, elle semblait avoir été coulée dans le moule

---

1. Deux célèbres escrocs, aujourd'hui décédés. (*N.d.T.*)

d'un personnage de bande dessinée. Superwoman transformée en montagne. A côté d'elle, Joe paraissait minus, exactement comme avec Damien, son beau-frère, le meilleur ami de Michou. Quand la recette était particulièrement bonne, Michou glissait une paluche dans sa poche volumineuse et en tirait un flacon de parfum qu'elle donnait à Joe. Depuis le début de leur relation, sans qu'un seul mot ait été prononcé, Joe savait, sans l'ombre d'un doute, que s'il piochait dans la caisse du Spoon, il se retrouverait avec les mains en compote.

Michou avait des ongles manucurés, drôle de genre pour une femme aussi masculine.

— Tiens, prends-le, dit-elle en lui fourrant le parfum dans la main. Elle va adorer, tu verras.

Elle accompagna son assertion en tapotant d'un air entendu son nez pointu d'un doigt cerclé d'un demi-souverain.

Il y avait derrière le bar un petit studio, cabinet de toilettes et cuisine, plein de cartons qu'y entreposait Michou, dans l'état où ils étaient arrivés. Si vous étiez loyal avec elle, vous en touchiez les dividendes. Toutefois Michou ignorait une chose : les seules fois où Joe avait envie de rire, c'était quand elle lui tendait une bouteille de parfum dans sa grosse patte aux ongles vernis.

— Allez, Joe. On dirait que j'essaie de te corrompre. Prends-le donc !

— Merci.

Joe adorait presque Michou, mais pas l'odeur sucrée qui accompagnait tous ses gestes, ni les relents des cartons entreposés derrière le bar.

Un cadeau pour Cath, exactement comme Damien.

Onze heures trente, tout était calme. Joe ferma le pub, grisé par l'odeur des jardinières, content de sa journée, de sa sobriété, pas le moins du monde dérangé par le parfum enfui dans sa sacoche. La jolie impasse, maisons basses, portes en bois massif et lumières chatoyantes, était agréablement silencieuse quand il se dirigea vers la rue principale pour prendre son bus. De toute la journée, il n'avait rencontré que politesse et bonnes manières, pas d'ivrognes, pas d'épaves, pas de malheureux noyant son chagrin, et pas de violence. Jusqu'à la bande hétéroclite arrivée juste avant la fermeture : des blancs-becs, déjà saouls et qui voulaient l'être davantage. Il leur avait fermé la porte au nez, les avait écoutés un temps frapper aux carreaux, n'avait pas réagi, sinon en pointant un doigt obscène entre deux coups de torchon. Ils avaient aboyé et juré avec leurs voix de jeunes de la haute, des jeunes en vacances scolaires. T'occupe pas d'eux, disait Michou. Ne sers jamais après l'heure légale, jamais. Je tiens à ma licence, vu ? Ça vaut vraiment pas le coup, merde !

Joe atteignit Sloane Avenue, il marchait en rythme, et c'est là qu'ils commencèrent à le suivre. Ce n'était pas qu'il singeait la dégaine de Michou, pas consciemment en tout cas, mais c'était un petit homme soigné, avec un pantalon ample à la mode, la coupe de cheveux branchée ; à trente-trois ans, il cherchait à faire jeune, où était le mal ? Même s'il n'était jamais arrivé à la cheville de Damien.

— Petit branleur, dit quelqu'un dans le noir, à trois pas derrière lui.

— Pédé ! lança un autre.

— C'est pas ça, c'est qu'elle veut plus se dresser, dit un troisième.

Cette dernière remarque, une simple insulte, mais chargée d'un terrible élément de vérité, lui fit tourner la tête. Il vit qu'ils étaient cinq : un gros, torse nu, la brioche pendante comme un lutteur de sumo ; un maigre comme un manche, de sorte que la main qui serrait quelque chose dans sa poche formait une protubérance sur sa hanche décharnée ; deux autres, de taille moyenne, agités et ricanants ; un petit, à la traîne, comme perdu sans sa mère. Joe les zieuta une minute, soupesa ses chances, l'esprit clair. Un gros plouc, trois autres plus saouls que sobres et une petite lope effarouchée. Rien d'impossible, en terme de poids, mais ses jambes refusaient de bouger. Il avait cet affreux sentiment de *déjà-vu*, comme s'il se retrouvait au même endroit, à la même heure, encore et encore. Le scénario avait une familiarité écœurante : il aurait dû rassembler ses forces pour affronter cette vieille agression, l'adrénaline envoyant des vagues de chaleur battre ses tempes et le rendant fou, mais au lieu de cela il regarda les cinq tordus et entendit le bruit d'une sirène dans le lointain. Leurs visages étaient implacables. Ils ressemblaient tous au frère de Cath, les traits masqués par une sorte de malveillance cordiale, agités de tics. Il ferma un instant les yeux, cilla pour effacer la présence du mort. Lorsqu'il les rouvrit, les rapaces s'étaient rapprochés, ils n'étaient plus qu'à quelques pas, et l'encerclaient avec la technique sauvage de fauves.

Joe agit d'instinct. Il hurla d'une voix haut perchée, un cri perçant, comme le gémissement aigu d'un bébé, puis s'écroula en agrippant sa sacoche.

— Mon cœur ! Ah, mon cœur ! Au secours ! A l'aide !

Les mots restèrent coincés dans sa gorge, collés à son hypocrisie indigeste, qui refluait comme de la bile avec les cacahouètes qu'il avait mangées derrière le bar. L'effet fut celui qu'il recherchait. La tête tournée vers le sud, il voyait Knightsbridge, l'arrêt du bus et les taxis en stationnement. A gauche, une centaine de mètres plus loin, il y avait la maison de Mr. Eliot, où il avait un jour regardé par la fenêtre et effrayé un enfant ; il ne pouvait pas regagner ce havre en trébuchant. Il se tordit en gémissant dans la poussière du trottoir, et il ne faisait pas complètement semblant.

Ils s'enfuirent. Il avait l'air de mourir, ils s'enfuirent. Sauf le dernier, la petite lope restée en arrière. Le pédé s'arrêta, l'observa un instant, puis frappa avec une précision remarquable. Un coup de tatane sur la tête, en plein sur la pommette, sous l'œil gauche. Joe essaya de protéger ses oreilles, les bras croisés sur la figure. Le petit fumier n'en avait pas terminé, un coup de botte dans les côtes, donné avec tout le poids du corps. Un corps agile, d'ailleurs, il se plia en deux pour lui murmurer à l'oreille :

— Je t'aurai la prochaine fois, Ducon. Tiens, prends ça pour la route.

Un dernier coup qui fit hurler Joe. Il ne put le regarder dans les yeux.

Les yeux de Damien. Pas une goutte de sang, quelle honte.

Le receveur du 59 avait un visage d'ébène, finement dessiné, et des yeux marron éloquents qui refusaient le contact. Il avait l'expression distante de celui qui a appris à ne pas voir le mal. Joe le dévisagea comme pour le défier de dire quelque chose quand il monta à bord, seul passager à emprunter l'escalier alors que le bus démarrait, il le gravit presque à quatre pattes, accroché à sa sacoche comme à une bouée de sauvetage. Lorsqu'il se mit à la fouiller d'une main tremblante à la recherche de sa carte de transport, il commença à ressentir les prémices du soulagement à l'état pur et à comprendre qu'il était passé à travers quelque chose d'énorme. Seigneur, ils auraient pu lui faucher les clés du pub, et qu'est-ce que Michou aurait fait ? Il n'osa pas penser : il aurait fallu qu'il aille y passer la nuit, et qu'il attende leur retour. Il n'aurait pas été question d'appeler la police, ça, il l'avait compris. Le soulagement fit redoubler ses tremblements de sorte que lorsqu'il tendit sa carte au receveur, elle dansa devant ses yeux. Il avait conscience du Noir qui restait planté devant lui, oscillant légèrement au lieu de poursuivre sa ronde.

— Ben mon vieux, d'où c'est-y que vous sortez ?

Joe se dit que le receveur avait dû remarquer le bleu sur sa pommette, ses vêtements poussiéreux. Il le regarda, mais l'homme ne lui renvoya pas son regard. Il resta planté en fronçant les narines.

— Ah, on peut dire que vous embaumez, mon vieux.

Ce fut tout ce qu'il dit avec un sourire en coin, et il se dirigea en tanguant vers les autres passagers de l'impériale, trois filles qui gloussaient, pelotonnées à l'avant du bus.

Joe fouilla dans son sac. L'odeur était envahissante. Le coffret du parfum s'était écrasé, le liquide répandu dégageait des relents qui lui brûlèrent les narines et le forcèrent à refermer le sac et à le repousser.

Quelle honte. Se rouler par terre en hurlant comme un bébé, et, circonstance aggravante, empester maintenant la rose.

Joe détestait les parfums. Il s'engagea sur la route qui menait à ce qu'il appelait son chez-lui. Le parfum lui donnait l'impression qu'il allait être suivi par des chats ; il lui heurtait les sens comme l'odeur de fumier ; il lui rappelait l'époque des étreintes de sa mère, de sa grand-mère, de ses tantes, et de toutes celles qui l'avaient abandonné en cours de route. Il ne donnait jamais les parfums de Michou à Cath. Il était bien capable d'acheter ses propres cadeaux à sa femme.

Ne voulant pas risquer d'infester ses mains en cherchant les clés, il refusa de fouiller de nouveau dans la sacoche. Il sonna et attendit, imaginant le son enroué et grésillant de la sonnette en haut, encore une chose à réparer. Pas de réponse. Il sonna encore et se mit à hurler, Cath, Cath ! Ouvre-moi ! Il devinait où elle était, dans le grenier à contempler les photos de Damien, elle avait dû allumer une bougie à sa mémoire. Il empoigna les clés d'une main tremblante et se rua dans l'escalier.

Elle était en haut, elle lui tenait la porte, l'accueillant avec ses timides yeux noisette, simplement vêtue d'une serviette qu'elle serrait contre son corps. Il aperçut l'ombre des bleus sur ses bras et une vague de honte écœurante le submergea. Elle vit son visage, le bleu qui avait gonflé, livide, sur le chemin du retour.

— Je t'ai apporté du parfum, Cath, fut tout ce qu'il réussit à articuler en entrant. Une mauvaise blague, ajouta-t-il.

Elle examina son coquard, sans le toucher, la serviette toujours serrée contre son corps. Puis elle fronça le nez, légèrement, et esquissa un sourire de sphinx.

Il ne sut pas d'où le coup était parti, seulement que c'était lui qui avait frappé. Elle tituba jusqu'au salon et heurta le mur. Il la suivit, la main sur sa ceinture, haletant. Il la cloua au sol, la pénétra durement, insouciant de sa sécheresse, planta vivement sa graine, hurla au moment de jouir. Puis il s'affala sur elle, sur la moquette rugueuse, et sanglota.

— Je t'aime, Cath. Je t'aime.

Elle lui caressa la tête.

— Je sais que tu m'aimes.

D'une main, elle caressa sa tête appuyée contre sa poitrine. Elle effleura, de l'autre, la cicatrice sur son ventre qui la rendait tellement impossible à aimer. Il y avait eu une promesse d'enfant, il y avait bien longtemps, trop longtemps. Elle n'avait pas voulu en avoir à l'époque, étant elle-même une enfant, et désormais, elle en berçait un autre dans ses bras.

5

— Bailey, comment se fait-il qu'on vous offre des postes administratifs, en rapport avec le grade que vous avez réussi à décrocher, Dieu sait comment, et que vous esquiviez la question ? Nous vous avons envoyé dans un stage de formation et vous retournez aussitôt dans la rue, comme un foutu pigeon voyageur.

Le visage inexpressif qu'il avait devant lui ne montrait pas le moindre signe d'émotion, encore moins d'humour, c'était un visage taillé dans le granit qui rappelait à Bailey une gargouille, délavée par les siècles au-delà de la décrépitude : ce n'était pas le visage que le commissaire divisionnaire réservait à ses petits-enfants.

— J'imagine que j'aime serrer les malfrats, chef.

— Vous êtes diplômé, Bailey, n'est-ce pas ? Nous avons besoin de cerveaux comme le vôtre dans notre cellule de réflexion. Nous avons besoin de vous au sommet.

— Oh, non, chef, je ne crois pas. Sauf votre respect, ajouta-t-il pensivement, pour faire croire qu'il avait l'habitude de penser sérieusement, je crois plutôt que je suis plus utile en bas.

— En bas de quel tas, Bailey ?

— Du tas de fumier, répondit Bailey. Dans la cellule des ordures, pas dans la cellule de réflexion.

Le sourire du divisionnaire ne modifia pas son aspect de gargouille. Ils en reparleraient bientôt, dit-il, et aux oreilles de Bailey les mots renfermaient plus une menace qu'une promesse.

Bailey longea les couloirs de Scotland Yard jusqu'aux ascenseurs. Tous les étages étaient identiques, bâtis autour d'une cage d'escalier centrale, avec des différences mineures. A chaque étage, les toilettes pour hommes étaient au même endroit, les bureaux des chefs avaient tous le même style, et à un certain étage, dont Bailey ne se souvenait jamais du numéro, par une sorte de commodité freudienne, il y avait une galerie de portraits des anciens divisionnaires et une salle à manger réservée à ceux *en route* pour leur succéder. Bailey avait en effet réussi à gravir les échelons sans avoir recours à la politique ni aux manœuvres. Il s'était contenté de travailler et d'être efficace, mais sans se faire remarquer, sans se plaindre et sans raconter d'histoires. Pour les récalcitrants utiles comme Ryan, il avait simplement modifié leurs missions, pour ceux qui avaient des tendances à la violence, ou la gâchette facile, il laissait tomber les procédures disciplinaires habituelles et leur expliquait ce qu'il leur ferait s'ils ne changeaient pas leurs habitudes. Sous la responsabilité de Bailey, le personnel valsait. Il terrorisait davantage ses troupes qu'un juge fanatique de la peine capitale et inspirait le genre de loyauté réservée à la reine. Ryan le qualifiait de dangereux cachottier qui ne causait jamais d'embarras : c'était tout ce qu'il y avait à en dire.

Ce qui signifiait que ceux d'en haut devraient le laisser faire dans le domaine où il excellait : intervention en cas de problème, organisation d'enquête ; non-conformiste humble mais ostensiblement obéissant, il faisait fonctionner la boutique bien qu'encombré d'une équipe de médiocres. Certains apprenaient à prendre des responsabilités ; d'autres, comme Ryan, resteraient d'éternels seconds en quête de chef. La plupart des officiers de police étaient éminemment adaptables. Sauf lui. Il ne pouvait pas plus vivre ni respirer dans cette tour d'ivoire qu'il n'aurait pu la survoler. Mess des officiers douillet, serveuses stylées, galerie de portraits, comités, avancement au-delà de la stratosphère ; juste un mot, disait le commissionnaire avec sa langue fourchue, et tout cela sera à vous.

Dehors, il y avait encore une alerte à la bombe. Pour

sortir du parking souterrain, Bailey dut patienter pendant qu'un agent passait un miroir sous sa voiture. Des jeunes filles en jupe qui se rendaient à leur travail durent subir le même examen ; Bailey faillit dire à l'officier de garde que s'il avait apporté une bombe, il l'aurait enveloppée dans un paquet-cadeau.

Le soleil cognait, sa chaleur faisait fondre l'irritation et l'impression de catastrophe imminente. Bailey avait peut-être perdu la capacité à la révolte qui lui avait autrefois donné envie de taper contre les murs, mais il ne pouvait pas se défaire de son mépris pour l'ambition, pas plus qu'il ne pouvait se débarrasser de la pitié, une force aux capacités de corruption pourtant bien plus efficace. Il envisagea sa propre mort sans drame. A quarante-sept ans, il était vieux pour un policier. Une mise à pied honorable ne le laisserait pas sans le sou. Il avait hâte d'avoir atteint l'âge où il serait assez pragmatique pour ne pas se mêler d'une enquête — dont il avait délégué la responsabilité — aussi rapidement résolue que l'affaire Damien Flood.

Il se sentit libre et pouffa en faisant le tour de Parliament Square, vit les embouteillages, s'arrêta, passa sa langue sur l'arrière de ses dents supérieures, exécuta un demi-tour avec la satisfaction et l'aisance d'un taxi se précipitant pour une course, puis découvrit que le changement de direction l'avait égaré. Il se dirigeait vers Victoria Station alors qu'il voulait aller au nord-est, regagner son joyeux terrain de chasse. Il n'y avait pas d'autre raison pour que Bailey aille boire un verre au Spoon and Fiddle, dont le propriétaire était Michou Gat de Whitechapel, et le barman le beau-frère de l'ancien athlète, joueur de billard devenu alcoolo, tué après une bagarre dans un pub. Bailey se rappelait, mot pour mot, la déposition du beau-frère, Joe Boyce, un témoignage qui ne portait que sur les circonstances ayant entraîné le meurtre.

« Je travaille comme barman, disait la déposition. J'ai un jour de congé par semaine, et ce jour-là je vais ailleurs que dans mon pub pour boire un verre. Quand Damien était dans le coin, j'allais avec lui. Pour parler franchement, c'était pas mon compagnon préféré, il ne tenait pas l'alcool, il cherchait toujours la bagarre, alors que moi, je suis plutôt du genre tranquille. Enfin, il s'est disputé avec un gars dans le pub, le Lamb qu'on l'appelle, à deux pas d'où j'habite, en fait, et ça s'est terminé par des menaces, viens dehors si t'es un homme, des trucs comme ça. Damien adorait ça, bien sûr, il aimait la bagarre. Il était avec trois potes, des costauds comme lui, des anciens boxeurs, des gars qu'avaient pas froid aux yeux. Je ne sais pas pourquoi, mais les costauds attirent toujours les ennuis. Un des gars voulait rentrer, Damien lui a dit : vas-y, mais le mec est resté, alors Damien m'a dit : et toi ? Je lui ai répondu : tu parles que je rentre, si l'autre bande revient, faut que je m'occupe de ta sœur et je ne veux pas prendre des coups pour un autre. Comme tu veux, il a dit, comme tu veux, et on a commandé une autre tournée. Je ne bois pas beaucoup moi-même, mais quand je ne travaille pas, j'accepte les verres qu'on m'offre. C'est des marrants, les potes de Damien, quand ils sont ensemble. L'autre bande avait disparu depuis longtemps, je l'avais même oubliée. »

Ryan avait pris sa déposition. Il faisait peuple et il savait faire parler les gens, son visage faussement sympathique y était pour quelque chose.

« Toujours est-il que je m'étais à peine rendu compte que l'autre bande était partie et j'avais oublié que les gars avaient menacé de revenir. Je ne me rappelle pas l'origine de la dispute, sur ma vie. Damien était bon au billard ; le pub avait cinq tables ; il avait gagné de l'argent à un mec qui se croyait plus fort que lui. Je crois que Damien avait dépouillé le pauvre gosse sur un pari. Sur trois ou quatre parties. Pour quelle somme ? J'en ai aucune idée. Peut-être cinquante livres, peut-être cent, mais Damien était tellement bordélique et tellement fort, ils ont pas senti venir l'arnaque. Il était plus que bon au billard, il était génial. »

Il avait dû y avoir une pause dans la déposition, pour le thé, imagina Bailey, en repassant la scène dans sa tête. Boyce n'était pas l'accusé, un simple témoin. Il avait dû bénéficier de tout le confort que le commissariat permettait. C'est-à-dire une tasse de thé ou de café dans une salle d'interrogatoire enfumée, pas assez éloignée des cellules d'où parvenaient des grognements et des pleurs.

« Bon, le pub a fermé et on est partis. Damien voulait aller ailleurs, je lui ai dit : sans moi, faut que je rentre, ta sœur travaille tôt demain matin. Il était d'accord. Pour parler franchement, il n'avait pas une haute opinion de moi, et on était soit avec Damien soit contre lui. J'ai pas attendu de voir s'il y avait des gars en planque, si vous voyez ce que je veux dire. Avec ses potes, il était plus que capable de se défendre. Il m'avait invité à venir avec eux uniquement parce que ma femme tenait à ce qu'on soit amis, Damien et moi ; il était un peu trop agressif à mon goût. S'il cherchait la bagarre, il était servi. Les mecs seront toujours des mecs et c'était pas la peine d'essayer de raisonner mon beau-frère. Mais je n'avais jamais imaginé que ça irait si loin. »

Ce Joe Boyce n'était pas un mauvais bougre, avait dit Ryan à Bailey qui n'avait jamais vu l'homme dont le témoignage faisait partie du décor : il n'apportait rien de plus ni pour l'accusation ni pour la défense. Le sympathique Joseph Boyce s'était rendu utile avec ses descriptions, rien de plus, il était parti avant les faits, ainsi que les amis de Damien l'avaient confirmé, témoignage affligeant. Comme eux aussi s'étaient montrés incapables d'éviter le meurtre, ils ne pouvaient se permettre d'être méprisants, bien que l'un d'eux n'en ait pas été loin. Joe faisait à peine partie de leur bande, Damien et Michou Gat ne l'avaient accepté que parce qu'il était marié à la sœur de Damien, Mary Catherine Boyce ; elle avait témoigné elle aussi.

Bailey n'aurait pu dire pourquoi il voulait voir Mr. Boyce de ses propres yeux, à cause d'une infime trace d'amertume dans sa déposition, peut-être, mais comme sa voiture l'emmenait dans la mauvaise direction, l'heure était peut-être bien choisie. Ryan était un bon enquêteur. Il se branchait sur la longueur d'ondes et parlait quand on lui adressait la parole, mais quant à son jugement... c'était une autre histoire.

Bailey connaissait toujours l'heure exacte, et s'agissant de Londres et de sa banlieue, il savait toujours où il était sans demander son chemin ni consulter une carte. Horloge ou carte semblaient toujours coïncider avec ses prévisions. Il ne s'en glorifiait par pour autant ; à force d'arpenter les rues, disait-il, on finit par reconnaître le nord du sud et à quand remonte le dernier roupillon.

Le Spoon and Fiddle le surprit, d'abord par sa taille minuscule, ensuite par l'abondance des fleurs, puis par les signes de goût et d'intimité, enfin, en y repensant, par sa proximité avec la maison des Eliot.

— Mr. Boyce ?

L'homme s'arrêta de polir méthodiquement les verres, tourna la tête et répondit avec une déférence presque théâtrale : il claqua les talons.

— A votre service, chef !

Il était petit, nota Bailey, petit et musclé, avec une certaine mollesse dans le menton.

— Vous pouvez m'accorder une minute, dit Bailey en montrant son mandat. C'est au sujet du procès de Donovan.

Cela faisait vraiment cliché mais Bailey savait que la vie était pleine de clichés ; la plupart des gens ne comprenaient rien d'autre et attendaient d'un policier qu'il parle comme à la télé. Ce qui le surprit, ce fut de voir Boyce réagir de manière aussi convenue, visiblement sous le choc, blêmissant, de sorte que le bleu violacé qui gonflait sa pommette et son œil gauche ressembla à une marque au fer rouge sur une peau blanche. Boyce contrôla aussitôt sa réaction, se secoua, parut résigné, puis sourit en soupirant et tendit la main.

Bailey, qui aurait préféré ne pas la lui serrer, s'exécuta à contrecœur. La poignée de main était sèche et ferme.

— Pfuit, souffla Boyce, vous m'avez filé un choc. Je croyais que c'était terminé, qu'il ne restait plus que les détails. J'espère qu'on pendra le fumier, ah, mais ça ne se fait plus, c'est vrai.

— Vous vous êtes battu, on dirait, Mr. Boyce.

Bailey montra le bleu d'un doigt plutôt grossier.

— Des gamins. Ils m'ont suivi hier soir parce que

j'avais refusé de les servir. C'est rien. Je m'en suis bien tiré.

— Vous avez porté plainte ?

— Allons, allons, chef, vous connaissez la chanson. J'aurais même pas pu donner leur signalement. J'étais pressé de rentrer chez moi. A part ça, qu'est-ce que je peux pour votre service ?

Il y avait une agressivité cachée derrière la cordialité affichée. L'homme n'avait rien à se reprocher mais Bailey sentait sa peur.

— Je voulais juste vérifier un ou deux points de votre déposition à propos de votre beau-frère et du soir où il est mort. Je suis navré de vous ennuyer, mais si je mets les points sur les T et les barres aux I, vous aurez moins de chances d'être convoqué au tribunal.

Une lueur d'espoir éclaira les yeux de Joe.

— Ah, ça serait super, affirma-t-il. Si je peux éviter de mettre les pieds dans un palais de justice, c'est pas de refus. Ma femme n'aime pas ça, vous comprenez. Qu'est-ce que vous voulez savoir ? Je croyais avoir tout dit.

Bailey hissa sa longue carcasse sur un tabouret du bar. Il n'avait pas vraiment réfléchi aux questions à poser, un enquêteur sans mandat, une voiture pointée dans la mauvaise direction, mais il était rarement à court de mots.

— Vous aimiez votre beau-frère, Mr. Boyce ?

— Bien sûr, même s'il attirait parfois les ennuis. Quand on connaissait Damien, on était obligé de l'aimer. Vous auriez dû voir la foule à son enterrement. J'avais jamais vu autant de fleurs de ma vie. Jamais.

Bailey acquiesça, sans préciser qu'il avait assisté à l'enterrement, de loin, en se faisant passer pour un ami de Damien, afin d'étudier les gens et les réactions. Une femme pleurait, une seule. Les fleurs étaient répugnantes ; d'après son expérience, Bailey savait que la quantité de fleurs était inversement proportionnelle au chagrin, en fait les couronnes représentaient parfois la dernière vengeance.

— Votre femme était-elle la seule parente ?

— Il y a bien un ou deux cousins je ne sais où, mais autrement, oui, c'est la seule. Leurs parents sont morts quand ils étaient jeunes ; Damien et elle ont grandi ensemble. Ils étaient très proches, comme les doigts de la main.

— Que fait votre femme, Mr. Boyce ?

D'amical, Boyce vira à l'aigre.

— Laissez-la en dehors de tout ça, voulez-vous. Elle a assez souffert comme ça, rendez-vous compte, elle a dû identifier son seul ami et parent, et ensuite on lui a demandé de confirmer l'heure à laquelle j'étais rentré cette nuit-là, comme si c'est moi qui avais besoin d'un alibi ! Qu'est-ce que ça peut bien faire ce qu'elle fait dans la vie ?

Bailey revit la déclaration de Mary Catherine Boyce. Brève et droit au but. Elle avait identifié son frère, précisé l'heure à laquelle son mari était sorti et rentré. Femme de ménage, se souvint soudain Bailey, comme si ça changeait quelque chose.

Il se leva.

— Je voulais lui poser quelques questions sur le passé de Damien. Bien sûr, il y a eu une bagarre, mais nous... comment dire, nous nous interrogeons encore sur le mobile.

— N'importe qui peut se faire tuer dans une bagarre, dit Boyce en montrant son bleu. Ça arrive tous les jours dans cette saleté de vie. On peut travailler dur toute sa vie en évitant les ennuis, et crever quand même comme ça. Qu'est-ce que ça change de connaître le passé de quelqu'un ?

Boyce devenait de plus en plus nerveux.

— Où puis-je la trouver, Mr. Boyce ? Je ferai de mon mieux pour ne pas lui causer d'ennuis.

— Je vous crois. J'en connais qui seraient plus regardants. Pourquoi vous envoyez pas l'autre type ? Il était sympa.

Parce que Ryan pouvait parfois être aveugle, se dit Bailey en observant les efforts de Boyce pour se maîtriser.

Boyce cherchait un moyen de minimiser l'inévitable, un primitif, conclut Bailey : capable de répondre aux ordres et pas assez bête pour imaginer qu'il pouvait cacher sa femme pour toujours. Il n'y avait rien d'inhabituel à cela : rares étaient ceux qui se réjouissaient que des policiers interrogent leur femme, surtout si elle ne déclarait pas son maigre revenu et ne payait pas d'impôts dessus. Mais ce n'était pas le travail au noir qui inquiétait Boyce. Il soupesait le pour et le contre de l'endroit où l'interrogatoire de Cath devrait avoir lieu. Devrait-il inviter cet intrus chez lui un après-midi et insister pour être présent ? Ou devrait-il s'assurer que Bailey voie Cath dans un endroit où elle serait mal à l'aise et taciturne ? Il sourit. Bailey remarqua qu'il n'y avait aucune malveillance derrière son sourire, simplement de la satisfaction.

— Bon, si vous insistez. Autant faire ça maintenant. Elle travaille juste à côté. Dans Chantry Street. Vous connaissez peut-être. C'est une rue avec des maisons cossues. Au numéro sept.

Ce fut au tour de Bailey de cacher sa surprise. Déclinant, ce que Ryan n'aurait jamais fait, le verre que Boyce lui offrait avec une amabilité excessive, il prit congé.

En arrivant près de sa voiture, Bailey vit une grosse Jaguar à la peinture argentée, un vieux modèle mais parfaitement conservé, s'avancer avec la grâce d'une danseuse sur le retour, écrasant sans bruit les pavés de la ruelle. Elle s'arrêta, silencieuse, devant les jardinières fleuries du Spoon, sous le regard envieux de Bailey. En dehors des réveils qu'il collectionnait, il ne s'intéressait pas aux objets, mais la vue de l'élégant véhicule déclencha en lui une admiration possessive. La meilleure année, se dit-il, ah, comme j'aimerais en avoir une ! C'était plus qu'une voiture. Pour se consoler, il se dit qu'une telle voiture ne resterait pas cinq minutes dans son quartier, à moins d'avoir un garage bâti comme une forteresse, quand quelqu'un descendit du véhicule, bâilla, s'étira et exécuta trois coups de karaté avant d'entrer au Spoon. Une énorme masse, vêtue d'un survêtement criard, la démarche à la fois languide et énergique, les rayons du soleil jouant sur ses cheveux pâles et son visage tanné par les séances d'ultraviolets. Bailey sourit, toute envie dissipée. Michou Gat, terrifiante et splendide. Une légende, sauf pour les enquêteurs paresseux comme Ryan qui ne prêtaient pas attention aux rumeurs et n'ouvraient pas assez grand les yeux. Michou Gat, le féminisme incarné, d'une certaine manière ; assez forte pour réduire un homme en bouillie. D'une race en voie de disparition, en marge de la loi, mais prompte à faire respecter ses propres lois. Comme la Jaguar, songea Bailey : chacune à leur manière représentait l'élite de l'Angleterre. A la vue de Michou, tel un éléphant dans un magasin de porcelaine, au milieu de la richesse discrète de l'impasse, Bailey se sentit, il ne sut pourquoi, comme chez lui. Il la regarda s'éloigner, avec affection, presque avec désir, lequel ne devait pas tout à la Jaguar.

Michou avait assisté à l'enterrement de Damien, avait sans doute contribué à l'achat des fleurs dont Joe était si fier, mais le mandat restreint de Ryan ne précisait pas qu'il fallait explorer les liens éventuels. Il importait peu, certainement, de savoir qui la victime connaissait ; l'homme avait été tué dans une rixe de pub et aucun témoin n'avait insinué que les choses étaient un petit peu plus compliquées. Bailey grimaça. Les frémissements de l'enquête n'avaient pas non plus relevé le fait que la sœur du défunt travaillait pour une famille que Bailey connaissait. Pourquoi auraient-ils dû ? Mary Catherine Boyce faisait des ménages chez les Eliot ; il fallait chercher loin pour y voir autre chose qu'une coïncidence. Bailey avait appris à n'être jamais surpris par ce genre d'éloignement. Il décida néanmoins de ne pas aller chez les Eliot, au 7, Chantry Street. Quelque chose lui disait qu'il risquerait d'embarrasser Emily Eliot et son Trésor. Laissons-les tranquilles. Si la femme que les Eliot appelaient Cath, et dont la déposition était signée Mary, ne leur avait rien appris sur sa famille, encore moins sur la mort de son frère, Bailey n'avait pas à s'immiscer dans sa vie privée ; après tout, il n'avait aucun but précis, encore moins d'autorisation officielle pour ces suppléments d'enquête informels. Il était là uniquement parce qu'il avait dirigé sa voiture dans la mauvaise direction. Mary Catherine, plus connue sous le nom de Cath. La femme qui, au cours des deux dernières semaines, avait métamorphosé l'appartement d'Helen. Si Bailey souhaitait garder un silence diplomatique avec les Eliot, devrait-il utiliser Helen pour satisfaire sa curiosité ? Elle n'aimerait pas, c'était sûr.

Emily Eliot chantait en faisant le ménage. De temps en temps, quand sa réserve naturelle l'abandonnait, Cath poussait aussi la chansonnette, mais s'arrêtait dès qu'elle craignait qu'on l'entende. Pour des raisons qu'Emily ne saisissait pas, Cath ne chantait que « Onward Christian Soldiers », et ne dépassait pas le premier vers : « With the blood of Jesus, going on before ! » Les mots émergeaient au milieu d'un air à peine reconnaissable, à moitié grogné, à moitié chanté. Cath et Emily chantaient rarement à l'unisson, bien que travaillant souvent ensemble. Les tâches ne manquaient jamais les matins où Cath était là. Un jour par semaine, elles s'attelaient à une corvée particulière. Aujourd'hui, c'était le grand salon contigu à la chambre à coucher principale. Emily était persuadée qu'il y avait des mites. Un des costumes d'Alistair avait été mangé à mort. Les corvées à deux ne l'enchantaient pas, elles l'obligeaient à crier.

— Ah, les garces ! s'exclama Emily. Regardez-moi ça ! Pourquoi elles ne s'attaquent pas à des vieux pulls bon marché ? Pourquoi se concentrer sur la seule chose qui coûte cher ? Du mohair et je ne sais quoi, voilà ce que c'était. Doux et soyeux pour qu'elles y plantent leurs petites dents, elles refusent de faire le moindre effort. Regardez-moi ça !

— Il ne l'a pas porté une seule fois l'hiver dernier, souligna Cath.

Emily irradiait, encore sous le coup de la fureur. Cath n'avait qu'à rester là, avec son horrible odeur de Javel, et les mites en crèveraient.

— Il ne l'aimait pas, c'est pour ça. (Elle émergea des profondeurs les bras chargés de vêtements sur leurs cintres.) En fait, la plupart des choses qui traînent dans ce placard, personne ne les aime vraiment. C'est juste que je déteste l'idée que ces saloperies de mites bouffent tout ce qui se présente sous leurs dents sans demander la permission. Ces trucs sont bons pour la poubelle. A moins qu'il y ait quelque chose qui vous intéresse, bien sûr.

— J'y réfléchirai, d'accord ?

Emily acquiesça. Elle réfréna l'irritation qui l'assaillait souvent quand elle travaillait trop près de Cath. C'était une répugnance à la toucher, pas plus, qu'Emily traduisait par une légère aversion pour une femme qui pouvait être à la fois passive et respectueuse, et se montrait, à d'autres moments, têtue comme une mule. Elle savait que Cath prendrait les vêtements dès qu'elle aurait le dos tourné. Elle ne pouvait pas le faire quand on la regardait, et cela aussi irritait Emily. Si Cath se sentait légèrement humiliée à l'idée d'être un réceptacle adéquat pour des vieilles fripes que plus personne ne portait, elle ne le montrait pas et savait qu'une telle humiliation n'était pas voulue.

Les grands bourgeois avaient des caractéristiques qui émerveillaient Cath. Leur argent ne semblait jamais aller dans du neuf : les gens comme Emily pouvaient marchander comme des Arabes dans les souks, ils se débrouillaient toujours. Les cadets portaient les vêtements des aînés sans se plaindre, ayant compris depuis longtemps qu'ils n'avaient pas le choix ; les voitures étaient loin d'être des modèles dernier cri et les meubles étaient des vieilleries. Cath voyait bien la valeur du mobilier qu'elle traitait avec soin, mais bien qu'admirant le goût, elle se demandait pourquoi Emily ne lui donnait pas son vieux tapis d'occasion aux tons délavés et n'en achetait pas un neuf. Si les rôles étaient inversés, elle était sûre qu'Emily emporterait sa garde-robe sans sourciller.

— Café ! annonça Emily.

Les femmes de ménage avaient la réputation de perdre leur temps à bavasser, elles discutaillaient au lieu de travailler, du moins Emily l'avait-elle entendu dire, mais chez elle, c'était l'inverse. Emily parlait sans fin, de tout et de rien, et c'était souvent Cath qui mettait un terme aux bavardages en disant qu'il était temps de s'y mettre. Emily parlait parfois pour fuir le silence et le sentiment d'intimité qu'elle ne supportait pas, mais elle refusait de l'admettre, même à elle-même. Cela lui semblait ingrat.

En revanche, elle avait horreur, mais n'en disait rien, de la façon dont Cath mangeait avidement son pain complet la bouche ouverte, sans jamais la fermer avant d'avoir terminé.

Elles descendirent, Cath derrière Emily qui chantait et appelait Jane. Au premier étage, Jane parut, un doigt sur les lèvres pour intimer Cath au silence, puis elle lui prit la main. C'était une enfant affectueuse ; ils l'étaient tous, même Mark, l'adolescent renfrogné qui venait de rentrer de l'école. Il accueillerait Cath avec un baiser bourru ; elle ferait semblant de protester, étourdie par cet étalage d'affection outrageuse. Elle se pencha vers Jane.

— Qu'est-ce que c'est ? C'est un jeu ? Qu'est-ce que tu caches ?

— J'ai quelque chose pour toi. Vite.

Et elle fila dans le bureau de son père. Le bureau de Mr. Eliot était strictement tabou ; aucun enfant n'avait le droit d'y entrer ; même Cath était interdite de séjour dans le domaine d'Alistair qui restait plus ou moins en ordre, à sa manière à lui.

— Tut, tut, prévint Cath, tu ne devrais pas entrer là, mon chou. Et si maman t'attrapait ?

— Je sais, souffla Jane. Mais je voulais te faire un dessin, et je n'avais pas le bon papier.

L'enfant adorait les feuilles perforées que la vieille et fidèle imprimante dégorgeait. Son propre papier n'était pas aussi bon que celui qu'elle chipait, et Cath comprit vite pourquoi. Jane brandit une bannière de trois pages, et l'agita comme un drapeau en papier. Le dessin multicolore commençait par une large tête coiffée d'un chapeau à fleurs. Un cou longiligne conduisait à la page suivante sur laquelle on voyait un torse étriqué à peine gonflé par un semblant de poitrine, et vêtu d'une robe noire avec des bretelles. La taille était prolongée par des hanches bien moulées et sur la dernière page des jambes anormalement minces se terminaient par des chaussures à hauts talons, et le mot Cath écrit en grosses lettres majuscules.

— C'est toi, dit Jane. (Puis devant le manque de réaction de Cath, elle ajouta, presque fâchée :) C'est toi. Tu vas à une fête. Dans les vêtements de maman. Tu ne vois pas ? Tiens.

Elle fourra le dessin, déjà chiffonné, dans les mains calleuses de Cath, qui faillit se mettre à pleurer. La voix d'Emily parvint de la cuisine, étouffée mais claire.

— Merci, dit gravement Cath. Je te remercie infiniment. Je le garderai toujours.

La femme et l'enfant sourirent. Cath désigna le bureau.

— C'était comme ça quand tu es entrée ?

Jane acquiesça d'un hochement de tête.

— Tu es sûre ?

Le hochement de tête se fit plus déterminé. Cath referma doucement la porte derrière elles, roula son portrait extraordinaire avec grand soin, et descendit en tête en gargouillant les premiers vers de « Onward Christian Soldiers ». Elle rangea le dessin dans son sac qu'elle avait posé par terre dans le vestibule, et ressentit un moment de pur bonheur. Ils m'aiment, songea-t-elle, ils m'aiment pour de vrai. Ils me trouvent jolie. Damien aussi me trouvait jolie. Quand elles arrivèrent à la cuisine, elle agrippa les cheveux de Jane et fit semblant de la tirer à l'intérieur.

— Regardez qui j'ai trouvé, dit-elle. Elle jouait toute seule dans sa chambre comme une fille bien sage.

— Hmmm, fit Emily en déchirant avec ses dents la Cellophane qui enveloppait un paquet de gâteaux secs. Elle n'y était pas la dernière fois que j'ai regardé. (Puis, avec sa manie de changer subitement de sujet qui prenait Cath par surprise, elle demanda :) Cath, qu'est-ce que c'est que ce bleu sur votre bras ? Vous ne l'aviez pas hier. Ça m'a l'air bien enflé.

Cath regarda furtivement son bras droit dont elle avait relevé la manche jusqu'au coude et le recouvrit mine de rien, réfrénant la bouffée de culpabilité qui l'envahissait.

— Oh, ça ? J'en sais rien.

— Vous devez le savoir, Cath, dit Emily du même ton égal.

Cath fit semblant de réfléchir, prit la tasse de café qu'Emily lui tendait, et s'assit lentement. La table de la cuisine présentait encore les restes du petit déjeuner, qu'on ne prenait jamais à heure fixe dans cette maison. Elle s'éclaira soudain.

— Ah, ça me revient. Oui, je m'en souviens maintenant. Vous savez que je vais chez votre amie Helen tous les mardis ? Eh bien, j'étais en train de nettoyer la salle de bains, hier après-midi, et je me suis tellement penchée dans la baignoire, vous savez cette baignoire gigantesque qu'elle a, que je suis tombée dedans. Bang, je me suis cogné le bras contre le robinet. C'est bête, hein ? Oh, ça ne fait pas mal, conclut-elle en s'adressant à Jane qui s'était assise tout près d'elle et dont elle sentait le corps chaud contre sa peau.

— T'es tombée dans la baignoire ? pouffa Jane. T'es bête !

Emily rit aussi.

— Tout de même, Cath ! Il faut le dire à Helen. Elle devra vous payer davantage, en fonction des risques. Vous êtes sûre que ça ne vous fait pas mal ? J'ai toutes sortes de pommades, vous savez...

— Non, affirma Cath. Non, ça ne me fait pas mal du tout.

Pas ici, pas dans cette maison, pas dans cette cuisine baignée de soleil où une enfant me dessine un portrait de moi en femme de ménage habillée en reine ; où les gens m'aiment pour de vrai. En ce moment, rien ne me fait mal. Rien n'a besoin d'être réparé.

— Dites-moi, dit Emily, toujours d'une voix égale, mais brûlante de curiosité, est-ce que l'appartement d'Helen est vraiment aussi sale qu'elle le prétend ?

Joe rentrait parfois chez lui l'après-midi. Si l'heure du déjeuner avait été faste et que l'après-midi s'annonçait médiocre, Michou lui recommandait d'avoir l'intelligence de fermer la boutique. Le 59 mettait presque une heure à lambiner dans les embouteillages, de sorte que Joe n'avait jamais le temps de s'arrêter longtemps avant de repartir pour ouvrir à dix-sept heures trente. Il ne savait pas pourquoi il s'obstinait, sauf si Cath était là ; il détestait la vue de sa porte d'entrée dont la peinture écaillée se voyait trop dans la lumière éclatante et implacable de l'été. En partant le matin, il ne se retournait jamais ; en rentrant la nuit, il ne la remarquait pas, mais l'après-midi, si. Il la regardait avec dégoût et se disait que la vie ne lui avait vraiment pas fait de cadeaux. Rien n'était juste ; rien n'avait jamais été juste depuis son enfance, avec des parents qui lui donnaient tout ce qu'il voulait et lui promettaient la lune.

Sa chambre avait été remplie de jouets, leur nouvelle maison pleine de choses nouvelles, jusqu'à ce que papa disparaisse et que maman trouve un veuf reconnaissant qui n'avait pas de place pour un enfant gâté. Joe était parti dès qu'il avait pu et n'était jamais revenu. Il ne pensait pas à ses parents avec gratitude, il ne se souvenait que de l'amertume de leur désertion.

Ce qu'il méritait dans la vie, c'était une nouvelle maison dans le coin où il avait grandi, si seulement il pouvait vaincre les conspirateurs qui cherchaient à l'en empêcher. Ce n'était pas de sa faute s'il n'avait pas réussi à devenir un joueur de football de première division ni un champion de boxe, s'il avait quitté l'armée au bout de sept ans sans même les rudiments d'un métier, s'il ne pouvait pas se concentrer, s'il avait un problème avec l'alcool, un problème relationnel, et, s'il n'était motivé par la crainte de Michou Gat, un problème de paresse.

L'après-midi, le trajet en bus lui brouillait les idées et le poussait à s'apitoyer sur son sort, surtout s'il était forcé de s'asseoir à côté d'un voyageur qui sentait. Les voyageurs du bus entraient rarement dans la conspiration, mais il les détestait quand même. Pas autant qu'il avait détesté son beau-frère Damien, une sorte de haine différente, une effroyable répugnance envieuse pour celui qui, ivre ou sobre, représentait l'archétype de tout ce qu'il n'était pas.

Joe ouvrit la porte et gravit l'escalier. Il faisait une chaleur étouffante, qui s'aggrava encore quand il grimpa dans le grenier. Il n'avait pas trouvé ce médiocre appartement grâce à un ami comme il l'avait dit à Cath, c'était faux ; c'était Damien qui le leur avait obtenu. C'était aussi Damien qui lui avait trouvé son job chez Michou Gat. Damien arrangeait tout. Tout le monde l'aimait, y compris sa sœur. Sa sœur adorait ce pédé, cela se voyait dans ses yeux.

Il fallait être capable de cacher des choses dans sa propre maison pour savoir quand un autre faisait de même. Lorsqu'il était rentré la veille, Joe avait entendu Cath descendre précipitamment du grenier en ouvrant la porte d'entrée ; elle l'avait accueilli avec son sourire radieux teinté de culpabilité. Cath n'aimait pas beaucoup les pièces du grenier, il le savait. Les lèvres pincées, elle le regardait recevoir un énième paquet de la compagnie de vente par correspondance, marmonnait un « c'est joli, c'est très joli », puis la bouclait pendant qu'il refaisait le paquet et le rangeait dans une des pièces du grenier. Elle n'y montait pas de gaieté de cœur, pas comme lui, pour s'émerveiller à la vue de la télé couleur, du caméscope, du jeu de trois valises, des meubles de jardin, du barbecue, des boîtes à outils et du riche matériel de cuisine qu'ils n'utilisaient jamais. Couteaux dans leur affûtoir, poissonnière alors qu'ils ne mangeaient jamais de poisson, mixeur, machine à café, la cuillère pour faire les boules de glace ; elle ne voyait pas ces choses comme lui. Elle ne comprenait tout simplement pas que c'était le tremplin pour une vie meilleure.

Joe avait oublié combien ces articles lui procuraient un sentiment de richesse et de sécurité. La première pièce était sombre, trois caisses bouchaient la fenêtre, et, mais oui, il ne s'était pas trompé, quelque chose avait changé : il y avait quelque chose qui n'était pas là auparavant. Il déplaça un téléphone, un service de table de vingt-quatre pièces, un jeu de cocottes, le tout rangé dans des cartons. Là, sous la fenêtre, se trouvait l'autel dans toute son obscénité. Il s'était attendu à trouver une bougie allumée, mais ne vit que trois photographies de Damien, dans des pochettes en plastique, debout sur un plateau, adossées à trois vases de fleurs fanées.

L'espace d'un instant, il eut envie de déchiqueter les fleurs à coups de dents. Mais, de peur d'être souillé, il préféra les sortir de leur vase et les piétiner. Il ramassa la première photo, l'examina brièvement, la déchira en deux, puis en quatre. Il sortit ensuite un briquet de sa poche et, brandissant les deux autres photos, approcha la flamme des coins. Elles mirent du temps à prendre feu, le plastique fondit plutôt qu'il ne brûla, les photos se racornirent, passant du gris au marron. Il fallut plusieurs minutes pour qu'elles donnent une pile de cendres légèrement gluantes, et pendant tout ce temps ses membres ne cessèrent de trembler. La flamme du briquet lui brûla le pouce, mais il ignora la douleur tant que le travail n'était pas terminé.

Ah, Cath, avec tout ce qu'elle lui devait, quand apprendrait-elle à l'aimer plus que les autres ?

6

Tu seras guéri, mon frère. Le cours de la justice suivait son chemin, chaotique. Plutôt comme un moteur surchauffé pris dans les embouteillages d'été. Dans le vieux bâtiment, la salle du tribunal était orientée au sud, avec vue sur la voie ferrée ; les stores diffusaient une lumière maussade et la chaleur pénétrait en masse. On avait abandonné la climatisation : elle était plus bruyante que les trains.

La place attribuée à Helen était inconfortablement proche du box des témoins, de sorte que lorsque la femme qui l'occupait faisait des gestes nerveux, Helen sentait les gouttes de sueur, qui ruisselaient des aisselles dans les paumes du témoin, lui asperger le visage comme autant de crachats qu'elle ne pouvait éviter. Les pages qu'Helen tournait étaient trempées.

— Quinze mars, de cette année. Vous vous souvenez de cette date ?

— Oui.

C'était à peine un murmure, les mains de la femme s'agitaient, incertaines, cherchant quelque chose à saisir.

— Plus fort, je vous prie. C'est moi qui pose les questions, répondez aux magistrats. Vous n'êtes pas obligée de regarder l'accusé.

Elle aboya une série d'ordres, d'une voix plaintive à ses oreilles, coupante pour les autres, impérieuse pour le témoin. L'accusé avait l'air inoffensif.

— Nous avons établi que vous viviez avec l'accusé. A quelle heure est-il rentré ce soir-là ?

— Onze heures et demie.

— Une heure habituelle ?

— Plus ou moins.

— Avez-vous parlé de quelque chose ?

— Oui. Il m'a dit qu'il voulait à manger et je lui ai répondu qu'il n'y avait rien. Il s'est fâché.

Elle prenait confiance, elle parlait plus vite.

— Qu'est-il arrivé ensuite ?

Oh, si elle avait mis une livre de côté à chaque fois qu'elle avait incité un témoin à poursuivre grâce à une question neutre !

— Il m'a frappée.

— Pouvez-vous nous donner plus de détails ?

— Il... m'a filé un coup de boule. Vous savez, il m'a donné un coup de tête dans la figure. J'ai senti mon nez éclater, il y avait du sang partout, j'ai commencé à crier et le bébé s'est réveillé et...

— Pouvez-vous reprendre plus lentement ? Vous voyez cette femme qui écrit tout ce que vous dites. Essayez de regarder son stylo.

Phrase par phrase. Les mots, les coups, les cris du bébé, les décisions : devait-elle s'occuper d'abord de l'enfant ou aller dans la salle de bains de peur de le tacher avec son sang. Les cheveux d'Helen étaient plaqués sur un crâne dont la peau frémissait de dégoût.

Elle se pencha vers son adversaire.

— Pas d'objection à ce qu'elle ait appelé la police, n'est-ce pas ? Puis-je poursuivre ?

Elle tourna une autre page détrempée, comme si elle ne la connaissait pas par cœur ! Derrière son dos, elle sentit que Mary Secura se détendait quelque peu.

— Vous avez appelé la police. Quelle heure était-il ?

— Un peu plus tard. Environ une demi-heure.

— Pourquoi avoir attendu ? Pourquoi ne pas avoir appelé tout de suite ?

Le visage de la jeune femme prit un ton rouge terne, les premiers signes de la colère apparurent.

— Je n'ai appelé que quand j'ai vu ce qu'il avait fait !

— Votre blessure, vous voulez dire ?

Impatiente, la femme fit un geste de dénégation ; d'autres gouttes de sueur atterrirent sur les cheveux d'Helen.

— Non. Mais il avait été dans la cuisine et il avait mangé le repas du bébé. Deux petits pots, et il avait bu tout le lait. Il ne m'en restait plus pour le matin. C'est là que j'ai téléphoné.

Le point limite variait à chaque fois, disait Mary Secura. On ne savait jamais ce qui les faisait craquer, l'odeur d'une autre femme, le lait du bébé volatilisé...

L'été avait tourné en un cauchemar débilitant de ciels gris et d'humidité poisseuse. Plus tard, rafraîchie, Helen essayait d'expliquer à Emily Eliot l'émerveillement dans lequel elle était plongée deux semaines après l'arrivée de Cath, mais aussi le mélange d'émotions qu'elle avait ressenti à la fin de l'affaire qu'elle avait réussi à gagner. Justice était faite, elle aurait dû éprouver un sentiment de triomphe : un homme attendait sa condamnation à une peine d'emprisonnement, Mary Secura était résolument satisfaite, le témoin pleurait. Et pourtant, elle ne ressentait rien de tout cela, au contraire l'impression que les révélations obtenues par ses manœuvres, ses poses, son agressivité, ses cajoleries pendant le contre-interrogatoire n'étaient qu'une pâle version inexacte de la vérité. Emily ne voulait pas écouter ; personne ne voulait écouter des choses pareilles, pas ceux qui menaient une vie familiale normale. Personne ne voulait l'écouter exposer ses frustrations d'avoir à suivre les règles de la justice, non pour l'amour du bien, mais simplement parce que c'était le seul moyen de faire de son mieux. Emily ne voulait pas entrer dans une discussion philosophique.

— Ton style de vie est parfait, tu sais, dit Emily, lugubre. Un homme viril qui vient deux jours par semaine, pas d'enfants, un double salaire, tout ça.

Elles étaient dans le bar à vins-cafétéria, à côté de Peter Jones, le magasin qui faisait nocturne le mercredi. Pour la première fois, Helen était en colère après Emily, ce qui expliquait qu'il était nécessaire de mettre les choses au point. Une amie était une amie. Une amie avec des enfants était le genre d'amie pour qui on devait pouvoir traverser Londres puisqu'on se soumettait à ses convenances, que notre propre emploi du temps était infiniment moins important que le sien, et nos propres obligations, apparemment, nulles.

— A t'entendre, je ne fais rien le reste du temps, dit-elle. En outre, je ne profite pas des revenus de Bailey, et je ne le souhaite d'ailleurs pas. C'est dommage, il gagne plus que moi.

Emily parut déconfite.

— Oh, je suis désolée, dit-elle, désamorçant tout malentendu avant qu'il ne devienne une gêne. Je manque de délicatesse et je ne suis pas très réaliste, on dirait. C'est que je t'envie parfois.

— Tu plaisantes ! s'exclama Helen. En tout cas, tu ne m'aurais pas enviée ce matin au tribunal. Et figure-toi que je t'envie souvent.

Ses propres mots lui revinrent à la figure comme autant de petites flèches. Envier les autres était frappé d'anathème. Même s'ils avaient des enfants en bonne santé, un mari fidèle, une maison merveilleuse et une vision de la vie qu'Helen trouvait de plus en plus séduisante. Les murailles du château, se dit-elle. Il faut te construire des murailles.

— Non, je ne plaisante pas, grimaça Emily. Je sais que tu travailles beaucoup, que ce n'est pas facile, mais s'occuper d'une famille comme la mienne me donne parfois l'impression d'être comme le linge dans le tambour du séchoir, tourneboulé, même s'il ressort bien comme il faut à la fin. Je ne sais pas depuis combien de temps je n'ai pas ouvert un livre.

— Ah, quelle vie ! railla Helen. Moi, je lis pour m'empêcher de faire des cauchemars.

Elles venaient juste de décider du choix final pour les bleus et les jaunes qui avaient hanté Helen depuis quinze jours et lui donnaient maintenant l'impression de voir double. Helen adorait faire du shopping ; Emily Eliot savait s'y prendre. Pour Emily, le shopping était une mission avec des buts quantifiables ; pour Helen, c'était une excuse à une glorieuse indécision.

— Tu n'aimerais pas mener une vie de famille conventionnelle, Helen, je suis sûre que tu n'aimerais pas ça.

C'est drôle comme les gens s'acharnent à faire croire qu'ils n'ont pas autant de chance qu'ils en ont l'air, se dit Helen. Des échantillons du tissu choisi reposaient sur la table devant elles. Helen en avait une douzaine d'autres chez elle. Elle regrettait presque le caractère irrévocable du choix, préférant se ronger les sangs, bouleversée par l'événement, sidérée par le prix, et se demandait si elle avait encore le temps de changer d'avis avant que la couturière d'Emily ne sabote le travail.

— Comment peux-tu dire que je n'aimerais pas être mariée avec 2,2 enfants ? Je pourrais si je m'y mettais, même si je suis un peu vieille pour une première grossesse, et je pourrais gagner du temps en ayant des jumeaux.

— Ouais, ben, tu ferais mieux de te décider avant de redécorer ton appartement. Ne crois pas que tu as la science infuse parce que tu as un chat.

Helen ne répondit rien ; elle sentait monter la dépression, comme un début de migraine, qui la prenait souvent quand elle soumettait sa vie à un examen minutieux. Emily l'observa attentivement, puis ramassa un morceau de tissu jaune doré avec de fines rayures bleues.

— Tu avais raison pour celui-là, dit-elle. Ecoute, Helen, est-ce que je me trompe ou est-ce que tu en es arrivée au point où tu aimerais que ce cher vieux Bailey fasse de toi une femme honnête ? Est-ce que je détecte un désir naissant pour le compte joint et l'arrivée d'un heureux événement ?

— Dit comme ça, je ne sais pas.

— Bon, au cas où tu en serais là, permets-moi de te suggérer l'approche primitive. Tu sais combien ils détestent les bouleversements, les pauvres chéris, et combien ils adorent leur petit confort. Eh bien, dès que tes trois ou quatre pièces seront retapées, invite-le dans une oasis de félicité domestique, extase culinaire et tout le tremblement. Ça marche à merveille.

Helen éclata de rire.

— C'est comme ça que tu as mis le grappin sur Alistair ?

— Tu ferais mieux de me croire. Même le meilleur des hommes est ambivalent, tu sais. Il suffit de l'amener à t'épouser.

— Et maintenant, même si ça lui venait à l'esprit, ce qui n'arrivera pas, bien sûr, ton cher Alistair ne te plaquerait pas ?

— Il faudrait qu'il me passe sur le corps, dit Emily avec une détermination menaçante qu'Helen trouva déconcertante. Je le tondrais, ajouta-t-elle, et je le tuerais. Un autre verre ?

— Une autre fois. Il faut que j'attrape le 59.

— Oh, Seigneur ! Tant pis. (Emily fit un signe, se pencha sur la table, les bras croisés sur la poitrine, confidentielle.) Oublions les hommes. Raconte-moi comment tu t'en sors avec Cath.

— Hein ?

Helen pensait à la construction de son nid, araignée tissant sa toile pour attraper une grosse mouche disgracieuse. Emily tambourina sur la table, puis claqua ses doigts devant les yeux d'Helen.

— Hé, il me faut des potins ! Parlons de Cath, notre femme de ménage commune. Je ne t'en ai jamais parlé parce qu'elle est adorable, et que je lui fais entièrement confiance pour s'occuper des enfants, mais elle m'agace parfois. Il lui arrive d'être maladroite. Parfois, elle est tellement prudente que j'en hurlerais. Et la minute suivante, elle est dans un autre monde. C'est peut-être pour ça qu'elle s'est fait cet atroce hématome en tombant dans ta baignoire.

Emily se mordit la langue en repensant à la façon dont Cath mangeait la bouche ouverte.

Cath ne nettoyait jamais la salle de bains. Helen avait été claire là-dessus, c'est la seule chose que je fais sans problèmes, et en plus, je ne peux tout de même pas demander à quelqu'un de nettoyer mes toilettes. La salle de bains était la seule chose immaculée de l'appartement, pour commencer. Sur la défensive, Helen se fit évasive.

— J'ai à peine vu Cath depuis que je l'ai engagée, dit-elle, prudente. D'ailleurs, je n'ai pas besoin de la voir. Elle part quand j'arrive. J'ai vu ce qu'elle était capable de faire. Oh, à propos, qui est venu dîner chez toi l'autre soir ?

Emily enfouit sa tête dans ses mains.

— Des juges végétariens. Ils étaient trois. Avec leurs épouses. J'avais fait un gigot d'agneau.

Dans la soirée, après une averse, la chaleur étouffante avait cédé le pas à une splendeur traîtresse. La lumière était parfaite, et l'immobilité de l'air faisait pencher gracieusement les arbres, aux feuilles d'un vert affriolant après la pluie, qui bordaient la rue d'Helen et ornaient son jardin. Il y avait comme un salut blasé dans le balancement languide des branches, on aurait dit une foule d'infortunés écoliers engagés pour accueillir une célébrité et lassés de l'attendre.

Le tissu des rideaux acheté, la peinture aussi. Retaper l'appartement ; il n'y avait rien de plus important.

Pas de Bailey ce soir, pas de main à serrer dans le noir, pas de corps à étreindre. Helen ouvrit la porte de l'entresol, remarqua la propreté impeccable des fenêtres qui lui renvoyaient son visage pâle et ses longs cheveux noirs en grand désordre. Puis, quand le battant s'ouvrit à la volée, elle sentit l'odeur, désormais familière et agréable, des opérations de Cath. Cire à la lavande, légère bouffée d'eau de Javel, absence de poussière et de toute autre odeur. Helen se délectait de ces odeurs, elle les aimait assez pour atténuer sa propre réticence à confier ses clés, la partie de l'arrangement qu'elle détestait. Elle n'était pas comme Emily Eliot, elle n'aimait pas trop les maisons ouvertes à tous.

Mais il y avait plus qu'une simple odeur ; il y avait autre chose. Helen sentit le courant d'air qui flottait dans le long couloir et menaçait de faire claquer la porte d'entrée quand on avait oublié de fermer les portes-fenêtres de la chambre à coucher. Une peur soudaine lui fit baisser les bras et elle entendit, inerte, la porte claquer derrière elle. Sa gorge se noua l'espace d'un instant, mais ses yeux s'accommodèrent à la pénombre, et la peur refusa de s'installer. Dans le hall, elle vit l'aspirateur, couché comme un animal endormi, un chiffon à poussière par terre, et de la chambre lui parvint l'étrange grognement de quelqu'un qui chantonnait « Onward Christian Soldiers ». Les cambrioleurs ne font pas le ménage ; c'était le job de Cath. Le soulagement lentement acquis vira à la colère.

— Qu'est-ce que vous fichez là ?

C'était une question idiote, et en la formulant sa colère tomba. Cath nettoyait les portes-fenêtres, la bouche ouverte, interrompue entre deux vers, le chat pelotonné à ses pieds, suant le labeur, le chemisier ôté, ne portant qu'un T-shirt qui lui allait mal. Les deux femmes se regardèrent, aussi stupéfaites l'une que l'autre.

— Je lave les carreaux, vous voyez bien, maugréa Cath sur la défensive.

La lumière était éclatante, comme toujours à l'arrière de l'appartement. Helen plissa les yeux, le temps qu'ils s'adaptent, pour discerner ce qu'il y avait à voir : le haut des bras de Cath couvert de bleus jusqu'au torse. Cath suivit son regard, puis se détourna délibérément.

— Vous m'avez flanqué une de ces trouilles, dit Helen.

Elle s'avança vers le lit qui occupait le centre de la chambre, ôta sa veste et l'étendit par-dessus le chemisier blanc de Cath. Cette dernière ne répondit pas, et ne reprit pas non plus sa chanson.

— Vous travaillez tard ?

— Oui.

— Je vais faire du thé, alors.

C'était cruel, se dit Helen, de laisser Cath dans la lumière de la pièce dont les carreaux propres ne l'épargnaient pas et dévoilaient l'agressivité qui empourprait son visage, assise, comme elle l'était, les bras croisés devant sa poitrine, offrant un mélange de défi et de détresse. Sur ses gardes, comme Shirley Rix.

— Je croyais que vous travailliez ici entre trois et cinq heures, dit Helen, qui consulta sa montre. Il est sept heures et demie.

Une réponse à peine murmurée, un violent hochement de tête. Elle a des cheveux superbes, songea Helen. Abondants et bouclés. Instinctivement, elle palpa les siens, raides et ternis par ses heures au tribunal.

110

— Vous dites, Cath ? Excusez-moi, je n'ai pas entendu.

— J'ai dit : il faisait si chaud, je ne supportais pas l'idée de prendre le bus.

— Vous vous êtes installée dans le jardin, alors ? Vous vous êtes endormie, peut-être ?

Helen aurait voulu abandonner l'art mineur du contre-interrogatoire, se débarrasser de sa manie des questions incessantes, et se forcer à fermer les yeux alors que ceux de la jeune femme la suppliaient justement de le faire. Elle posa le thé sur la table. Il lui semblait malavisé d'offrir du vin, surtout en se rappelant sa gêne à l'idée que Cath trouve des bouteilles vides dans la poubelle. Helen se pencha vers elle, serrant les dents à contrecœur.

— Ecoutez, Cath, vous ne me connaissez pas et je ne vous connais pas non plus. Ça facilitera peut-être les choses. Mais vous ne sortirez pas d'ici avant de m'avoir dit d'où viennent ces bleus. C'est bien compris ?

— C'est bien compris ? dit Bailey à Ryan. Pas de vannes. Il faut qu'on soit sobres et raisonnables.

— Je suis toujours raisonnable, objecta Ryan.

— C'est ce que dit le renard dans le poulailler. Il faut qu'on ait l'air de deux flics qui boivent un verre en bavardant.

— Dans ce cas, ils ne s'attendront pas à ce qu'on soit sobres.

Ryan était un chouïa minutieux, il détestait boire à moitié, presque autant que mélanger le travail et le plaisir.

— Pourquoi on est là, déjà ? demanda-t-il. Je croyais que vous disiez qu'on sortirait prendre un verre. Je ne suis pas sorti prendre un verre depuis...

— La semaine dernière, coupa sèchement Bailey. J'ai vu dans quel état vous étiez vendredi dernier. Vous croyez que je suis aveugle ? Vos yeux ressemblaient à de la barbe à papa.

— J'en mange jamais. Bon, expliquez-moi encore. L'affaire Damien Flood est bouclée. Alors, qu'est-ce qu'on branle ici ?

— Oh, pas grand-chose. On vient voir Michou Gat, peut-être. Causer avec tous ceux qui voudront bien bavarder avec nous.

— Qui est ce Michou Gat ? pesta Ryan. Y a pas grand monde qui risque de venir bavarder avec nous, vous croyez pas ?

Bailey soupira. Que Ryan ignore l'existence de Michou Gat résumait tout le mal qu'il s'était donné dans cette affaire.

— Oh, j'en sais rien. Tiens, voilà le cousin de Dave Jones ; le type qui nous fait de l'œil, là-bas. Ça m'étonne qu'on l'ait laissé sortir.

Ce n'était pas un si mauvais pub. On n'y avait pas le frisson du danger que Ryan appréciait secrètement dans les pubs de l'East End, où on reconnaissait un policier à dix mètres et où on l'accueillait aussi chaleureusement qu'un cafard ; où on devinait les bottes prêtes à vous écraser les arpions ; où on flairait l'humeur et où on avait un goût de haine dans la bouche. Ici, c'était un endroit bien tenu, un débit de boissons, certes, où on servait à boire aux chevaux de retour comme aux jeunes débutants, toutes races confondues, mais sa véritable raison d'être, c'étaient les tables de billard. Presque tous les habitués jouaient au billard, ce qui conférait au pub une atmosphère dans laquelle tout autre affrontement était exclu. Etaient également de trop, la plupart du temps, les femmes, les petites amies, et quiconque ne jouait pas.

— Ils doivent se faire une fortune avec les tables, remarqua Ryan. On fait une partie ?

Bailey refusa d'un signe de tête.

Le bar offrait un contraste saisissant avec un endroit comme le Spoon and Fiddle. C'était le genre de pub fréquenté par des buveurs pantouflards où Michou Gat devait se sentir chez elle. Michou n'aurait pas risqué la bagarre. Risquer de l'argent était autre chose car dans la philosophie de Michou, la malhonnêteté n'était même pas antisociale. C'était la raison pour laquelle il était si bizarre que ce pub dans lequel Bailey avait entraîné Ryan ait été le lieu d'une violente dispute qui s'était soldée par une mort d'homme. Non, ce n'était décidément pas l'en-

112

droit. On ne versait pas de sang dans les pubs de Michou Gat, seulement dans le petit parc voisin, à côté du centre de loisirs.

— Je ne comprends toujours pas pourquoi.

Ryan avait sa voix plaintive, qui, bien qu'irritante, agissait sur la conscience de Bailey. Dieu seul savait pourquoi : Ryan avait davantage de dettes envers Bailey que l'un ou l'autre ne pouvait en énumérer. Les deux hommes n'agissaient jamais en accord avec l'affection irrationnelle qui les reliait. Ils passaient leur temps à se lancer des piques. Ryan renâclait parce que l'atmosphère l'empêchait justement de vanner. Il regarda ses pieds, examina ses chaussures neuves, trop chaudes et trop lourdes pour la saison. Il agita ses doigts de pied à l'intérieur de la carapace de cuir trop dur. Rien à faire. Pas question non plus de nouvelles chaussures, avec l'école à payer pour les gosses et sa femme qui menaçait de le mettre au régime sandwiches. Un peu comme la pépée de Bailey, même si certaines remarques du chef laissaient penser qu'elle avait fait des progrès. Il se pencha pour renouer ses lacets, et se figea.

Michou avait passé une tenue de soirée. Une paire de chaussures blanches à talons hauts comprimaient ses pieds. Une chaîne en or entourait une des chevilles. Des collants noirs remontaient le long de mollets énormes, de cuisses gargantuesques et disparaissaient sous un chemisier d'un blanc étincelant sur lequel le légendaire « Michaela » était cousu en fil d'or sur une poitrine fatiguée qui se fondait avec le ventre pour former un tronc massif. Une série de doubles mentons conduisait à un large visage. De grosses boucles de cheveux blond pâle dansaient, soigneusement disciplinées. Lèvres vermeilles, yeux bleus perçants ; quant à l'âge de l'apparition, il était indéterminé. Le regard de Ryan se posa sur une monstrueuse paire de battoirs, aux ongles manucurés, qui, à hauteur de taille, caressait délicatement un verre de jus d'orange.

— Je vous sers quelque chose, les gars ? demanda Michou.

Ryan était pétrifié. Ainsi, c'était pour cela que Bailey

l'avait traîné ici, soi-disant pour une sortie. Il avait sans doute besoin d'un garde du corps, ou, peut-être, d'un appât à jeter en pâture aux lions.

— Mais je n'ai pas l'impression de vous avoir vu ces derniers temps, Mr. Bailey, poursuivit Michou d'un grondement bon enfant. Et j'aimerais savoir ce qui me vaut le plaisir. Qu'est-ce que vous buvez ?

C'était la plus forte femme que Ryan ait jamais vue, un mètre quatre-vingts bien tassé. Il aurait préféré affronter un camion-citerne. Il sentait le sol trembler lorsqu'elle respirait. Il leva les yeux vers la grosse face cabossée de Michou Gat et découvrit qu'elle était plissée de sourires, or même Ryan pouvait dire quand un sourire n'était pas tout à fait prélude à une menace. Soit elle voulait d'abord jouer avec eux, soit elle était contente de les voir. La tape qu'elle administra à Bailey sur l'épaule en aurait envoyé plus d'un au tapis. En fait, seule la table vacilla légèrement. Les pieds de la chaise craquèrent affreusement quand Michou s'assit... lourdement.

— Comment va, Michaela ? Non, on ne s'est pas vus depuis un bail.

— C'est d'autant plus dommage, Mr. Bailey, que je n'ai pas été au mieux. Oh, les gosses vont bien, mon homme aussi, et les affaires ne vont pas mal. J'imagine que vous n'êtes pas venus pour vérifier ma licence ou un truc comme ça, parce que sinon, fichez le camp. Autrement...

— Non, Michou, on n'est pas là pour ça. Vous me connaissez mieux que ça.

— C'est ce que je croyais, soupira Michou, mais on ne sait jamais.

Elle laissa échapper un rire tonitruant qui secoua la lampe au-dessus de sa tête. Au bar, où les consommateurs s'étaient arrêtés pour l'écouter, les têtes se détournèrent et les conversations reprirent. Ryan recommença à respirer normalement.

— Je suis toujours content de vous voir, Michou. Ça va mieux que je ne l'aurais cru. Je me serais bien arrêté pour bavarder devant le Spoon, un bien beau pub, d'ailleurs, mais ça ne m'a pas semblé judicieux, vous étiez occupée. C'est à propos de Damien.

— On l'a arrêté, pas vrai ? Je parle de ce maudit gamin qui a fait le coup. Le petit fumier.

— On en a eu un, Michou. Seulement un.

Michou hocha lentement la tête. Ryan ne put s'empêcher de penser à un taureau qui s'ébroue pour chasser les mouches.

— Une sale affaire, Mr. Bailey. Oui, une sale affaire. C'étaient pas des gars d'ici. On n'aurait jamais dû les laisser entrer.

La même chose vaut pour nous, songea Ryan, qui se jura de la fermer, sauf pour boire.

— Vous n'avez rien à me dire, Michou ? C'est que nous aimerions nettoyer un peu mieux que nous ne l'avons fait. Le jeune est revenu armé, d'accord, mais il affirme qu'il n'a utilisé son couteau que pour une égratignure, à peine.

— Fallait s'attendre à ce qu'il dise ça, grogna Michou.

— Et ce Damien, insista Bailey en glissant ses cigarettes dans sa poche. C'était un gars à part, non ? Vous ne lui connaissiez pas des ennemis, par hasard ?

Michou hocha la tête, satisfaite, en voyant les cigarettes disparaître. Elle était capable de boire un tonneau entier, mais ne portait pas le tabac dans son cœur ; c'était mauvais pour le sport. Elle hocha la tête avec un sourire triste. Les clopes lui rappelaient son pauvre cher Harry, qui crachait ses poumons à la maison.

— Non, Mr. Bailey, pas d'ennemis, et vous savez que je serais incapable de vous mentir. Il était génial au billard ; honnêtement, Damien était génial, point. Toujours prêt à rire, il aurait pu être un grand boxeur, mais il aimait trop la vie. Oh, il y avait bien des gars qui râlaient quand il ponctionnait leur fric à la fin d'une partie, mais ça ne durait pas. Il leur aurait rendu s'ils lui avaient demandé gentiment. Tout le monde aimait Damien. Non, c'étaient des jeunes d'un autre pub, quel gâchis.

Michou était une sentimentale, c'était sa seconde nature. Ryan s'aperçut qu'elle était au bord des larmes.

L'idée en elle-même était terrifiante. Le bras d'un homme normal n'aurait pas entouré ses épaules à moitié.

— Il avait de la famille ? risqua Bailey.

— Juste sa sœur. Il l'emmenait partout avec lui à ses débuts, jusqu'à ce qu'elle rencontre Joe Boyce. Je crois bien qu'ils étaient orphelins, en tout cas, ils étaient très proches. C'est sympa, non ? Une famille unie comme ça. Bah, ils étaient seuls au monde, ça explique tout. J'avais quelques dettes envers Damien, Mr. Bailey, c'est pour ça que j'ai confié le bar du Spoon à Joe. Encore un qui boit trop, mais pas au point qu'on le remarque.

Ryan crut déceler une certaine prudence dans les dernières phrases de Michou. Deux pintes apparurent sur la table. Ryan se retint d'empoigner avidement sa chope, se contenta de la regarder comme un assoiffé, et de remercier d'un hochement de tête.

— Quand même, ce Joe Boyce, suggéra Bailey, il n'a pas été d'un grand secours.

Bailey naviguait à vue, Ryan le devina à sa voix. Il ne comprenait pas le bonhomme, non, il ne le comprenait pas. Ils avaient obtenu un résultat pour le meurtre au second degré, pas vrai ? Ou ils l'obtiendraient, après, au tribunal. Pourquoi cette perte de temps alors qu'il restait du pain sur la planche ? C'étaient pas les cadavres qui manquaient. Michou leva les bras et éclata du même rire tonitruant.

— Allez, Mr. Bailey. Ce minuscule Joe Boyce n'est qu'un suiveur. Il lui faut un héros, il se croit dur, mais il ne ferait pas de mal à une mouche. Quand même, je ne peux pas lui en vouloir. Damien était chic avec lui, d'accord, mais il n'aurait jamais demandé que Joe lui serve de nounou. Joe devait s'occuper de sa femme, et d'ailleurs, il aurait été foutrement inutile. Ils allaient souvent boire un verre ensemble, puis Damien donnait un cadeau à Joe, du parfum ou un truc comme ça, pour qu'il le rapporte à Cath, et hop, il y allait, comme un bon petit gars. C'est Joe Boyce tout craché. Il fait ce qu'on lui dit de faire.

— Comme celui-là, dit Bailey en pointant son menton vers Ryan. Il est obéissant et respectueux, hein, Ryan ?

Ryan acquiesça bêtement, puis fit comme Bailey, et se leva.

— C'est pour ça que je dois le ramener chez sa femme, poursuivit Bailey. Vous savez comment vous êtes, vous autres les femmes.

— Oui, je sais, Mr. Bailey, dit Michou, et elle sortit un battoir manucuré de sa poche pour le tendre à Ryan. Nous autres, les femmes, on est comme les chats. On ne reste que si on nous nourrit.

— Pourquoi restez-vous ?

Helen sentait qu'elle aurait dû savoir, mais elle n'arrivait pas à cacher son incompréhension.

Cath réussit à cacher son étonnement, elle.

— Oh, je n'ai aucune envie de partir. Il est gentil avec moi, sincèrement. Je sais pas pourquoi il est comme ça, mais c'est un fait. C'est l'alcool, sans ça il est pas si mauvais. Il peut même être adorable, mon Joe.

Cath ne put réfréner une note de fierté.

— Vous en avez déjà parlé à Emily ?

— Bien sûr que non. Pourquoi je lui en parlerais ? C'est une femme mariée respectable.

Ce qui signifiait, bien sûr, qu'Helen ne l'était pas. Il y avait assez de signes de la présence de Bailey. Des chemises dans l'armoire, la drôle de paire de chaussures que seul un homme pouvait porter, les sous-vêtements, qui indiquaient une présence étrangère. La découverte par Cath de ces objets, et les sentiments qu'ils évoquaient en elle — la pitié ou la désapprobation — affectaient Helen, mais pas exagérément. Elle avait bien trop vécu pour s'effondrer sous le poids de l'opinion d'autrui ; néanmoins, la façon dont elle menait sa vie ne regardait qu'elle. Elle se secoua. Finalement, elle avait eu une bonne idée d'offrir du vin à Cath. Cela lui avait délié la langue.

— Mais qu'est-ce qui la provoque, cette violence ? Pas seulement l'alcool ?

— Oh, un mélange de choses, j'imagine, bredouilla Cath. Par exemple, si j'ai acheté un truc d'occase. Il n'aime que le neuf. Il ne supporte pas l'idée qu'on ait utilisé les trucs avant lui. Sauf si ça vient de l'armée. Moi, c'est le contraire. Ça rime à rien d'acheter du neuf quand on peut avoir de bonnes occasions bien patinées. Sauf pour un lit, bien sûr. Je ne supporterais pas de dormir dans un lit qu'a déjà servi.

Soudain, Cath se mit à pleurer, une série de sanglots gutturaux qui ressemblait davantage à un accès d'éternuements. Helen ne broncha pas. Dans le jardin où elles s'étaient installées, l'air devint plus froid ; la soirée parfaite avait décliné en un coucher de soleil rougeoyant. Helen ne connaissait pas assez Cath Boyce, elle ne l'aimait pas assez pour lui offrir un réconfort, et d'une certaine manière, elle comprenait pourquoi Cath irritait tant Emily, et elle n'avait pas très envie de la toucher. Ou bien elle avait appris à ne pas faire comme Mary Secura, à garder ses distances. Cath n'essaya pas de contrôler ses larmes, comme si elle savait que ç'aurait été voué à l'échec. Elle les laissa ruisseler sans faire le moindre effort pour sécher ses yeux, se moucher ou se maîtriser, avant que l'orage ne passe aussi subitement qu'il avait éclaté.

— J'aime votre maison, et aussi celle de Mrs. Eliot. Je pourrais pas en parler à Mrs. Eliot parce que j'ai trop besoin de mes heures de ménage.

— Elle ne vous virerait pas parce que... parce que vous avez des ennuis chez vous.

Cath leva un sourcil, fit la moue, puis déclara avec prudence :

— Non, sans doute pas. Enfin, voilà, Joe a parfois le cafard. Il n'a jamais su ce qu'il voulait faire, vous comprenez. A part m'épouser. Je travaillais dans un grand hôtel, j'étais femme de chambre, lui, il était dans l'armée. Je crois qu'il avait rencontré mon frère à la boxe, à moins que ce soit au billard, toujours est-il qu'un soir, je vais voir Damien et il était là. Joe, mon homme. (Elle se courba soudain en deux en se tenant l'estomac.) Vous n'avez rien à manger ? demanda-t-elle.

Helen trouva trois paquets de cacahouètes qu'elle avait mis de côté pour un de ses dîners des jours sans Bailey. Cath se précipita dessus avec une telle avidité qu'elle éparpilla les cacahouètes en déchirant le paquet. Elle ne parut même pas s'en apercevoir, et mastiqua bruyamment, à toute vitesse. Helen détourna la tête.

— Enfin, je l'aimais, quoi. Damien disait toujours

qu'il me trouverait quelqu'un. C'est mon frère. On ne s'est pas quittés depuis qu'on est partis de chez nous. Presque pas, en tout cas. Joe vivait dans un hôtel. C'était pas bon, on avait nulle part où aller, vous comprenez. On s'est mariés quand même, Damien avait beaucoup d'argent à l'époque. Joe adorait Damien, tout le monde l'adorait. Il connaissait Michou Gat, Harry et tous les autres. Ce serait peut-être trop vous demander de me donner une cigarette ?

— Servez-vous.

— Joe nous a dégoté un appartement. Damien a trouvé une place à Joe chez Michou Gat. Je crois que c'est à ce moment-là qu'il a commencé.

Elle tira une bouffée d'une Silk Cut ultralégère, puis regarda la cigarette, ahurie. Helen comprit que la fumée lui donnait la nausée. Le déjeuner remontait à loin, un demi-sandwich quelque part. Elle-même se sentit nauséeuse, par sympathie.

— Comment sera-t-il ce soir ? s'enquit-elle.

Cath fit un geste, d'un air dégagé.

— Oh, y aura pas de problèmes. D'habitude, il est de bonne humeur le jeudi. Ça va tant que je le critique pas.

Alors, avec une brusquerie qui démentait sa désinvolture, elle se leva, le visage rouge d'embarras.

— Faut que j'y aille, annonça-t-elle. Où j'ai mis ma chemise ?

— Sur le lit.

— Faut que j'y aille, répéta Cath. Faut que j'y aille.

— Asseyez-vous, ordonna Helen. Je peux vous reconduire ou vous appeler un taxi. Qu'est-ce que vous préférez ?

— Le bus, dit Cath.

— Vous m'avez dit que vous étiez restée tard parce que vous ne supportiez pas le 59.

— J'habite sur le trajet. Damien et moi, on vivait sur le trajet du 59. J'ai rencontré Joe dans un pub qui se trouve sur le trajet. Je vais travailler sur le même trajet, Joe aussi. J'en ai marre de voir toujours le même trajet. Mais pas tout le temps. En ce moment.

Elle grandit, elle sembla croître sous les yeux d'Helen

et se transformer en quelque chose qu'elle n'avait jamais vu, puis elle rétrécit de nouveau, et reprit les plis de Cath.

— Votre frère, il peut vous aider ? questionna Helen.

Cath lui lança un regard haineux.

— Bien sûr que non. Il est mort.

Il y eut un silence qui défia les mots.

— Je suis désolée, bredouilla Helen. J'aurais mieux fait de me taire. Vous allez faire quelque chose ? Pour Joe, je veux dire.

— Non, et vous pourrez pas me forcer.

— Non, en effet.

Helen se souvint de Mary Secura. On ne peut pas les forcer, il faut attendre qu'elles fassent la démarche.

— Vous n'allez pas le dire à Mrs. Eliot ?

— Pourquoi ? Vous n'avez rien fait de mal.

— Non, dit Cath, incertaine. Non, j'ai rien fait de mal, hein ?

Lorsque la porte d'entrée se referma, Helen ne ressentit qu'un soulagement... teinté de culpabilité. Elle comprenait ce qu'ils voulaient dire, tous, les Mary Secura, les juges, l'opinion publique britannique. Au fond de son cœur, Helen ne voulait rien savoir non plus. Elle ne voulait rien savoir : elle connaissait déjà trop la culpabilité et la détresse. Elle ne voulait pas être sentimentale, ni être une alliée. Si elle ne pouvait s'offrir une vie ennuyeuse, elle pouvait au moins avoir une vie tranquille, derrière des murailles, où tous les problèmes pouvaient être reportés au lendemain, les siens exceptés. Une vie sans une femme de ménage qui apportait son linge sale au lieu de laver celui des autres, dans un endroit où il n'y aurait personne à plaindre, personne qui lui demanderait de soigner ce qui était incurable. Elle faisait déjà ça toute la journée.

Tandis que Bailey et Ryan, sobres comme des bébés, sortaient du bar de Michou Gat pour rejoindre des lieux plus conviviaux, Helen West commença, d'abord sans entrain, puis avec une énergie croissante, à laver les murs rouges de la chambre. Elle enleva d'abord les tableaux, puis frotta. Prête à passer la couche de peinture, à retaper, à rénover, à élever des murailles.

Deuxième partie

7

Dehors, il pleuvait. Trop chaud pour allumer le chauffage central, trop froid pour ouvrir les fenêtres, ils se blottirent dans l'atmosphère renfermée, les carreaux embués ajoutaient un parfum de claustrophobie dans un bureau déjà trop petit. La photo de Shirley Rix avait disparu du mur. A sa place, il y avait des cartes postales, mer bleu turquoise, sable doré, messages de collègues absents en train de prendre du bon temps. Seuls ceux qui n'avaient pas d'enfants restaient en poste au mois d'août. Si tu ne comprends pas la plaisanterie, avait dit pour la quinzième fois Sylvia à Mary, tu n'aurais jamais dû t'engager.

— D'accord, Mike Ryan, si tu veux te rendre utile, prends une serpillière et un seau, et viens éponger. La pluie traverse les fenêtres toutes neuves. Si tu ne bouges pas ton cul de mon bureau, je porte plainte pour harcèlement sexuel.

— T'es trop jolie quand tu te fâches, souffla Ryan. Je ne me battrai pas, j'accepterai les indemnités. Tu lis encore des magazines pornos, Mary ?

Ryan déplaça son poids, ramassa un exemplaire de *Good Housekeeping* et le feuilleta. Il venait souvent au service des Violences conjugales, voisin de son commissariat, qui avait l'avantage d'avoir un personnel exclusivement féminin. En outre, il avait un faible pour Mary. Ryan aimait les femmes entre seize et cinquante ans, point ; mais Mary voyait au-delà de ses coups d'œil, de son humour de corps de garde, elle savait que, bizarrement, on pouvait compter sur lui, sans parler du *frisson* d'attirance mutuelle, lourdement déguisé.

— Lui parle donc pas, dit Sylvia en balançant son sac sur son épaule, prête à partir. Elle n'est pas en odeur de sainteté, la pauvre.

Ryan ne releva pas.

— Vous lisez de ces trucs, vous les filles, marmonnat-il, les yeux rivés sur la photo d'une salle de bains de rêve, dont l'harmonie était contrebalancée par une baignoire pleine de mousse d'où pointaient avec coquetterie des orteils mutins. A part ça, c'est vrai que tu n'es pas en odeur de sainteté ? reprit-il sans lever la tête quand la porte se referma.

— Eh ouais.

— Qu'est-ce que t'as donc fait ?

Mary se cala sur son siège, loucha vers la pancarte d'interdiction de fumer et alluma négligemment une cigarette, les nerfs à fleur de peau.

— Bon, tu connais l'affaire Shirley Rix ? Non, tu ne la connais pas, mais je t'en ai parlé. On a eu ce fumier de mari, on l'a laissé croupir en taule en attendant le jugement, dont la date avait été fixée. Sauf que sa femme ne s'est pas présentée au tribunal et que le procureur a obtenu un report d'un mois. Bien joué, non ? Mais le même jour, Shirley s'est fait renverser par une bagnole. Elle ne pourra plus témoigner, sauf au ciel. T'en parles à personne, hein ? Je suis folle de rage parce que le fumier va s'en tirer. Je suppose qu'il va encore rester au trou une quinzaine.

— T'en as parlé à personne ? Vraiment ?

— Oh, j'ai bien prévenu son avocat, qui, juste avant de partir en vacances, a informé le cher époux attentionné qu'il était désormais veuf. Mais j'aurais dû avertir le CPS[1], non ? Pour qu'ils puissent aller au tribunal, faire cesser les poursuites et laisser le sale con en liberté. Mais je ne l'ai pas fait. J'ai laissé le fumier moisir entre quatre murs et maintenant je suis dans la merde. La bonne

---

1. Crown Prosecutor Service, service du procureur de la Couronne, équivalent du ministère public. (*N.d.T.*)

femme du CPS aussi, même si Dieu seul sait ce qu'elle aurait pu faire. Elle a été plutôt chouette, d'ailleurs, elle m'a téléphoné ce matin comme si rien ne s'était passé, mais elle voulait que je lui rende un service. Tu crois que je vais me faire virer ?

— Non, fit Ryan. On devrait te décorer. (Il se servit une cigarette dans le paquet de Mary.) Un pauvre innocent languit en prison, c'est ça ?

— Innocent, mon œil. Il va récupérer son fils et en faire un futur loubard alcoolo.

— Ecoute, dit Ryan, qui n'était pas un expert vu que Bailey l'avait tiré de tous les mauvais pas, sauf de trois mesures disciplinaires. Ce qu'il faut que tu fasses, c'est plaider la négligence due à la surcharge de travail. Accuse l'avocat. Dis que tu as mis la note dans le casier. Ne dis jamais que tu as agi délibérément, d'accord ? Tu n'auras pas d'ennuis, parole. Quand tu passeras devant la commission, mets une jupe courte et parfume-toi un max.

Elle le regarda avec un brin de lassitude.

— Une jupe courte, fit-elle. Du parfum, oui, ça changera tout.

S'ensuivit un lourd silence ; la pluie qui tombait goutte à goutte bafouait l'été.

— Comment ça va à la maison ? demanda négligemment Ryan, un œil sur le magazine. Tu fais de la décoration ou quoi ? Tu prépares le terrain pour un heureux événement ?

Mary émit un rire étranglé.

— Je me prépare à rompre, oui. (Elle se redressa, passa une main aux ongles rongés dans ses cheveux, un geste que Ryan trouvait émouvant.) Non, ajouta-t-elle, oublie ce que je viens de dire, je plaisantais. C'est lui qui voudrait un enfant, moi, ça me fait flipper. Travailler ici ne vous dégoûte pas seulement des hommes, ça vous dégoûte de tout ce qui va avec.

— Si jamais vous vous séparez, dit Ryan avec son sourire attendri, ça me laisse peut-être une chance.

Mary rit de bon cœur cette fois, puis elle se leva et le repoussa du bureau.

— Allez, Mike, qu'est-ce que tu veux vraiment ?

Il soupira, théâtral.

— Toi, fit-il. Et un petit service. Pas forcément dans cet ordre.

Trouver le nom dans le fichier prit moins d'une minute. Mary Catherine Boyce. Une visite sans suite, neuf mois plus tôt. Les voisins avaient appelé la police, on avait emmené Mary à l'hôpital, elle avait signé sa décharge le soir même, une visite de suivi le lendemain par le personnel du service des Violences conjugales. Aide refusée.

— On garde tout ça, expliqua lentement Mary à Ryan, pour les dossiers futurs. Au cas où il y aurait une autre intervention, ce qui arrive souvent. Et on leur laisse un numéro pour nous appeler directement. Certaines le font... des mois plus tard.

— Pas elle, en tout cas, dit Ryan. Il y a une seule intervention. Même pas pour tapage nocturne.

— Ce qui est bizarre avec elle, médita Mary, c'est qu'elle était à moitié déshabillée quand on l'a amenée à l'hôpital. C'est pour ça que tout le monde a paniqué, les gars ont cru au pire alors qu'elle n'avait que quelques bleus, pas jolis jolis, mais rien de terrible. Tu comprends, elle avait une énorme cicatrice qui lui plissait le ventre, un truc à vous faire froid dans le dos. On aurait dit que son jules avait vraiment essayé de la tuer. Mais quand on a creusé, elle nous a expliqué que c'était la cicatrice d'une césarienne. D'après elle, ça remontait à son adolescence, rien à voir avec son mari. Le toubib devait être un apprenti boucher. Oui, je m'en souviens. Elle n'était pas comme les autres, je veux dire, elle n'était pas effrayée. Tu m'expliques le rapport ?

— Non, c'est une idée de mon patron, pas la mienne. J'en sais pas assez.

— J'aimerais bosser pour Bailey, dit Mary, si jamais je me fais virer d'ici.

— Pourquoi pas ? Mais avance tes pions, alors. (Ryan loucha sur la fiche, réfléchit, puis haussa les épaules.) Bailey voulait savoir s'il n'avait pas des tendances violentes, Dieu seul sait pourquoi. Personnellement, je crois qu'une simple bagarre avec sa bien-aimée, ça ne compte pas.

— Parle pour toi. Bon, mais qu'est-ce qui te fait penser qu'il n'a pas recommencé ?

— Parce que, dit Ryan en tapotant la fiche de son doigt, c'est écrit ici, « en sommeil », idiote.

Mary se pencha pour lire.

— Je t'ai parlé de la proc qui m'a demandé un service, ce matin ? C'était vague, une hypothèse. Eh bien, c'était à propos de sa femme de ménage. Une certaine Cath, nom de famille inconnu, mais le numéro de téléphone est le même que sur cette fiche. Couverte de bleus, que devait-elle faire ? Rien, je lui ai dit, il n'y a rien qu'elle puisse faire. Mais on dirait que ton Mr. Boyce n'a pas perdu la main.

Ryan s'assit lourdement, faisant valser *Good Housekeeping* du bureau.

— Ah, adorable Mary, dit-il. Dans l'intérêt de ta carrière, tu ne crois pas que tu devrais songer à me rendre un autre service ?

— Qu'est-ce que je dois faire ?

Cette fois, le regard de Ryan se fit concupiscent. Il se pencha au-dessus du bureau et embrassa Mary sur la bouche, si rapidement que ce ne fut qu'une simple bise. Puis il se rassit.

— Non, soupira-t-il, c'était pas ça. Ça t'ennuierait d'aller faire une petite visite de suivi ?

L'après-midi. La pluie tapotait les fenêtres d'Helen. Elle appuya son nez contre le carreau, clouée sur place. Ceux des bureaux d'en face, tellement mieux habillés, se faufilaient parmi des rangées de machines que le CPS ne possédait pas, accomplissaient des tâches dont aucun service public n'avait idée, et avaient aussi des carreaux plus propres.

Un cadre d'âge moyen retint son attention. Il avait un front dégarni, des lunettes, était mince, soigné et actif, possédait son propre bureau et une secrétaire particulière, tandis que son homologue occupait un autre bureau à l'autre bout de l'étage, qu'Helen pouvait apercevoir en tendant le cou. Les deux hommes étaient presque identiques, leurs secrétaires aussi. L'homme numéro deux (sans lunettes) ne bougeait jamais de son petit sanctuaire, mais l'homme numéro un (avec lunettes) flirtait lourdement, non seulement avec sa secrétaire, mais aussi avec celle de son homologue, six pièces plus loin, alors que personne, dans l'espace ouvert qui reliait les deux bureaux, n'avait l'air de remarquer le manège. De l'autre côté de l'étroite rue, Helen voyait tout cela clairement et jouait avec plusieurs idées. La première consistait à coller un avertissement sur sa propre fenêtre ; une autre, au scénario plus complexe, impliquait une manœuvre de chantage. Elle saisirait Mr. Numéro un au collet, lui dirait qu'elle avait éventé son petit jeu et lui proposerait de garder le silence à condition qu'il ouvre l'œil et renvoie l'ascenseur en lui remettant une cassette vidéo des activités hebdomadaires de Redwood. Redwood fouinant dans les bureaux et rédigeant ses notes de service n'était pas une perspective excitante, mais l'attraper en train de faire ses exercices ou de changer de pantalon, ça serait parfait.

Je pourrais montrer la cassette à la réunion de cet après-midi, songea Helen, ça nous réveillerait tous.

Elle avait fait semblant de ne pas être choquée par l'omission de Mary Secura, avait fait comme si elle ne croyait pas à un acte délibéré, avait marmonné quelque chose sur les problèmes de communication, quand elle savait parfaitement que c'était mal de laisser un homme en prison, même en détention préventive, alors qu'il n'y avait plus de témoignage à apporter contre lui. Justice sommaire, à l'évidence, or trop de mensonges avaient été justifiés sur de telles bases. La justice, pour laquelle Helen brûlait d'une passion tranquille, d'où sa frustration constante, n'était pas une déesse que de pitoyables instincts de vengeance pouvaient servir. On ne rendait la justice que grâce à une attention laborieuse aux méthodes tortueuses de la loi et à son respect, malgré ses déficiences, parce qu'en fin de compte c'était encore ce qui marchait le mieux. La vérité et la loi, il n'y avait pas à en sortir. Helen savait tout cela. Rendre sa propre justice revenait à se mettre au-dessus des lois, arrogance obstinée et destructrice.

Tiens, mais regardez-le. L'homme aux lunettes part en vadrouille. Il passe une tête dans chaque bureau, lance un bonjour, se retire avec des courbettes, s'assure que tout le monde est à sa place, échange un mot en passant, laisse chacun tellement effrayé que personne n'ose bouger. Ensuite, il s'assure, en atteignant l'autre bout, que l'homme numéro deux est désespérément empêtré dans une longue communication téléphonique qui l'oblige à répondre par larges signes, bloqué au téléphone, à l'évidence, pendant au moins dix minutes. Vu à travers la buée des carreaux de deux fenêtres, le petit Roméo embrasse passionnément la secrétaire de Numéro deux, alors qu'il vient juste d'embrasser la sienne. Il s'assit sur ses genoux, et elle, que Dieu la garde, a l'air aux anges.

Le téléphone sonna.

— La réunion commence, aboya Redwood, vous êtes en retard.

Helen soupira dans l'appareil. C'était le genre d'homme à qui on pouvait faire confiance pour vous gâcher le film.

— Il faut qu'on connaisse la raison de ces failles, disait Redwood au groupe rassemblé dans la pièce quand Helen entra et s'assit dans le fond.

Il tendit les mains devant lui et les examina comme si elles étaient ses seules sources d'inspiration. Helen pensa aussitôt à une très vieille femme suivant un modèle de tricot.

— Il nous faut un système, ajouta-t-il en regardant dans la direction d'Helen, pour repérer au moins les failles les plus manifestes de nos relations avec la police. Cela signifie, bien sûr, qu'il faut nouer des relations de confiance réciproque.

Quelques hochements de tête silencieux, personne ne releva le manque de logique d'un homme qui jetait l'anathème sur toute forme de confiance et prospérait dans une atmosphère d'incertitude mutuelle. Helen, qui dessinait des croquis sur son calepin, ne daigna pas lever les yeux. Une fois que les murs de son appartement seraient repeints, en supposant que la peinture recouvre tous les trous et bosses, alors les fenêtres seraient prêtes pour les nouveaux rideaux, et est-ce que Cath viendrait cette semaine, et que penserait-elle du désordre ?

— Nous devons faire comprendre au personnel de la police la nécessité de tout nous dire. Tout, répéta Redwood pour accentuer l'effet. Par exemple, quand un témoin ne pourra plus jamais se présenter au tribunal.

— Quand un témoin meurt, par exemple, dit Helen, d'une voix suffisamment audible, bien qu'assourdie.

— Vous avez dit quelque chose, miss West ?

— Non, rien.

— Parfait.

Excusez-moi d'être vivante. L'insolence précipiterait sa chute. Tout cela était en rapport avec la pauvre Shirley Rix, celle aux grands yeux qui crevaient la photo, une des nombreuses victimes anonymes qu'elle avait vues en image mais n'avait jamais rencontrées, qui restera comme une énième entaille dans sa colonne de culpabilité, une énième marque dans son registre des échecs personnels. Regrettée par Redwood comme n'importe quelle source d'embarras. Assise au fond de la pièce, Helen se renfrogna, têtue comme une mule. Même de loin Redwood devina son impatience amère.

— Nous avons connu une belle débâcle, poursuivit Redwood. Dans une affaire qui aurait dû être abandonnée bien plus tôt. Mesdames et messieurs, s'il est clair qu'un témoin ne viendra pas déposer à la barre, je vous prie de prendre une décision rapide. Et plus elle est rapide mieux ce sera. Ne demandez pas d'ajournements simplement pour sauver la face. Et ne vous débarrassez pas de l'affaire en l'abandonnant sur la pile pour qu'un autre s'y colle.

Helen grimaça. Elle regarda les autres : ils acquiesçaient, ébahis, comprenaient qu'un des leurs était en disgrâce pour avoir jeté le discrédit sur le service de Redwood, et se demandaient qui c'était.

Elle dessina sur son calepin une esquisse rapide de son salon remeublé, se donna une tape sur la main, comme pour se réprimander, et essaya de réprimer ses larmes. Ce n'était pas tant son humiliation qu'elle déplorait, mais Shirley Rix et son incapacité à vivre. Un peu aussi sa propre réserve, qui lui interdisait de frapper à son carreau et de faire signe à quelqu'un dans le bureau d'en face. C'était cette même réserve qui l'avait fait hésiter le matin même à téléphoner à Mary Secura pour lui demander conseil, soudain envahie de honte parce qu'elle n'agissait pas et parce qu'elle ne connaissait pas le nom de famille de Cath. Comme la conscience est bête, si efficace pour la retenue, si faible dans le feu de l'action. Helen remercia le ciel d'avoir un appartement où se cacher.

Appeler cela du désordre, c'était l'euphémisme de l'année, se dit Bailey quand il se glissa dans l'appartement. Il reconnut tout de suite l'humeur d'Helen, bien qu'il ne l'ait jamais connue aussi excessive. Il n'y avait nulle part où s'asseoir. Les meubles du salon encombraient le couloir et la cuisine ; il dut rentrer son ventre pour franchir la porte et escalader une commode. Il en était là quand le chuintement mourant de l'aspirateur l'arrêta net. Il perçut un soupir théâtral dans la petite pièce qu'elle utilisait comme bureau et comme salle à manger, puis elle parut, échevelée.

— Qui tu veux empêcher d'entrer ? demanda-t-il en désignant la commode. A moins que tu veuilles empêcher quelqu'un de sortir ?

— Je nettoie les placards, répondit-elle, digne. Oui, je sais que ça peut paraître étrange, mais j'ai un peintre qui vient demain, juste pour les plafonds. Le décorateur a eu un contretemps. C'est pas de la chance, ça ?

Bailey n'eut pas l'air de trouver cela chanceux. En fait, il avait l'air profondément troublé. La journée avait été longue et pluvieuse. Il n'avait pas apporté de provisions et de toute façon la cuisine ne semblait pas en état. Le sol était devenu une décharge pour plantes et objets divers ; les surfaces disponibles croulaient sous les livres. Helen suivit la direction de son regard, et parut légèrement déconfite.

131

— Tu prends un verre ? proposa-t-elle gaiement.

Il lui sourit.

— Ne bouge pas, je vais le chercher. Et n'aie donc pas l'air coupable. C'est pas comme si tu étais une petite femme d'intérieur qui doit chauffer les pantoufles de son homme, tu sais.

Elle perçut l'irritation derrière la légèreté des mots, et la contra avec celle qu'elle sentit naître en elle. Non, elle n'était pas une petite femme d'intérieur, ni même une grande dame qui attendait, en sirotant un gin tonic, le retour de son héros qui pourvoyait à ses besoins. C'était une femme active, qui travaillait, tenaillée par un reste de culpabilité.

— Je croyais que la merveilleuse Cath s'occuperait de ce genre de chose, remarqua-t-il.

— Tu as vu ce qu'elle fait. Elle nettoie tout ce qui bouge. Elle ne lave pas les murs et ne prépare pas l'appartement pour qu'on puisse peindre. C'est moi qui le fais.

Helen le suivit dans la cuisine où elle se cala, penchée en arrière, à côté du frigo sur lequel un bol poussiéreux contenait une collection de clés dont elle ignorait à quoi elles servaient mais qu'elle conservait malgré tout.

— Ecoute, Bailey, il faut que je te pose une question sur Cath...

Bailey dansa d'un pied sur l'autre, mal à l'aise, et continua à lui tourner le dos. Il s'était demandé s'il devait lui révéler le rapport entre Cath et le défunt Damien Flood, et, après un ou deux jours de réflexion, avait découvert que le silence était plus facile à observer que le contraire. Cela se terminait toujours ainsi lorsque Bailey avait des doutes, même si, lorsque Helen copiait sa manie du secret, il voyait combien cela le faisait rager. Il n'y avait aucune raison pour que les découvertes acquises dans le cadre de sa profession aient des répercussions sur la vie d'Helen, ou des Eliot pendant qu'on y était. A quoi cela servirait sinon à provoquer un malaise, s'ils savaient que le frère de la femme qui maniait le balai chez eux avait été tué d'un coup de couteau et que son mari travaillait dans un bar dont la patronne avait une réputation douteuse ? Il grimaça. Le silence n'était pas toujours d'or.

— Cath ? Qu'est-ce qu'elle a fait ?

— Rien, sinon que son mari la bat.

— Oui, je sais.

— Tu quoi ? (Helen était furieuse.) Tu le savais et tu ne m'en as rien dit ?

Elle lui tendit un verre de bière avec une expression qui indiquait clairement qu'elle aurait préféré le lui jeter à la figure.

— Holà, descends de tes grands chevaux. Je viens juste de l'apprendre et à cause d'une tout autre affaire. Recherche d'antécédents. Tu te souviens que je t'ai parlé d'un meurtre il y a une ou deux semaines ? La rixe ? Eh bien, la victime était le frère de Cath.

— Eh bien, va te faire foutre, Bailey. Ah, on peut dire que tu sais garder un secret ! J'imagine que tu m'aurais prévenue si j'avais confié mes clés à un tueur psychopathe ?

— Oh, ne sois pas stupide ! Si toi comme moi nous avons accès à des informations confidentielles à cause de nos métiers, c'est justement comme ça qu'elles sont censées rester : confidentielles. Bien sûr, je te l'aurais dit avant que tu l'engages si je l'avais su, mais elle n'a rien fait de mal, hein ? Elle n'a pas confié ses problèmes familiaux à Emily Eliot ni à toi, pourquoi le ferais-je à sa place ? Et quelle différence ça fait ?

— La putain de foutue différence entre savoir quelque chose et ne pas le savoir. Plus le fait que tu as l'air de penser que je vais claironner la nouvelle à son de trompe, en précisant bien de qui je la tiens.

— J'ai jamais dit ça. J'y ai même pas pensé.

— Bon Dieu, Bailey, je me demande parfois si tu ne me caches pas l'existence d'une épouse et d'une flopée de mômes. Tu n'as pas autre chose à me dire, par exemple que tu pars pour Tombouctou demain matin mais que ça t'était sorti de la tête ?

— Bon, ça va, ça va, je suis désolé.

Il n'était pas désolé, il était en colère ; et le fait que c'était une colère sans rime ni raison l'aggravait encore.

— Qu'est-ce que je devrais faire pour l'aider ? demanda Helen.

— Rien. Tu ne peux rien faire. D'ailleurs, ton amie, et celle de Ryan, l'agent Mary Secura, va peut-être passer la voir. Je veux que quelqu'un pénètre dans sa maison. Ne me demande pas non plus pourquoi, parce que j'en sais vraiment rien. Bon, on ne peut pas changer de sujet ? Il avait fini son verre de bière ambrée, il portait toujours la veste qu'il avait mise pour se protéger de la pluie. Il n'avait nulle envie de l'enlever, vu le désordre absolu de l'appartement. Il éprouva soudain le désir urgent de se retrouver chez lui, dans son appartement propre et rangé.

— Tu as besoin d'aide ? risqua-t-il timidement.

— Non, merci, répondit-elle, avec la même timidité embarrassée.

— Alors, qu'est-ce que je fais ?

— Assieds-toi et lis le journal, mais comme ça te démange de rentrer chez toi, tu ferais peut-être bien d'y réfléchir. J'allais me laver, me changer et t'emmener dîner.

— Oui, mais tu n'es pas encore tout à fait prête, et tu préférerais cent fois nettoyer chez toi.

Ils se dévisagèrent, furieux, puis il acquiesça et prit congé, sa sortie digne gâchée par la commode à escalader et l'obligation de rentrer le ventre pour se glisser dehors. Le comique de la situation fit sourire Helen un instant, mais son sourire s'éteignit dès qu'elle cessa d'entendre les pas de Bailey.

Et merde. Le discret différend était pire qu'une querelle. Helen erra dans le salon aux murs rouges, encore fulminante, s'arrêta pour écouter sa voiture démarrer, tandis qu'une petite voix lui disait : « Tu le connais, tu devrais savoir qu'il te cache des choses, et il faut être juste, tu fais pareil. » Mais elle s'était réjouie de le voir, comme toujours, et ce soir, précisément, elle avait une envie particulière de lui parler : c'était un homme juste, bon et honorable, ses conseils et ses suggestions auraient soulagé son propre sentiment de médiocrité, bien qu'il eût fini par lui dire que le mieux était de s'y faire. Et avec un peu d'honnêteté, elle devait reconnaître que sa tirade sur la petite femme d'intérieur avait touché son but. Que devait-elle donc faire pour avoir le plaisir de sa compagnie ? Se coiffer, se peinturlurer le visage, s'allonger en négligé avec du Vivaldi en fond sonore et une cuisine fleurant bon le café ? Son ardeur au nettoyage était retombée. Elle contempla le salon vide, les marques qu'avaient laissées les tableaux sur les murs, les trous des clous qui faisaient penser aux murs truffés d'impacts de balles d'une planque de truands. Lorsque Bailey la quitterait, ce qu'il finirait forcément par faire, vu l'absence d'engagement ou de soutien, terreau indispensable à toute relation, laisserait-il son empreinte ? Aurait-elle des rectangles de vide dans sa vie ? Des marques sur tout le corps, comme des éruptions de boutons, pour indiquer ses anciennes caresses ? Continuerait-elle à vivre tout simplement ? Devraitelle lutter contre l'inévitable, devenir une Emily ? Pour l'instant, elle ne pouvait que suivre son instinct. Laver les murs. Offrir une aide matérielle à Cath. Dans cet ordre. Des rideaux jaune et bleu, la semaine prochaine. Les plafonds, demain.

Joe n'était pas le seul à savoir cacher des choses. Il avait été calme la veille ; rentré tard, vautré devant la télé, le sandwich qu'elle lui avait préparé refusé, tellement silencieux qu'elle n'avait pas osé parler. C'était souvent pareil après un conflit, chacun se recroquevillait dans sa coquille jusqu'à ce que l'un d'eux fasse un geste vers l'autre, timide et désespéré. Une main tendue, glaciale, un bras effleuré, une tasse de thé acceptée avec des remerciements étouffés, un commentaire sur le temps. Quelques jours de bonheur et de douce normalité suivaient jusqu'à ce que le cycle infernal recommence. C'était seulement l'alcool, plus le fait terrifiant qu'il semblait avoir besoin d'un certain degré de rage pour remplir son devoir conjugal. Elle se disait que c'était à cause de la cicatrice, ça le refroidissait. La fois où la femme flic en civil était passée, celle dont elle entendait la voix au téléphone quand elle jouait avec le répondeur, cette femme avait dit des âneries, mais d'un autre côté, Cath se rappelait chacune de ses paroles. Ne dites pas qu'il vous frappe à cause de l'alcool, avait-elle dit. C'est lui et l'alcool, vous ne comprenez donc pas ? Des tas de gens boivent et vont tranquillement se coucher, ou achètent du parfum à leur femme, ou caressent le chat. Cath avait ri, elle avait expliqué, hors de propos, que son homme ne pouvait pas sentir les chats, quant au parfum, il y était allergique, et vraiment, c'était un bon mari la plupart du temps. C'est vous qui décidez, avait dit la femme. Oui, avait répliqué Cath, c'est moi qui décide. Tout le monde a son point de rupture, avait dit la femme, quand vous aurez atteint le vôtre, faites-nous signe.

Cath n'aurait jamais rompu avec Joe, sauf si Damien le lui avait demandé... Jusqu'à ce jour.

Ils se cachaient tous deux des choses : des petits objets qui risquaient de causer des ennuis. Cela avait commencé avec ses souvenirs militaires, conservés en cas d'appel sous les drapeaux, ce dont il rêverait toujours, car, en dépit des déceptions, il avait aimé l'armée et la regrettait encore. Comme tout ce qu'il faisait, sa collection de souvenirs militaires manquait d'enthousiasme : surtout des uniformes, des bérets, des badges, mais aussi des baïonnettes, faciles à acheter, faciles à aiguiser jusqu'à ce que, bien sûr, l'horreur de Joe pour les articles d'occasion et sa découverte que des milliers d'autres collectionneurs faisaient comme lui lui fassent abandonner ses achats qu'il cacha avec une pointe de honte, car elle les avait toujours détestés. Une grande partie avait depuis longtemps émigré au Spoon. Il y avait eu une époque où il faisait ce qu'elle lui demandait. Cath ignorait comment ça lui avait passé, simplement c'était de l'histoire ancienne. Une époque révolue longtemps avant la mort de Damien.

Cath ne disait jamais le « meurtre », toujours la « mort ».

Elle respira profondément. Dans le grenier, les bruits étaient étouffés : réduits à un martèlement régulier provenant d'en bas et au goutte à goutte encore plus régulier de la pluie à travers une fissure du plafond. Des cartons avaient été déplacés. On ne devait pas toucher au hamac de Joe tant qu'ils n'auraient pas deux arbres, à l'ébarbeuse tant qu'ils n'auraient pas de haies, quel gâchis ! Elle avait installé l'autel près de la fenêtre, par terre, sur un coin sec, entouré par les articles de Joe, dans l'espoir qu'il resterait intact. Cependant les fleurs, qui se fanaient la dernière fois qu'elle s'en était occupée, étaient piétinées. Des traînées sur le plancher indiquaient la couleur des pensées qu'elle avait cueillies dans le jardin d'Helen West. Les photos avaient disparu. La bougie qu'elle avait allumée dans l'espoir d'attirer Damien, comme un papillon de nuit par une flamme vive, était couchée sur le rebord de la fenêtre. Cath tâta une série de bleus sur sa cuisse. Ça ne comptait pas. Le point de rupture, c'était la profanation de la mémoire.

D'en bas provint le tintement enroué de la sonnette d'entrée. Cath ne paniqua pas. Elle descendit les marches, avec lenteur et sagesse. Peu importait désormais qui sonnait à la porte.

Je suis folle, se dit Mary Secura. Et j'aimerais que ça signifie que je suis quelqu'un de mauvais et de dangereux à rencontrer. Elle portait son sac en cuir de luxe en travers de la poitrine, et elle était étrangement reconnaissante au martèlement tapageur qui émanait du rez-de-chaussée. La porte s'ouvrit à la volée ; une voix hurla un ordre d'en haut. Mary suivit le son de la voix, abandonnant la vie rassurante d'en bas ; elle fouilla dans son sac à la recherche d'une carte, d'une brochure et de la radio qui enverrait un appel à l'aide dans un silence bien mérité.

La porte du haut était ouverte.

— Y a quelqu'un ? lança-t-elle avec une fausse gaieté, tout en regardant dans l'entrée et dans la pièce, l'une comme l'autre d'une propreté irréprochable.

La femme parut, cheveux bouclés tombant sur les épaules, étrangement souriante. Elle portait une jupe triste et un chemisier blanc à manches longues. Pas de signe de négligence, parfaitement normale, mais voûtée.

— Ne vous gênez pas pour moi si vous êtes occupée, dit Mary en tendant sa carte. Figurez-vous que je suis du service des Violences conjugales. J'aimerais bavarder un peu avec vous, si vous n'y voyez pas d'inconvénient. On peut avoir du café ?

La petite bonne femme bien soignée ne montrait aucun signe d'inquiétude. Cath crut deviner la raison de la visite. C'était un coup d'Helen West, et si la veille, le manquement à sa promesse de silence, cette violation manifeste de sa vie privée, lui serait resté en travers de la gorge, aujourd'hui, ce coup du destin ne la révoltait nullement. Son sourire s'élargit. Une telle docilité prit Mary de court.

— J'ai pas de café, dit Cath. Seulement du thé. Quelle heure est-il ?

— Neuf heures et demie.

— Bon, alors on a le temps. Mais il rentre vers minuit et j'ai encore mes valises à faire.

— Parfait, dit Mary. Impeccable. Qu'est-ce que vous voulez que je fasse ?

— Mettez l'eau à chauffer, puisque vous voulez du thé. Ensuite vous me conduirez chez mon frère. J'ai gardé la clé, figurez-vous.

— Vous partez ? s'étonna Mary. Maintenant ?

— C'est pas ce que je viens de vous dire ?

— Où irez-vous ?

Déroutée, embarrassée, Mary se demandait quelle situation elle avait précipité et si la femme avait toute sa tête.

Cath piaffait d'impatience, elle semblait s'imaginer que Mary avait débarqué armée d'un programme en parfait accord avec le sien.

— J'ai un endroit où aller, je viens de vous le dire. Chez mon frère.

— Ecoutez... commença Mary.

— Oh, ça fait rien, dit Cath, qui tourna les talons. J'irai à pied, ou je prendrai le bus. Ça ne fait qu'un arrêt, mais je serai chargée.

— Ecoutez, répéta Mary, désespérée. Vous voulez porter plainte contre votre mari ?

— Pourquoi je ferais ça ?

— Dans ce cas, pourquoi partez-vous ?

— Ça vous regarde pas. Vous allez me donner un coup de main, oui ou non ?

138

Mary repensa à Shirley Rix. Shirley avait tardé à s'expliquer et l'aide était arrivée trop tard.

— D'accord, je vous aide. Laissez tomber le thé.

Le jardinet des Eliot n'était plus qu'une brousse, il ressemblait à un terrain de football après une longue saison sans pluie. Et maintenant, c'était un bourbier, c'était comme ça que Jane Eliot le préférait. Elle avait participé à la mort des parterres de fleurs en sautant par la fenêtre de sa chambre, située, c'était pratique, au rez-de-chaussée parce qu'elle l'avait exigé. Elle répétait inlassablement le même trajet, grimpait sur son lit, sautait par la fenêtre, contournait la maison vers l'arrière, rentrait par la porte et recommençait, sans autre but qu'un léger frisson. Ce soir-là, en chemise de nuit, elle s'arrêta dans la pénombre pour sauver une fleur rescapée, sans s'excuser d'avoir écrasé les autres au cours de semaines d'indifférence.

Y avait des gens qui creusaient des trous et y cachaient des choses. Son amie Susan avait un chien qui enterrait des os dans son jardin. Jane avait elle-même en main des objets volés, et si le vol avait été facile (dans le tiroir du bas du bureau de papa, là où il rangeait les petites surprises pour la famille, surtout les parfums pour maman), sa conscience commençait à la déranger. Jane adorait le parfum, il fallait toujours qu'elle supplie pour en avoir, de même que pour les autres gâteries des grands, et elle ne voyait pas pourquoi. Elle avait donc pris la plus grosse boîte qu'elle avait pu trouver. Le jardin semblait un bon endroit pour y enfouir son article de contrebande, en attendant de l'emporter à l'école à la fin des grandes vacances. Pendant que Mark et les autres jouaient en criant dans la cuisine, Jane gratta à mains nues la terre sous sa fenêtre. Au moment où elle se disait qu'elle ne pourrait jamais expliquer les saletés qu'elle avait faites sur sa chemise de nuit et devrait inventer une histoire, elle découvrit de l'or.

Enfin, pas exactement de l'or, mais une justification dorée d'un métal très ordinaire. Une vieillerie quelconque ; elle pourrait dire qu'elle cherchait de l'or. Ça valait peut-être une fortune... Pouah, des vers ! Elle sortit la chose du trou qu'elle avait fait, la laissa tomber, et se recula, plissant les yeux dans le jour déclinant. C'était une dague, ou un truc comme ça, avec un manche comme pour une épée et un fourreau en métal rouillé, désagréable à toucher. Jane regarda autour d'elle, puis alla trois mètres plus loin et creusa un nouveau trou, une tombe moins profonde pour le Givenchy.

Elle emporta ensuite la baïonnette à l'intérieur, mais s'aperçut qu'elle avait commis une erreur. Ses parents ne trouvèrent pas l'objet intéressant et il n'excusait en aucun cas la chemise de nuit souillée. Elle retourna donc au lit, légèrement honteuse, avec une chemise propre. La baïonnette resta dans la cuisine. Ses parents n'étaient pas inquiets : elle pouvait être là depuis des lustres, même si Emily remarqua que la lame avait été aiguisée.

Alistair proposa qu'ils s'en servent pour tisonner le feu en hiver. C'était ce que faisaient ses parents, autrefois. Ils n'écoutèrent pas Jane quand elle dit que ça venait peut-être de l'homme qui s'était introduit en douce dans le jardin. Celui qui avait peur du parfum.

C'était une bonne histoire à raconter, ça évoquait le spectre du croquemitaine dont elle n'avait plus aussi peur qu'avant, mais c'était comme ça avec toutes les bonnes histoires. Personne ne vous croyait.

8

Réunions d'avant-procès. Ryan les détestait. On récapitulait une affaire rassise avec un nouveau substitut qui prétendait tout comprendre. Il y avait Bailey, à la fois agressif et hésitant, et un jeune homme timide du CPS qui prenait des notes.

— C'est comme ça que je vois les choses, annonça Bailey. Non, plutôt comment je les renifle. Comment je les sens, si vous préférez, ajouta-t-il en remarquant l'expression de Ryan à la moindre évocation du flair. J'ai l'impression d'avoir l'air plutôt ridicule.

— Je comprends pourquoi vous avez un sentiment d'insatisfaction, fit remarquer Alistair Eliot. Mais c'est trop tard, n'est-ce pas ? Enfin, vu la façon dont on m'a remis l'affaire, votre enquête est terminée. La date du jugement est fixée, c'est dans un mois seulement. Les pistes sont refroidies et il y a à peine le temps pour un complément d'enquête. Bien sûr, ce n'est pas très juste. Six hommes étaient impliqués dans la bagarre, trois dans chaque camp. Les trois qui sont revenus pour récupérer leur argent étaient armés : queues de billard, un ou deux couteaux. Les trois autres, y compris le défunt, Damien Flood, n'étaient pas armés. On pourrait dire que le combat était inégal.

Ryan repensa aux tailles et aux poids respectifs des hommes et des jeunes voyous, et hocha la tête. Les bagarres entre poivrots étaient toujours inégales.

— Damien Flood n'avait pas l'air de se soucier de ce

déséquilibre, d'après un de ses amis. Il se jette dans le tas, se bagarre au corps à corps avec l'accusé, qui réussit à le frapper sur le coin de la tête, et Damien recule en titubant. Ses amis sont si costauds qu'ils ont effrayé un des jeunes et désarmé l'autre. Ils laissent Damien et se lancent à la poursuite des gosses. Ils rattrapent celui qui s'était colleté avec le défunt. Avec une retenue remarquable, ils se contentent de le gifler, de découvrir où il habite, et ils le laissent partir. Ils retournent chercher Mr. Flood, qui semble être rentré chez lui. Il ne se trouve pas où ils l'avaient laissé, tout juste égratigné, comme ils le croyaient. Ils vont à son studio. Il n'y est pas. Ils retournent par le centre de loisirs et l'y trouvent. Ils appellent la police.

Alistair hocha la tête. Il était dans son rôle officiel, dans son cabinet : une petite pièce, envahie de livres, qu'il partageait avec trois collègues. Pour Ryan, un substitut était ridicule sans sa perruque et sa toge, il fut choqué de voir une marque de brûlure sur sa chemise, remarqua que ses cheveux étaient aplatis, comme dans l'attente de la perruque. Alistair surprit Ryan en train de le détailler et sourit avec une douceur tellement ingénue que l'inspecteur rougit.

— Enfin, reprit Alistair, comme les amis de Damien savaient où le jeune qu'ils avaient poursuivi habitait, on l'a arrêté. Il a toujours refusé de dire qui étaient ses deux complices et il maintient catégoriquement qu'aucun, à part lui, n'avait de couteau. Il maintient aussi qu'il n'a infligé qu'une égratignure, mais les pièces à conviction, ajouta-t-il en louchant vers une photo aux couleurs criardes, légèrement estompées, indiquent clairement le contraire.

— Un couteau à cran d'arrêt minable, glissa Bailey.

— Trop petit pour infliger une telle blessure, c'est ce que vous voulez dire ? demanda Alistair d'une voix douce.

— Le médecin légiste dit que c'est possible, mais à condition de frapper avec une force considérable. Comme nous n'avons pas retrouvé l'arme du crime, que nous détenons seulement un couteau identique à celui que le jeune a décrit, qui peut le dire ?

Nous aurions dû retrouver ce couteau, songea Bailey.

Le jeune a dit qu'il l'avait balancé, il ne se rappelle plus où, mais nous en a montré un identique qu'il gardait chez lui.

— De toute façon, continua Alistair, cela ne fait pas une grande différence. Nous ne poursuivons pas ce garçon en prétendant qu'il est totalement responsable. Nous le poursuivons en nous basant sur le fait que l'accusé est, de son propre aveu, rentré chez lui chercher une arme. Il est revenu sur les lieux dans l'intention d'infliger une sérieuse blessure. Dans la bagarre qui a suivi, un homme a été tué. Nous n'avons pas besoin de prouver autre chose que l'intention d'infliger une sérieuse blessure. Si la mort en résulte, même par imprudence, c'est un meurtre. C'est la loi. Le meurtre n'implique pas nécessairement l'intention de tuer. Même si ses *compadres* sont aussi coupables que lui, cela n'en rend pas notre homme innocent du meurtre. Pourquoi craignez-vous d'avoir l'air ridicule, Mr. Bailey ? J'ai l'impression que vous avez fait de votre mieux.

Que les noms de famille. Jamais les prénoms dans ce cabinet, pas comme à la maison, où les rires éclataient à table, dans la cuisine des Eliot.

— Néanmoins, reprit Alistair, après vous avoir dit que je trouve cette affaire limpide, bien qu'elle nous laisse tous insatisfaits car elle permettra à l'accusé de reporter la faute sur ses amis que nous n'avons pas retrouvés, je dois vous prévenir que je ne m'en occuperai pas. Le CPS est d'accord pour qu'un autre prenne le relais. Nous autres substituts, nous sommes interchangeables, vous savez, ajouta-t-il en voyant la grimace de dégoût de Ryan.

Bande de fumiers, songea Ryan, pas foutus de la moindre constance. Ils se chargent d'une affaire, encaissent un paquet de fric, et vous plongent dans la merde quasiment à la porte du tribunal.

— Oui, je comprends, dit Bailey, qui lança un regard dur à Ryan avant de s'adoucir et de lui expliquer : Je ne vous l'avais pas dit, Ryan ? La sœur de Damien Flood travaille pour la femme de Mr. Eliot. Vous voyez, ça empiète sur la vie privée.

Tout ce que Ryan voyait, de la place inconfortable qu'il occupait, c'était la photo sur le bureau contre lequel il était coincé. Prise au flash sur les lieux du crime. Damien Flood, affalé contre un arbre, le pantalon défait, le ventre à nu. Non, pas le ventre, les viscères, qui se répandaient sur le sol. Pas un simple coup de poignard, une éviscération. Les abats et le foie, que sa grand-mère faisait bouillir pour leurs chats, et pour la première fois dans cette affaire qui ne l'avait jamais intéressé, Ryan comprit pourquoi Bailey était inquiet. Le petit minable en détention provisoire ne pouvait pas avoir fait le coup, pas sans aide. Non, impossible !

Une mouche atterrit sur les couleurs criardes de la photo. Par respect pour le défunt, Bailey la chassa d'une pichenette.

— Je suis désolé, dit Alistair Eliot lorsqu'il se retrouva seul avec Bailey dans la pièce encombrée, traversée par les rayons du soleil. Je n'avais pas le choix. J'ai discuté au pub avec un témoin de l'affaire, la sœur du défunt travaille tous les jours chez moi... Tu m'imagines plaider au tribunal, même en tant que procureur adjoint, Quinn accaparant la parole et moi plongé dans le dossier ? Il faudrait que j'explique à cette malheureuse Cath comment se déroule le procès, et elle se sentirait aussi à l'aise qu'un cheveu sur la soupe, moi aussi, Emily pareil.

— Tu n'as pas besoin de t'excuser, dit Bailey. Oublie la mauvaise humeur de mon sergent. Ça ne change pas grand-chose. Tu n'as fait qu'ouvrir ce dossier de merde il y a quelques semaines et il reste tout le temps qu'il faut pour qu'un autre s'y colle.

— J'ai besoin d'un conseil pour ma vie privée, dit soudain Alistair.

— C'est à moi que tu le demandes ? sourit Bailey. Pourquoi ne pas prendre l'avis d'un expert ?

— Tu feras l'affaire. Tu en connais un rayon sur les femmes. Jusqu'à présent, je n'en ai pas encore soufflé mot à Emily. Je l'adore, tu le sais, Bailey, mais j'ai l'impression qu'elle couvre Cath de bonté, elle l'étouffe sous ses conseils. Elle serait prête à frapper à la porte du Spoon and Fiddle et à ramener son mari en le traînant par les cheveux. Tu comprends, Emily croit qu'on peut toujours changer le cours des choses. Qu'il y a toujours quelque chose à faire, quelle que soit la situation. Pas moi.

— Moi non plus. Ça répond à ta question ?

— Ça m'ennuie de faire ça derrière son dos, mais qu'est-ce que j'y peux ? Tu crois que ça vaut la peine que j'aille au pub, j'y vais assez souvent de toute façon, et que je glisse un mot à Joe Boyce ? Tu sais, juste pour qu'il sache que je sais qu'il bat sa femme ? Je ne m'y connais pas beaucoup, c'est plutôt le rayon d'Helen, non ? Mais j'imagine que si un type savait qu'on sait qu'il bat sa femme, ça le freinerait. Il aurait honte.

— Ou ça le pousserait à l'empêcher de venir travailler chez vous.

— Oh, fit Alistair, confus, je n'avais pas pensé à ça. Seigneur, je mène vraiment une vie de privilégié !

— Ce n'est pas tout, dit Bailey pour le réconforter. Je tiens ça de Ryan, via un agent des Violences conjugales, c'est donc strictement confidentiel, tu comprends ? Ta femme de ménage se débrouille toute seule. Elle a plaqué son mec et se planque dans l'ancien studio de son frère. D'après elle, son mari ne connaît pas l'existence de cette piaule. Elle se trouve sur la même ligne de bus, précisat-il, hors de propos, pensant à l'intérêt de la famille Eliot. Bon, ça te soulage ?

— Oui, beaucoup. Je crois quand même que je devrais dire un mot à Mr. Boyce.

— Ah, fit Bailey, je pensais mettre Ryan sur le coup.

— Tu crois que c'est sage ? fit Alistair, surpris.

— J'en doute, soupira Bailey.

— Comment va Helen ? demanda Alistair qui se secoua et changea de sujet avec un soulagement palpable.

— Bien, dit Bailey, un peu trop gaiement. Elle est très occupée.

Chère Cath, désolée, à cause du peintre, le ménage ne sera pas facile aujourd'hui. Il ne fait que les plafonds, je dois faire le reste. Nettoyez simplement ce que vous pouvez, et aussi les fenêtres de la cuisine. Reposez-vous donc dans le jardin si vous n'avez rien à faire. Si l'envie de désherber vous prend, laissez-vous aller. A propos, si vous voulez venir dans la journée, n'hésitez pas.

C'était au début de la semaine. Cath avait répondu à la note :

Chère Helen, j'ai donné un coup de main au peintre, j'espère que vous ne m'en voulez pas. Je reviendrai demain après-midi pour continuer si vous êtes d'accord. J'aime bien peindre. Est-ce que 5 livres l'heure vous convient ?

PS : Je connais une bonne boutique de moquette près de chez moi à Clapton. C'est sur la ligne du 59.

Non seulement Helen était d'accord, mais elle trouvait cela génial. Ses talents domestiques comprenaient une capacité à appliquer des couches de peinture sur les murs, en insistant sur certaines surfaces pour recouvrir les fissures, mais cela prenait du temps. Elle faisait cela par économie afin de limiter le travail du décorateur aux parties les plus difficiles : cela ne signifiait pas pour autant qu'elle y trouvait du plaisir. Ainsi, découvrir, à côté de la note de Cath à l'écriture laborieuse, que la première couche de blanc doré, comme on l'appelait, recouvrait déjà les murs de la chambre équivalait quasiment à la découverte d'un trésor. Pour Helen, il n'y avait rien d'aussi excitant que la vue de la peinture fraîche. C'était mieux que le sexe, mieux que tout, et si Bailey persistait à garder ses distances, tant mieux. Qu'il boude donc dans son coin jusqu'à ce que tout soit terminé, or avec l'aide inattendue de Cath, il n'y en avait que pour une semaine, au lieu d'un mois. Si la couturière d'Emily Eliot travaillait à la même vitesse, comme promis, la révolution n'aurait duré que huit jours. Helen roula la moquette dans le salon. Elle avait bêtement cru qu'elle pourrait convenir. La lourde allusion de Cath n'aurait pas pu être plus claire.

C'était une moquette tellement terne, faite de petits bouts dont les taches de sang avaient été enlevées, mais elle ne voulait pas y penser. Moquette pas chère à Clapton. Ligne du 59. Emmener Cath. Ça lui fera du bien, elle aime ça, ça se voit, ça la pousserait peut-être à se confier. Une sortie. Deux jours de congé à l'emploi du temps déjà programmé. Helen en frémit. Une virée pour acheter une moquette avait un parfum de contrebande. L'enthousiasme évident de Cath pour la peinture prouvait qu'elle allait bien. Pas besoin de s'inquiéter pour l'instant, mais impossible de se défaire d'un doute.

Damien Flood avait souvent déménagé dans sa vie. Voué à l'éphémère, il s'en était tiré grâce à la duperie. Construire des racines était frappé d'anathème. Ce qui expliquait un studio au dernier étage d'une HLM, qu'on obtenait facilement malgré la longue liste d'attente — ni les retraités, ni les mères de famille avec des bébés, ni ceux qui craignaient les cambriolages ou manquaient de souffle n'auraient voulu d'un appartement aussi inaccessible. Damien se fichait qu'il faille trois quarts d'heure les mauvais jours pour descendre la poubelle. Il avait une autre planque, grâce à Michou Gat ; il avait fait la navette entre plusieurs autres appartements en trente ans de richesse ou de pénurie. Cath affirmait que Damien avait un désir de mort : il adorait les endroits élevés d'où il pouvait se jeter, et il se refusait les ancres qui lui auraient permis de survivre, telles que briques, mortier, ou l'amour d'une femme. Sur ce dernier point, les choses étaient plus claires. Pourquoi s'attacher à une femme quand on pouvait en lever des centaines ?
Non qu'il fît cela non plus, en tout cas pas en public. Cath n'arrivait plus à se souvenir de son personnage public, sinon qu'elle ne l'avait jamais vu avec une liaison attitrée. Elle ne se souvenait plus de lui hors de ce studio, qui aurait repoussé toute petite amie, aussi sérieusement mordue ou aussi peu exigeante fût-elle. Une seule pièce, un matelas et un fauteuil, un coin cuisine avec un jeu de chaises dépareillées abandonnées n'importe comment

autour d'une table recouverte de mélamine. Un poster au mur, des étagères fabriquées avec des parpaings. Une salle de bains austère. Le tout était morne et gris, laissé à l'abandon mais sans trace de saleté, habité par un homme qui lavait ses vêtements ainsi que lui-même et se désintéressait du reste jusqu'aux premiers signes de pourriture. Pas étonnant que la mairie n'ait pas manifesté un intérêt démesuré pour récupérer l'appartement. Cath doutait que ses anciens propriétaires sachent même qu'il était mort. On lui avait remis le contenu des poches de Damien peu après sa mort ; peut-être un de ses amis, ou bien la police, toujours est-il que parmi ses affaires se trouvait le trousseau de clés.

Elle avait aussitôt rendu les clés de Michou Gat, par l'intermédiaire de Joe, mais elle n'avait dit à personne qu'elle possédait celles-ci. Pour autant qu'elle le sache, elle avait été la seule à y venir du vivant de Damien, et la planque que le studio lui offrait était un don du ciel, une preuve de la protection divine, la preuve que l'âme de Damien était peut-être arrivée là où il fallait. Il n'y avait pas grand-chose qu'elle regrettait dans son appartement, sauf le téléphone. Sur le mur de la pièce, il y avait un trou à la place de la prise. Cath s'aperçut avec un sursaut qu'elle ne savait absolument pas comment brancher un téléphone. Puis elle se ressaisit. Elle n'allait pas rester ici indéfiniment. C'était comme de vivre dans une serre au-dessus de la terre, alors qu'elle avait envie d'espaces souterrains, loin de la lumière laiteuse ; ici, les fenêtres donnaient sur nulle part, la pièce oscillait légèrement sous le vent, l'eau remuait dans la cuvette marron des toilettes.

Cath referma doucement la porte derrière elle, et se dirigea vers l'ascenseur, dans la chaleur matinale qui montait du bâtiment, telle de la fumée dans une cheminée. Aujourd'hui, il fonctionnait. A cette heure du matin, elle se sentait plus solide qu'une maison. Par ici, personne ne voyait la lumière du jour avant midi, et encore, en plissant le nez de dégoût devant l'odeur et les graffitis, pour aller acheter de la bière, encaisser le chèque des allocations ou recevoir l'assistante sociale. Au dixième étage, la porte de l'ascenseur s'ouvrit pour laisser entrer une mère blanche et son enfant noir. Tous deux pleurèrent sans bruit jusqu'au rez-de-chaussée.

Cath monta dans le 59. Elle se sentait à la fois calme et résignée. Elle était tenaillée par la crainte que Joe vienne la chercher chez les Eliot un matin. Il l'avait laissée en paix pendant trois jours, mais Emily Eliot l'aiderait forcément, elle dirait à l'inconnu qui venait frapper à sa porte que Cath avait pris une semaine de congé, ou quelque chose comme ça ; Joe ne quitterait pas le Spoon longtemps, il avait trop peur de Michou Gat : il ne passerait qu'en coup de vent, et l'après-midi, Cath serait tranquillement à l'abri dans l'appartement d'Helen. Elle y avait suffisamment de travail pour la semaine, or elle ne pensait pas à plus long terme.

Jane Eliot l'accueillit sur le seuil. Elle portait une couronne en carton doré (un cadeau du McDonald) et la vieille robe de chambre de sa mère roulée en boule à la taille, mais qui traînait quand même par terre autour de ses pieds nus. Un doigt sur les lèvres, elle fit entrer Cath avec des gestes impérieux qui semblaient confondre royauté et courtisans, puis tapa du pied quand Cath éclata de rire. Quel trésor ! elle était si mignonne, elle avait l'air tellement coupable, et les éclats de rire de Cath, si bizarres à ses propres oreilles, les surprirent et les amusèrent toutes deux. Jane en oublia où elle était.

— Qu'est-ce qui t'arrive, Cath ? Tu ne ris jamais.

Elle manifestait le ressentiment d'un enfant qui ne supporte pas que le comportement d'un adulte déroge aux habitudes. Cath la serra dans ses bras et l'embrassa, encore une chose inhabituelle. La petite dégoulinait de parfum.

— Eh bien, aujourd'hui, je ris. Où est ta maman ?

— Sortie. Papa avait un jour de congé, alors ils ont dit : « Fait chier », et ils sont sortis. Sans nous !

L'indignation était profonde, même si la petite Jane avait déjà découvert qu'il y avait d'amples compensations à l'absence des parents. Ça valait toutes les vengeances du monde.

— Mark est censé me garder, ajouta-t-elle. Maman lui a fait promettre, mais elle savait pas qu'il avait la gueule de bois. Il est retourné au lit. Tu me garderas, hein ? On pourra jouer.

— Où est ta sœur ? demanda Cath qui sentit l'inquiétude monter en regardant l'escalier et en voyant une traînée de papier listing cascader comme une bannière.

Jane frappa de nouveau du pied avec impatience.

— C'est dans le mot de maman, idiote. Dans la cuisine. Elle est chez son imbécile d'amie. Elles vont aller à la piscine.

— Et toi, dit Cath d'un ton ferme, tu vas avoir de gros ennuis quand ta maman rentrera.

Lesdits ennuis apparurent bientôt au grand jour quand Cath parcourut en sifflotant la longue maison étroite. Sa propre joie devant les responsabilités qu'on lui donnait, cette marque de confiance, cette liberté commencèrent à s'évanouir avant qu'elle atteigne le bureau de Mr. Eliot. Il y avait trop à faire en trois heures, en plus de s'occuper de Jane. Comme elle savait à quel point il était vain d'essayer de réveiller un garçon souffrant d'une gueule de bois, Cath ne tenta pas de tirer Mark du lit. Elle jugea le carnage de la benjamine, accompli par jalousie, assez minutieux. Mais, surtout, Cath, qui n'avait jamais rechigné au travail et à qui on avait confié cette responsabilité, si minime fût-elle, voulait faire plaisir à tout le monde et prouver sa valeur. La joie lui donna de l'énergie. Elle voulait protéger la petite contre les gronderies et aussi venir en aide au frère aîné dévoyé ; elle voulait tout faire et se rendre indispensable, parce qu'ils l'aimaient et qu'elle voulait leur prouver son amour. En avant, soldats du Christ !

A la porte du bureau, la pièce prétendument sacrosainte, sa détermination flancha. Jane avait éparpillé les papiers. Elle avait défait les dossiers que Cath avait vus noués par des rubans roses ou blancs. Certains de ces rubans étaient enroulés autour du poignet de la fillette, d'autres autour de ses chevilles : c'était une princesse gitane, parée de bouts de papier. Cath était désemparée avec le papier. Elle savait mieux lire et écrire que bien des adolescents, mais la quantité la déconcertait ; elle savait qu'elle ne pourrait que restaurer un semblant d'ordre et ressentit une brève bouffée de pitié pour le pauvre Mr. Eliot, qui travaillait tant et était toujours tellement courtois.

Jane était en bas, épuisée par ses méfaits et hypnotisée par la télévision qu'elle n'avait pas le droit de regarder dans la journée. Cath commença à trier et à ranger. La pièce sentait le parfum, une bizarrerie qui jurait avec le bureau masculin, le fauteuil massif, le vieil encrier et son stylo, et le caractère anonyme de l'écran de l'ordinateur d'Alistair. Cath agit avec rapidité et précision, elle empila les papiers en gros, sans regarder, les rassemblant d'après la ressemblance des écritures et les pliures des feuilles. Elle travaillait avec timidité, détournant les yeux des mots écrits, lorsque, des profondeurs du fouillis, elle tomba sur son propre nom. Pas Cath, mais Mary Catherine Boyce. Joseph Boyce, inscrit par ordre alphabétique, figurait à côté dans un index. Le reste du tas particulier était plus ou moins intact. Cath sentit son cœur battre contre ses côtes. Elle continua de lire. Le dos calé contre le mur, les jambes étalées, elle lut en remuant les lèvres, pourtant prêtes à rire.

Il y avait plein de choses qu'elle ignorait sur les suites de la mort de son frère. Joe les lui avait cachées et elle lui avait fait confiance, elle l'avait cru quand il lui avait dit qu'il valait mieux ne pas savoir, et tout oublier le plus vite possible. Damien était mort ; le reste ne comptait pas. Joe l'avait emmenée identifier le corps, triste formalité, le beau visage de Damien si parfait. Elle n'avait pas compris ce qu'avait dit le médecin, dont le prénom était suivi d'un tas d'initiales, mais elle avait vu les photos : l'homme aux cheveux d'or, les entrailles répandues par terre. Nauséeuse, Cath se ressaisit, se mordit les lèvres et continua. La déposition de Joe était précise sur les heures, il affirmait qu'il avait dû rentrer tôt. Sa déposition à elle faisait état des heures qu'il lui avait soufflées. Elle avait pris ses ordres pour parole d'évangile. Joe Boyce prétendait qu'il adorait son beau-frère, mais que celui-ci n'avait pas de temps à lui consacrer. Mensonges, que des mensonges. Damien avait toujours le temps ; Joe l'avait toujours envié, voilà tout. Joe était un incurable menteur.

— Qu'est-ce que tu fais ? demanda Jane depuis la porte.

— Rien, dit Cath.

Elle déplaça les papiers pour cacher les photos. Pour l'amour du ciel, pourquoi Mr Eliot ne ferme-t-il pas son bureau à clé ? Tout le monde sait qu'on ne peut pas faire confiance à des enfants, c'est pas de leur faute. Mais, là, tout de suite, Cath aussi était indigne de confiance.

— C'est qu'il y a un homme à la porte, il te demande. Je lui ai dit que je ne croyais pas que tu étais là aujourd'hui, mais que j'allais vérifier. Tu es là ?

La fillette était rusée. Cath se demanda de qui elle tenait ça. Elle fit semblant de bâiller.

— Oh, il doit vouloir parler à ta mère, je parie que c'est un type qui vend des machins qu'elle veut pas. Si je me déplace pour lui parler, j'aurai pas le temps de jouer avec toi. Va lui dire que tu as regardé partout parce que je suis là d'habitude, mais que ta maman est très fâchée parce qu'elle a reçu un mot de moi disant que je suis absente pour une semaine. Demande-lui s'il sait où je suis. Tu peux faire ça ? fit Cath avec un coup d'œil espiègle.

— Evidemment que je peux. Tu me prends pour une idiote ou quoi ?

La fillette détala. Actrice en herbe. Cath lui donna trois minutes, elle resta sur le palier, entendit la porte se refermer avec un bruit étouffé, puis descendit.

— Il est parti, annonça Jane avec toute l'autorité de sa mère. Je lui ai demandé s'il voulait entrer boire une tasse de thé, pour que ça fasse plus vrai, mais il a refusé.

— Brave fille, dit Cath en s'efforçant de prendre un ton détaché malgré son inquiétude.

Ça ne pouvait être que Joe ; il fallait s'attendre à ce qu'il essaie au moins une fois, et elle n'aurait pas pu l'affronter.

— Faut que j'aille ranger ma chambre, annonça Jane.

Surprise, Cath se calma. Même une enfant était assez forte pour la protéger de Joe.

— Tiens, pourquoi ? s'étonna-t-elle. Je croyais que tu voulais jouer.

— L'homme qui est venu, c'est celui qui vient quand je laisse du désordre ; donc, il sait que ma chambre n'est pas rangée. On l'effraie avec du parfum. En fait, il n'a regardé qu'une fois par la fenêtre, mais j'ai dit à tout le monde que c'était plus souvent que ça, et il a laissé un truc dans le jardin. Tu veux le voir ? (Elle s'arrêta en cours de route.) Papa ne me croit pas. Et toi ?

— Non, je n'en crois pas un mot. Tu as sans doute raconté cinquante histoires différentes sur cet homme. A quoi il ressemblait ?

Oh, quelle honte ! Joe qui vient ici et qui regarde par la fenêtre comme un voleur, qui souille cette maison idéale. Comment a-t-il pu faire ça ? Mais Cath pensait davantage à Damien, hantée par la vision de son frère capturé sur Celluloïd dans le bureau. Si j'osais, j'emporterais ces photos et je les cacherais. Aucun étranger ne devrait voir Damien comme ça, horrible et nu. C'est honteux.

— Voilà ce que j'ai trouvé dans le jardin, chantonna Jane, lassée du subterfuge, de la télévision, lassée de tout, mais réclamant une attention exclusive. Ce bidule-là.

Elle fit une feinte vers les pieds de Cath avec la baïonnette rouillée dans son fourreau. L'objet avait l'air aussi mortel que ses jouets. Horrifiée, Cath le regarda avec colère. C'était mal, un enfant ne devait pas jouer avec un couteau.

— C'est que je crois que l'homme l'a laissé ici, il y a des années. Des années, au moins. Qui d'autre l'aurait laissé ? Papa dit que c'est très pointu à l'intérieur. Tu veux voir ?

Son regard moqueur défiait Cath qui leva la main dans une rage soudaine, prête à la gifler. Mais au lieu de cela, elle l'abaissa, lourdement, sur l'épaule de la fillette, la secoua durement, honteuse de ce qu'elle avait failli faire et de la grimace de douleur qu'elle avait provoquée. Elle changea son geste en une étreinte maladroite, mais Jane n'en fut pas calmée pour autant. L'étreinte se changea en caresse : Cath lutta pour reprendre le contrôle de ses nerfs, et y parvint.

— Comme il est beau, dit-elle, mais plus durement qu'elle ne l'aurait voulu. Si on jouait à autre chose ?

Bailey était avec Ryan devant la quatrième chambre. De l'extérieur, le bâtiment ressemblait au palais d'un évêque : l'intérieur portait les traces d'une remise à neuf soignée. Il n'y avait pas cette touche victorienne que Bailey aimait plutôt et que Ryan détestait. C'était moderne, spacieux et digne, mais rien n'avait changé. A midi, cela faisait trois heures qu'ils attendaient de témoigner dans une affaire qui avait mis un an pour parvenir jusqu'au tribunal : ils n'avaient aucune idée de la durée de l'attente et la seule chose qui les unissait était le stoïcisme. Comme ils ne pouvaient discuter des faits, une attaque à main armée dont un commerçant était sorti gravement blessé, ils lisaient le journal, le *Times* pour Bailey, le *Mirror* par vagues de quatre minutes pour Ryan, qui nourrissait, comme d'habitude, un grief aggravé par le silence de Bailey.

— Je sais ce que j'allais vous demander, patron, dit Ryan, lassé des chiens écrasés. Hier, on a été voir cet Eliot, vous vous rappelez ? Vous pouvez me dire une chose ? Est-ce que les procureurs ont tous des pièces comme ça ? Je parle du fouillis. Je ne comprends pas comment il se débrouille pour retrouver ses papiers là-dedans, encore moins pour les lire ; pourtant il avait lu les nôtres, pas vrai ?

Ryan mourait de discuter de ce phénomène depuis que Bailey l'avait brusquement largué dans le Temple ; Bailey l'avait devancé toute la matinée.

— Ils n'ont pas beaucoup de place, dit Bailey. Eliot emporte ses dossiers chez lui la plupart du temps. Je dois lui rappeler de les rapporter. Qu'est-ce que ça peut faire s'ils travaillent dans le chaos ? Du moment que le boulot est fait.

Ryan soupira avec une emphase qui irrita Bailey, comme beaucoup de choses chez ce garçon, ce qui le faisait réfléchir de temps en temps sur la nature aléatoire de l'amitié. Elle restait si stupidement arbitraire au lieu de s'appuyer sur les qualités ou l'admiration. Elle débarquait de nulle part et l'étouffait par sa fidélité qu'il n'avait pas méritée. Il aurait plongé dans les flammes pour secourir Ryan, sans savoir exactement pourquoi, surtout en ce moment. Il replia son journal.

— A propos des réunions avec les procureurs, Mike, vous avez été odieux, hier. Soit vous gémissiez comme une reine dans une tragédie, soit vous ricaniez comme un singe, et entre les deux, vos expressions allaient de la moue à l'ennui mortel.

— J'ai seulement ricané quand il a dit que l'affaire lui paraissait limpide, non ? Quand il a dit qu'on avait fait de notre mieux. Quel mal y a-t-il à ça ?

— Trop.

— C'est pas pire que lui quand il a dit qu'il ne pouvait pas s'occuper de l'affaire à cause de la femme de ménage de sa bourgeoise. J'ai jamais entendu une telle connerie.

Les portes de la chambre s'ouvrirent. Trois avocats en perruque émergèrent, suivis en désordre par d'autres, mais sans les fanfreluches. Sentant la présence des deux officiers de police, les avocats s'éloignèrent.

— Qu'est-ce qui se passe ? demanda Ryan, ragaillardi à l'idée de bouger, ne fût-ce qu'un minimum.

Bailey surprit l'expression d'ardente satisfaction sur le visage d'un des avocats qui fit un signe de tête à son confrère, tous plongés dans une discussion animée.

— Ça veut sûrement dire que le juge a le cafard et que notre baveux marchande une condamnation pour blessures légères.

— Mais le mec avait le crâne brisé, protesta Ryan.

— Et alors ? fit Bailey.

— Et alors, repartit Ryan sans baisser la voix, ce putain de système pue. Perruque ou non.

— Asseyez-vous, siffla Bailey. Je plaisantais.

Un des avocats s'approcha avec un sourire patelin, et Bailey comprit qu'ils faisaient les frais de la plaisanterie. Il leva les yeux vers le plafond voûté du magnifique *palais de justice* et s'efforça d'imaginer que c'était une cathédrale.

Helen et Cath se tenaient sous le plafond blanc de l'appartement d'Helen. Travail de décorateur, travail à moitié fait, Helen tournait en rond comme si elle contemplait le plafond de la chapelle Sixtine.

— Je crois que vous en avez assez fait, Cath. Vous allez vous tuer à la tâche.

— Mais non.

— N'est-ce pas merveilleux ! s'exclama Helen.

— C'est que de la peinture blanche, fit Cath, plus prosaïque.

Elle n'était pas souillée par la peinture. Elle avait l'air abattu, préoccupé, mais elle travaillait avec une précision tranquille. Helen avait de l'émulsion dans les cheveux, ses mains étaient raidies par la peinture et une ampoule gonflait sur un des doigts de sa main droite.

— Je l'ai quitté, vous savez, remarqua négligemment Cath.

— Oh... Vous voulez du thé ? (Qu'y avait-il d'autre à dire ?) Il va vouloir vous récupérer, non ?

— Oui, j'imagine, fit Cath avec un haussement d'épaules. La femme que vous avez envoyée a été sympa. Elle m'a accompagnée en voiture.

Helen faillit dire qu'elle n'avait envoyé personne, c'était sur le bout de sa langue. Puis elle pensa à Bailey, l'interventionniste, l'homme qui ne vous disait jamais ce qu'il allait faire, et elle se retint. Cath avait sa propre version des événements ; qu'elle la garde.

— Qu'est-ce que vous allez faire ? demanda-t-elle avec douceur.

Elles étaient de retour dans la cuisine, Cath nettoyait un pinceau. Helen devina sa moue plutôt qu'elle ne la vit.

— J'en sais rien. C'est pas important. Vous avez noté l'adresse que je vous ai laissée ? Vous savez, la boutique de moquette ?

Helen commençait à comprendre le code. Cath ne pouvait pas plus poursuivre une série d'aveux qu'elle ne pouvait aller sur la lune. Dès qu'elle s'était un peu confiée, elle éprouvait le besoin de changer de sujet. Son interlocuteur ne pouvait ni l'inciter à poursuivre ni la questionner, mais seulement espérer qu'elle reprendrait le fil à un moment ou un autre.

156

— Vous pensez sincèrement que j'ai besoin d'une nouvelle moquette, Cath ?

— Ouais. Si vous avez les moyens, pourquoi pas ? (Cath poussa un ricanement surprenant, bien que lugubre.) Ça ferait beau. Ça serait bon pour séduire un homme. Ils aiment le confort, vous savez.

— Vous parlez comme Mrs. Eliot. Elle dit comme vous.

— Ça m'étonne pas.

Entre les silences, elles passaient pas mal de temps à parler de Mrs. Eliot. Helen s'aperçut que Cath n'était jamais aussi chaleureuse ni aussi animée que lorsqu'elle parlait d'Emily. Mrs. Eliot par-ci, Mrs. Eliot par-là, comme si Emily était quelque chose entre une déesse et une sainte. Elle a un meilleur rôle que moi, se dit Helen. Elle oubliait souvent qu'une femme qui s'intéressait avant tout à sa carrière était mal vue hors de son milieu professionnel. Aux yeux de Cath, elle n'était qu'une vieille fille légèrement attardée.

— Vous pensez que j'ai besoin de ses conseils, Cath ?

— Pas plus que j'ai besoin des vôtres. Bon, vous allez acheter cette moquette ? Seulement, si vous voulez que je vous montre où c'est, faudra que vous preniez le bus avec moi.

— J'ai de la peinture plein les cheveux, protesta Helen.

— Ça vous va bien, répondit Cath.

Helen se demanda si ça lui allait vraiment, ce débraillé désinvolte qui lui permettait d'être à l'unisson des passagers du bus qui parcourait le Londres le plus ringard. De St Paul's Road à Balls Pond, Dalston Junction, où des badauds s'agglutinaient devant les boutiques, tombés du lit en plein après-midi, n'attendant pas tant pour le bus que pour le plaisir d'attendre. Ensuite, direction Hackney, ce nid d'orties, Helen silencieuse, Cath animée — pour Cath — qui faisait la conversation à sa voisine, en messes basses, la main devant la bouche, comme si c'était confidentiel.

— On ne travaille pas par ici, pas beaucoup en tout cas. Ah, ils ne connaissent rien de la vie. Ils n'ont aucun respect pour eux-mêmes. Regardez-moi ça. C'est le centre de loisirs et tout ce qu'ils font, c'est le vandaliser. C'est affreux. C'est là que mon frère s'est fait tuer dans une bagarre. Vous en faites pas, c'est plus bien loin. C'est là que j'habite maintenant, fit-elle en montrant une tour sur la gauche. Tout en haut. Ils travaillent pas là non plus. Je vous parie que vous aurez un bon prix dans l'entrepôt où je vous conduis. J'y ai fait une affaire, mais ça a rendu Joe malade. Si quelqu'un de riche y entre, ils en tombent à la renverse.

Le code continua à envahir les récits anecdotiques de la vie de Cath. Il y avait d'abord un indice, une déclaration, une remarque mine de rien, cachés parmi plusieurs banalités, des joyaux au milieu d'impuretés. Combien elle aimait les Eliot, surtout Jane, comment Joe ignorait où elle était l'après-midi, et ensuite, regardez ce chien, cette femme, cette boutique, ce chauffeur, allons donc. Y en a qu'ont pas de respect, hein ? Des à propos de rien du tout, et puis, finalement :

— Je déteste ce bus, vous savez, je le hais. Si Joe veut me récupérer, il faudra qu'il fasse quelque chose pour ce bus. Tiens, c'est là que vous descendez.

Pour le bus, il n'y avait rien à faire. Il allait à son gré, grondant et toussant, avec un chauffeur victime d'un rhume des foins et d'une indifférence de saison. Il s'arrêtait et repartait, avalait et dégorgeait. Le moteur vibrait, les passagers tressautaient en chœur. Un ivrogne alla s'asseoir en titubant sur la banquette d'en bas, cria devant la fenêtre jusqu'à ce que le receveur l'empoigne par la peau du cou et le fasse taire sans un mot. Deux femmes trop rembourrées, assez grosses pour occuper chacune une banquette, s'assirent en face de Cath et Helen, tellement tassées que leur rire, tonitruant et contagieux, traversa des hectares de peau. Avec un sentiment inconfortable de voyeurisme, peu habituée à voyager sans une troupe d'employés de bureau, Helen comprit pourquoi Cath aimait et détestait le bus. Il y avait trop de vie pour une ligne urbaine. Bien trop. Et ce fut tout ce qu'elle comprit.

9

Bailey regarda sa montre ; ce geste inhabituel le surprit. C'était peut-être le réveille-matin trop rapide qui l'avait troublé, s'épuisant pendant des jours à donner frénétiquement l'heure de l'année prochaine. Il l'avait réparé et le réveil tictaquait de concert avec sa montre, les aiguilles rampaient autour des espaces vides du temps à vitesse normale, et il éprouvait désormais une étrange déception. Le temps réel, le temps sans but, pesait lourd. Il se composait d'unités, chacune exigeant un flux autonome de devoir, de plaisir, de travail et de nécessité. Bailey était propre, nourri, il avait fait son travail quotidien, et à moins d'aller voir Helen, la réparation d'un autre réveil serait son dernier plaisir positif de la soirée.

Il s'assit sur l'énorme canapé, recouvert de tapisserie, seule tache de couleur dans la pièce, et contempla son spacieux domaine avec satisfaction. Tout compte fait, néanmoins, il préférait cette pièce l'hiver, quand la lumière artificielle adoucissait la dureté de son aspect utilitaire et faisait briller toute chose. Attendre l'hiver avec impatience et regarder sa montre pour dissiper la nervosité engendrée par le jour interminable étaient sûrement des signes de dépression. Or, il n'était pas déprimé, sauf par ses propres échecs. Il nageait, tout simplement, avec comme boussole sa propre autosuffisance. La bouteille de vin à moitié vide, Bailey décida qu'il était trop tard pour aller chez Helen, il eût été dangereux de conduire.

Il était tranquille, un livre, une bouteille de vin et de

la musique. Pas de rires, pas de discussions, aucun des éléments superflus de la vie. Il ressentit de la pitié pour ceux qui ne pouvaient pas s'en sortir seuls. D'habitude, cette situation lui plaisait beaucoup trop.

Joe Boyce ne pouvait pas s'en sortir. Il frissonna, éternua, et s'assit, essoufflé, dans le bus, sentant son cœur tressauter plutôt que battre. Il n'avait plus d'ongles à ronger. Parfois, il était frappé d'une léthargie singulière et s'asseyait la bouche ouverte derrière le bar ; il ressemblait, disait Michou Gat avec un dégoût mal dissimulé, à un pauvre vieux schnock victime d'une attaque. Le trouvant ainsi un lundi matin, Michou Gat ne manifesta pas une sympathie excessive, comme c'était le cas avec ses employés qui ne pouvaient pas travailler. Joe connaissait les règles du jeu, il voyait bien que son rendement déclinait, mais l'attitude de Michou le blessa. Il l'avait déjà vue, entendue, ressentie dans sa chair, des milliers de fois, condescendance du grand envers le petit, de l'officier envers l'homme de troupe, du patron envers le salarié, de son père envers lui. La tape amicale dans le dos, le sourire, les railleries, tout cela l'empêcha de faire ce dont il avait envie, c'est-à-dire pleurer.

— Nous autres les femmes, dit Michou Gat, on est des ingrates. J'imagine qu'elle est un peu bouleversée, tu ne crois pas ? Tu lui as donné le parfum ou quoi ?

Tirade suivie d'un rire rugissant. D'autres cartons étaient apparus dans l'arrière-salle du Spoon and Fiddle. Une autre main gigantesque s'abattit entre les omoplates de Joe, tel un maillet rembourré martelé contre sa colonne vertébrale, soit comme menace soit en signe de solidarité, Joe l'ignorait et était incapable de deviner. Michou se tapota le nez, geste redoutable.

— Tâche de bien te conduire, fit-elle, espiègle, pendant que ta bourgeoise est absente.

Chère Michou ; tellement mec qu'elle était devenue un homme à titre honorifique.

Quand la Jaguar grise de Michou s'était éloignée en tapinois, tel un lion patelin après un repas carnivore, Joe avait rassemblé son courage, et ce fut à ce moment-là, en coupant un citron, si maladroitement que le jus avait giclé sur ses ongles rongés, qu'il hurla. Sa colère des premiers jours s'était épuisée. Il avait crié et marché en rond dans l'appartement vide ; il avait examiné les cartons dans le grenier, s'était réjoui à leur vue, leur nombre l'avait réconforté, il s'était saoulé comme un cochon et avait braillé depuis la fenêtre du haut : « Bon débarras ! » alors que la peur lui étreignait la poitrine. Joe Boyce ne peut pas garder une femme, Joe Boyce ne peut pas bander. Joe Boyce ne garde rien de ce qu'il aime, ni ami ni même ennemi.

Joe resta assis, la tête branlante, désespérément sobre après la conduite bonhomme de Michou Gat, incapable d'aller prendre le bus qui le ramènerait chez lui. Les affaires marchaient au ralenti : c'étaient les vacances d'été. Il ressentait cela comme une insulte personnelle, comme si les buveurs du pays étaient au courant de ses échecs et le fuyaient telle la lèpre. Joe ne savait pas s'il devait s'en réjouir, car, soudain, la défection de Cath semblait signifier qu'il avait quelque chose à prouver. Les durs, les amis de Damien Flood, ne restaient pas assis sur leur cul à pleurer leurs femmes. Joe dormait debout, ou presque, bien trop immobile pour réussir à bâiller, tendu, prêt à exploser, bon à rien surexcité qu'il valait mieux éviter, quand entra l'homme qu'il appelait colonel Fogey. A moitié rond à cinq heures de l'après-midi. Le fait que le vieux colonel, si toutefois il avait jamais porté ce titre, n'était jamais dans un autre état qu'à moitié rond ou un quart sobre n'améliorait pas ses chances car tout ce dont Joe se souvenait, c'était que Cath l'asticotait pour avoir empoisonné le vieux toqué avec ses cocktails.

— Gaaaarde-à-vous ! lança le colonel, qui entra en titubant.

Le soleil ne signifiait rien pour un homme qui avait macéré en Inde. Du moins l'affirmait-il. Joe regarda avec l'amertume d'une antipathie solidement ancrée le vieux tanguer en fredonnant vers le coin le plus sombre du bar. « Aarde à vous ! » répéta-t-il en s'asseyant avec une soudaineté qui l'inquiéta visiblement. Le colonel ressemblait à une grenouille, la bajoue tremblante. Les pans de sa chemise dépassaient de son pantalon, devant et derrière, sa pitoyable veste en lin, ravagée par les ans, semblait porter des traces de rouille, tandis que son pantalon, qu'il plissait sans doute tout chiffonné, avait d'affreuses taches à l'entrejambe.

— Une bière, mon garçon, dit le colonel en tapant sur la table. (Il fit du regard le tour de la salle vide, à la recherche d'un public, puis éleva sa voix de patricien.) Une bière, mon pote. Et que ça saute !

Ce fut le vague souvenir de la propreté immaculée de Cath, de la façon dont elle essuyait le vomi sur les murs et repassait ses chemises, qui fit que Joe vit rouge. Vieux dégoûtant qui tape sur la table et donne des ordres. Pas d'argent à dépenser et rien à offrir que des platitudes d'ivrogne débitées avec les intonations de la haute, pas d'autres souvenirs que les bons, pas de voix sauf pour filer des ordres. Joe alla vers le vieil homme avec un demi de bière, la plus forte. Carlsberg, la solution des alcooliques pour pouvoir rester assis sans bouger. Il la versa sur le colonel. Puis il fracassa le verre sur le rebord de la table, gardant un tesson ébréché qui dépassait de son poing. Il y avait tellement de chair à éclater sur le visage du colonel ! La main de Joe trembla ; il rêvait d'enfoncer le verre dans la partie la plus lisse de la protubérance qui prolongeait le front, sentait par avance le crissement réjouissant du tesson contre une telle étendue osseuse. La terreur du colonel, suffisante pour faire hésiter Joe, fit trembler son ventre flasque. Le tremblement partit des cuisses flageolantes, gagna sa poitrine puis ses mains ; Joe patienta, ferma les yeux, incapable de s'arrêter. Alors, une main s'abattit sur son épaule. Une autre le soulagea du tesson.

— Ha, ha, ha ! fit une voix derrière son dos. Très drôle, vraiment très drôle. Tu nous as presque convaincus, hein, mon vieux ?

Joe se figea, impuissant. Une silhouette masculine apparut de nulle part, donna une bourrade au colonel, et se pencha sur lui.

— C'était pour rire, pas vrai ? Marrant, non ? Allez donc vous asseoir au soleil, c'est la maison qui régale.

Le colonel Fogey fut soulevé de sa chaise, conduit dehors par un homme qui saisit un chiffon sur le bar au passage, tout en parlant au vieux, un jacassement continuel, sans se retourner. En transe, Joe regarda son poing tremblant dans lequel il continuait de voir le tesson mortel. Il venait juste de reconnaître Ryan, le joyeux inspecteur qui avait pris sa déposition des semaines plus tôt, un putain de flic, plutôt sympa, pas si sympa. Son esprit, choqué par la vague de violence, se mit à vaciller quand il comprit ce qu'il avait fait. Il enregistra la soudaine lumière qui entrait par la porte, la présence de l'autre homme, les bruits que faisait le colonel dehors, pouffant comme l'enfant que Joe avait vue le matin, et une voix à l'haleine de menthe fraîche, familière sans être autoritaire.

— Comment je peux donner à boire à cet homme, patron ? Ah, y me faut aussi un autre torchon, si ça te dérange pas.

Il y eut une pause pendant laquelle il s'entendit répondre, jeta cinq torchons vers Ryan à l'haleine fraîche, tint un verre sous les doseurs qui versaient le whisky en simple, double ou triple. Le whisky était la boisson préférée du colonel, quand sa pension le lui permettait. Joe lui versa un triple.

— Ça ira, merci. Super.

Joe regarda le boy-scout petit format, de la même taille que lui mais sans doute plus léger, emporter le verre dehors. Il y avait un brouhaha de trafic au loin, un fond sonore autrement moins menaçant que le chuintement de la Jag de Michou Gat sur les pavés. Joe mit du temps à revenir à la réalité. Il avait la même envie de pleurer que le matin, quand il s'était attendu à entendre le discret froissement indiquant que Cath sortait du lit. Dehors, le colonel avait trouvé un compagnon. On entendait des bavardages empreints de ferveur, ponctués par les gros éclats de rire du vieux. Il avait l'air complètement remis. Séchant au soleil, en terrasse, empestant comme une brasserie, il chasserait les clients pendant une heure.

Ryan se hissa sur le tabouret du bar avec l'aisance que donne une longue pratique. Bailey avait dit que c'était la maison qui régalait, même chose pour le taxi de retour. Ryan ignorait la raison d'une telle générosité, mais il était prêt à en profiter. Joe tourna la tête et le regarda à contre-cœur dans les yeux. Il ne croisa qu'un sourire imperti-nent, compatissant.

— Une pinte d'ale, s'il te plaît, dit Ryan en posant un billet sur le bar.

Il était évident qu'il n'allait pas profiter de son avantage en exigeant un verre gratuit. L'envie de pleurer terrassait presque Joe. Pas vraiment des sanglots, simplement un débordement de larmes, trop longtemps refoulées, qui coulaient au coin de ses yeux quand il tira une pinte de bière, puis se rassit.

— Je suis désolé, bredouilla-t-il.

Il ne savait pas si Ryan allait en déduire qu'il était désolé pour les larmes ou pour avoir presque éborgné le vieux.

— J'ai rien vu, dit gravement Ryan, répondant aux deux possibilités.

Ils gardèrent le silence quelque temps. Ryan examina le gentil petit bar confortable, hocha la tête, approbateur. Boyce aima aussi la sanction favorable. Il était fier du Spoon and Fiddle, il n'appréciait pas les sous-entendus, même obscurs, selon lesquels l'endroit était un rien déca-dent, pas un vrai pub avec de la musique et la déco habi-tuelle, mais une sorte de club pour les civilisés de Kensington.

— Sympa, remarqua Ryan, sincère. Très sympa. Bon, qu'est-ce qui t'arrive ? T'as l'air tout chiffonné, mon pote. Sincèrement.

C'en était trop pour Joe. Il avait oublié le vague souve-nir que Ryan était flic. Il se servit un verre, se moucha dans une serviette, et s'effondra.

— Ma femme m'a quitté, dit-il d'une voix morne.

Ryan se pencha au-dessus du bar et lui effleura le bras.

— La mienne aussi, dit-il. Me raconte pas.

Donc, Joe lui raconta.

A cinq heures de l'après-midi, vêtue d'un chemisier blanc immaculé, d'une jupe qui tombait parfaitement, copieusement aspergée de parfum, Mary Secura s'était assise devant le bureau du commissaire divisionnaire et avait été sévèrement admonestée pour conduite indigne. Il n'y avait pas eu de mauvaise surprise à la fin, sauf une allusion au fait qu'on était en train de réviser son plan de carrière et que deux ans au service des Violences conjugales étaient décidément assez demandé. Le commissaire fut plus aimable qu'elle ne l'aurait cru, prêt à accepter que le blâme pour avoir laissé Mr. Rix en prison quinze jours de plus qu'il n'aurait dû revenait au Crown Prosecution Service, qu'on blâmait de toute façon pour tout. Mary ne savait pas trop ce qu'elle avait fait pour s'en sortir avec une aisance relative. Elle pensa que c'étaient peut-être ses états de service impeccables, jusqu'au moment où la poignée de main un peu trop chaleureuse du commissaire se termina presque par une étreinte à la fin de l'entretien. C'était peut-être le parfum, après tout. Elle retourna au bureau et téléphona à Ryan pour fêter l'événement autour d'un verre, comme promis, mais il était sorti. Le renvoi d'ascenseur attendra. Il n'y avait rien d'autre à faire que rentrer. Retour au duplex qu'elle partageait avec Dave, qui était de service de nuit. Super.

Elle entra dans l'appartement et referma la porte derrière elle. Ryan était sans doute chez lui avec sa femme. Elle aurait pu téléphoner à sa mère, mais c'était réservé aux bonnes nouvelles. Tous les autres avaient quelqu'un. Pas elle. C'était injuste. Elle était la seule personne au monde à rester chez elle sans rien à faire. Alors, elle se souvint de Mary Catherine Boyce, perchée en haut de sa tour, planquée, et avec une pointe de remords, elle se sentit mieux et de nouveau en colère.

La peinture maculait les bords du sol en ciment d'Helen West. Elle se dit que les décorateurs obtenaient l'effet désiré de bavures minimum par accident. Les magazines étaient pleins d'illustrations de pièces qui ressemblaient à des terrains vagues, du voilage en dentelle emmêlé autour de la tringle à rideau, des feuilles par terre et pas grand-chose d'autre sinon une chaise métallique ; des exemples de dévastation. Si elle laissait son appartement tel qu'il était, en grande partie recouvert d'une fine couche de peinture blanc doré, elle gagnerait peut-être un prix. Son état actuel plairait à Bailey, mais pas à elle, à part les échantillons de moquette. Ils faisaient trente centimètres carrés et conduisaient de la porte d'entrée au salon, éparpillés plus loin dans le couloir comme des pierres en travers d'un ruisseau, de sorte qu'elle en était réduite à sauter de l'un à l'autre. On entendait des pas remonter la rue ; elle pouvait voir la variété de pieds passer devant la fenêtre de son entresol, et elle éprouva le désir absurde de se ruer dehors et de faire entrer les passants pour les interroger ; venez voir, dites-moi quelle couleur vous préférez. Quel que soit son choix on pouvait livrer la moquette et la poser dans la semaine. Cath avait raison. Les acheteurs étaient traités comme des rois. De la marchandise sans clients, le cauchemar de tout commerçant. La camelote était si bon marché qu'elle aurait pu être tombée de l'arrière d'un camion.

Attends un peu, Bailey, attends un peu.

Elle avait insisté pour prendre un taxi, afin de déposer Cath devant chez elle et emporter les échantillons. Cath ne s'était pas fait prier. Après le centre de loisirs (qui ressemblait davantage à une prison ou à un entrepôt), on tourne à gauche, à droite et encore à droite. Cath était descendue, serrant son sac talisman. Elle paraissait soudain incroyablement vulnérable. L'imaginer entrant dans cet énorme bloc de ciment, devant lequel des bandes d'enfants couraient en hurlant, avait rempli Helen de pitié et de frustration. Quand elle avait refermé la porte derrière elle, et avait étalé ses échantillons, elle s'était réjouie d'être chez elle. C'était mieux que bien des versions du même enfer.

Cath trouvait qu'il n'y avait pas pire enfer. L'ascenseur ne marchait pas ; elle grimpa vingt étages, s'arrêtant pour reprendre son souffle à chaque palier. Il n'y avait pas d'ouverture, on avait l'impression de monter à l'intérieur d'un tunnel, toutes les quinze marches l'air devenait plus rare. Elle entendait des murmures derrière les portes, des pas se hâter dans les couloirs. Elle regarda dehors par la vitre du premier étage, du deuxième, du troisième, du cinquième, puis cessa de regarder quand elle ne vit plus le sol, ce qui accroissait l'impression d'être retranchée du réel. Comment Damien avait-il pu vivre ici ? Bien, se dit-elle, en colère après lui.

Les deux derniers étages étaient inoccupés. Le long d'un interminable couloir de l'avant-dernier étage, elle entendit les bruits produits par quelqu'un en train de travailler, le gémissement d'une vrille et le choc d'un marteau. Certaines portes étaient renforcées, une autoprotection d'amateurs, capable d'enfermer autant que de décourager. Ses pieds crissèrent sur du verre brisé quand elle approcha du dernier étage et une vague de nostalgie la submergea. Puis elle entendit d'autres pas résonner, on piétinait sur le palier du dessus. Un toussotement, quelqu'un qui écoutait, puis rien. Elle s'arrêta.

L'espace d'un instant béni, elle crut que c'était Damien qui l'attendait devant sa porte, et ce fut cette illusion qui lui fit avaler les dernières marches de ciment, claquant des talons, avant de s'apercevoir, sur la dernière marche, du boucan qu'elle faisait, de la vanité de son rêve et de la façon dont elle s'était coupé toute possibilité de retraite. Elle eut soudain peur, mais méprisa sa propre bêtise, imprudente et agressive, et ne s'inquiéta plus de qui était en haut. Elle eut aussi l'impression fugitive que la personne, quelle qu'elle fût, qui l'attendait avec une telle patience et sans même prendre la peine de se cacher ne pouvait lui vouloir aucun mal.

Michou Gat regardait par la vitre du dernier étage, sa masse imposante empêchait la lumière d'entrer.

— C'est toi, Cath ? lança-t-elle d'une voix agréable, puis elle se remit à admirer la vue. Ça fait une sacrée grimpette. Tu dois mettre une demi-heure pour arriver jusqu'en haut. T'as pas du thé, chérie ?

Le rose criard du survêtement blessa les yeux de Cath.

Sans un mot ni un sourire, elle trafiqua les serrures et ouvrit la porte. Elle ressentit quand même une sorte de déception stupide parce que ce n'était pas Damien, après tout, et qu'il était encore trop tôt pour savoir ce que Michou Gat voulait, sa présence la rendait même un brin soupçonneuse. Bien sûr, Michou connaissait forcément toutes les planques de Damien, c'était normal ; ce qui l'était moins, c'était qu'elle ait grimpé tous ces étages.

— Pas très chaleureux, hein, chérie ? fit remarquer Michou en s'asseyant sur une des chaises dépareillées. Remarque, tu pourras arranger ça facilement. C'est-à-dire, si t'as l'intention de rester, bien sûr.

L'eau de la bouilloire, un simple récipient en fer-blanc de mauvaise qualité, chauffa rapidement sur une des deux plaques électriques. Suffisant pour une personne. En faisant ses bagages, à la surprise de Mary Secura, Cath n'avait pas emporté grand-chose hormis son matériel de nettoyage : eau de Javel, chiffons, produit pour les vitres. Plus, à la dernière minute, un pain tranché qui lui durerait une semaine, de la margarine, du thé et du lait en poudre.

Comme toujours, Cath était à l'aise avec Michou Gat. Les femmes, aussi grandes et fortes fussent-elles, n'avaient jamais constitué une menace. Habituée à avoir un frère grand et fort, Cath pensait que la gentillesse croissait avec la taille. Elle savait à quoi s'en tenir avec Michou Gat. Elle était la sœur de Damien, point à la ligne. En vertu de quoi, Michou la traitait avec respect, mais la considérait, comme toutes les femmes, fondamentalement sans importance et définitivement superflue. Michou Gat ne s'interrogeait pas pour savoir si les femmes avaient une âme ou des besoins particuliers. Elle savait, d'expérience, qu'elles en avaient. Pour le reste, elle était aussi phallocrate qu'un homme et encore plus méprisante.

— Qu'est-ce que je peux pour toi, Michou ? T'as pas grimpé jusqu'ici pour rien.

— Et j'ai pas non plus dit à Joe où tu risquais d'être, rétorqua Michou avec finesse.

— Oh, t'as juste deviné. J'aurais pu être ailleurs. J'ai des amis, moi aussi, tu sais.

Elle pensa à Helen West, à la gentille petite Secura, aux Eliot ; ils lui donnaient de la force. Une énergie fragile, certes, mais ça l'aidait.

— Mais je suis ton amie, dit Michou, comme blessée

d'entendre qu'elle pouvait en avoir d'autres. J'étais l'amie de Damien. J'adorais ce mec, Cath. Exactement comme toi.

Non, pas tout à fait, songea Cath. Pour moi, c'était un amour implacable, un amour pour la seule personne qui ait jamais compté dans ma vie. Personne n'aimait Damien comme moi.

— Bon, qu'est-ce que tu veux, Michou ?

— Je suis allée voir ton homme ce matin, chérie. Il m'a dit que tu l'avais quitté sans prévenir. Sûr que tu l'as quitté, sinon tu serais pas là, pas vrai ?

Michou s'esclaffa ; son rire mourut sur ses lèvres quand elle vit que Cath ne souriait même pas.

— Franchement, Cath, il est dans un sale état. T'en reviendrais pas. Non, je te jure, Cath. D'accord, c'est un pas grand-chose, mais... bon... enfin... tu pourrais pas revenir sur ta décision ?

— Comment ça, c'est un pas grand-chose ? rétorqua Cath, piquée.

— Ben, c'est un homme, quoi, c'est pas un saint. Je disais pas ça pour le critiquer, je te jure. On a tous des hauts et des bas, je t'apprends rien. Vous avez un bel appart, Cath, tu peux pas le quitter juste comme ça. J'aime pas le voir dans cet état, Cath, ça me chamboule. On peut pas savoir comment il va réagir. Il est bel homme, tu sais. Il aura pas de mal à trouver une remplaçante, et ça me ferait mal de te savoir toute seule, Cath. Damien n'aurait pas aimé.

Non, Damien n'aurait pas aimé la savoir toute seule. Je serai pas toujours là, disait-il. Faut que tu te trouves quelqu'un de bien, Cath. Je t'aiderai toujours, mais c'est pas une vie, Cath. Il te faut un autre homme que moi à aimer. Vivre seule, Cath ? Allez, tu sais bien que c'est pas possible. Son cœur flancha en repensant à Damien. Il l'avait toujours bien conseillée. Une femme seule, c'était l'horreur.

— Tu veux que je retourne auprès d'un homme qui me tabasse, parce que sinon il ne pourra pas travailler correctement, c'est ça ? C'est ça, hein ?

Michou ouvrit les bras et son geste parut emplir la

pièce. Son alliance scintilla. Elle adoptait toujours la franchise quand elle ne pouvait pas s'en tirer avec un mensonge.

— Bon, pour être franche, Cath, il y a un peu de ça. Les gonzes comme Joe sont durs à trouver, tu sais. Je ne peux pas faire marcher le pub sans lui. C'est le seul qui comprenne le genre de clients qu'il y a là-bas. Bon, s'il t'a battue, eh bien, c'est dommage, mais ça vaut mieux que s'il partait avec une autre.

— J'ai un travail, dit Cath d'un ton farouche. J'en ai deux, et j'en aurai d'autres, tu verras. Y a des gens qu'ont besoin de moi.

— Ah, on est ambitieuse, c'est ça ? Joe a besoin de toi, Cath. Et tu as besoin de lui.

C'était vrai, Cath savait que c'était vrai, mais elle ne voulait pas l'admettre.

— Je vais te dire, reprit Michou. Donne-lui quelques jours. Il a besoin d'une leçon, non ? Faut que tu lui montres qui est le patron, pas vrai ? Oblige-le à te traiter comme une reine. Rencontrez-vous ; il t'emmènera dans un endroit vraiment bien, et vous pourrez discuter de tout ça. C'est tout ce que je te demande, Cath. Fais ça pour moi et pour Damien. Tu le feras, hein ? Lundi prochain, qu'est-ce que t'en dis ? Retrouve-le au Spoon. Je lui dirai, je lui donnerai sa soirée.

Cath savait qu'elle n'avait pas le choix. Si elle ne lui promettait pas, Michou dirait à Joe où elle habitait et Joe lui ferait descendre les étages par la peau du cou et personne ne le remarquerait dans cette saloperie de tour. D'ailleurs, comme compromis, c'était pas si mauvais. Ça lui faisait plaisir de penser que Joe était dans un sale état. Elle acquiesça.

— T'es une brave fille, Cath, sourit Michou.

Une grosse patte disparut dans la poche du survêtement et en ressortit avec une liasse de billets et un coffret. Du parfum. Cath le devina tout de suite. Du faux Estée Lauder. Quand Damien travaillait pour Michou, il lui donnait du parfum tous les mois. Joe le lui reprenait, comme tous les cadeaux qui venaient de Damien.

— Tiens, chérie, tu t'achèteras une jolie robe.

Le prix de la suprématie : cent livres en liquide. Un homme a besoin d'une femme pour faire du bon travail : certaines femmes, on les achète et on les vend, tout simplement. Michou Gat se hissa sur ses deux jambes et se dirigea vers la porte. Comme en réponse à l'autorité de sa présence et à son exigence de confort, le gémissement distant de l'ascenseur se fit entendre. Il s'était remis en marche.

Emily Eliot réfréna son envie de gifler sa fille. Elle ne supportait pas de l'entendre geindre. Elle ne retenait pas toujours son envie de gifler la fillette de neuf ans, bien qu'elle ne lui eût jamais administré un coup qui aurait risqué de la blesser. Il était toujours bon d'avoir une main leste dans ses bagages, ça défoulait la mère, ça humiliait l'enfant, ultime moyen de dressage, réservé pour les conduites réellement scandaleuses. Ce qui n'était pas le cas, pas tout à fait, et la fillette avait des excuses. Les enfants vous en font voir de toutes les couleurs, avait tenté d'expliquer Emily à ses quelques amies sans progéniture. Ils exigent que vous les laissiez tranquilles la moitié de la journée, mais ne supportent pas que vous ayez du temps à vous, rien qu'à vous. On se rattrape plus tard, mais ils se vengent quand même.

Alistair était retourné à son cabinet mais il allait bientôt rentrer. Il n'y avait pas d'invités ce soir, pourquoi pas un dîner *à deux* et au lit de bonne heure ? C'était avant qu'elle ne voie le bureau, mais après qu'elle eut compris que Mark, faisant fi de son rôle d'aîné, n'avait pas surveillé la petite. Eclats de voix, défis, réponses maussades, accusations d'ingratitude, sans oublier les portes qui claquent. Dans son coin, la petite Jane fulminait. Personne n'avait de temps à lui consacrer. Même pas Cath, qui était tellement préoccupée qu'elle avait mis du sucre dans la soupe. La même Cath qui l'avait secouée, l'avait presque giflée et avait refusé de jouer avec elle. Les insultes avaient volé haut et Cath n'avait pas été en reste. Il faisait beau mais Mark ne voulait pas l'emmener en promenade. Il disait que la lumière lui faisait mal aux yeux.

Tout cela émergea dans ses chuintements auxquels sa mère ne prêta qu'une attention discrète. Et quand on traîna Jane pour lui montrer le carnage dans le bureau, qu'elle avait amplifié après que Cath avait fini par réveiller Mark pour qu'il prenne le relais avant son départ. Elle l'avait fait malgré les mises en garde de Cath parce qu'elle en avait marre d'elle, et que les frustrations de la journée avaient atteint le point de non-retour. Non seulement on l'ignorait, ce qui l'indignait avec une véhémence qu'elle tenait de sa mère, mais en plus elle allait être punie.

— Tu te rends compte, malheureuse, du temps qu'il faudra à ton père pour classer tous ses papiers ? demanda Emily avec un calme inquiétant, les poings serrés, collés au corps. Tu y as pensé, espèce de petite égoïste, tu y as pensé, sale petite... ? Tu sais que papa travaille dur, est-ce qu'on va être obligés de fermer les portes à clé pour t'empêcher d'entrer ? J'ai bien envie de t'enfermer, tiens.

La litanie s'arrêta là. Emily examinait les tiroirs ouverts, faisait un inventaire mental. Cadeaux, papier d'emballage, surprises, la cachette d'Alistair où il entreposait les objets à offrir. Une règle tacite voulait qu'elle n'ait pas le droit non plus de fouiller dans les tiroirs, mais elle en connaissait le contenu, bien sûr. Elle fixait le bureau ; Jane voyait que sa mère était en train de décider, peut-être un peu trop tard, que c'était une occasion pour une bonne taloche derrière les oreilles, après tout. Jane vit la direction du regard de sa mère et elle se figea dans une fourbe innocence.

— Qu'est-ce qu'il y a, maman ? Qu'est-ce que j'ai fait ? Pourquoi tu me cries après ?

— Parce que tu... (Le regard limpide de Jane l'arrêta.) Tu as mis une pagaille monstre, termina-t-elle sans conviction.

— Non, maman, j'ai rien fait. Je suis venue chercher du papier, c'est tout, maman, je te le jure. Ah, j'ai aussi pris des stylos, ajouta-t-elle, l'air penaud, en pointant le menton vers le tiroir où Alistair rangeait les marqueurs aux couleurs lumineuses, indispensables pour les annotations.

Emily l'entendait encore dire qu'il ne savait pas

comment on pourrait se passer de tels stylos dans son métier.

— Cath m'a disputée parce que j'y avais déjà été et qu'elle avait tout rangé, ajouta-t-elle à voix basse, traînant des pieds sur la moquette, scandalisée. Elle m'a chassée, mais elle est restée longtemps dans la pièce, pour lire, je crois. Elle m'a dit de partir et d'aller ranger ma chambre. Je l'ai fait, maman, je te jure. Elle était épouvantable, aujourd'hui, maman ; elle sentait la Javel. Tu veux que je rapporte les stylos ?

— Sors d'ici. Descends regarder la télé. Et ne bouge plus.

Emily resta au milieu de la pièce, envahie de dégoût. Elle avait le sentiment de perdre tout contrôle. C'était peut-être l'allusion de Jane à l'odeur entêtante de savon bon marché, une propreté pas tout à fait agréable, qui personnifiait si bien Cath, et par laquelle Emily s'expliquait l'aversion qu'elle éprouvait à être trop près de Cath dans des lieux clos. Une aversion de snob, à peine prononcée, comme de détourner la tête quand Cath mangeait des tartines beurrées la bouche ouverte, mais qui déclenchait un *frisson* de dégoût si elle imaginait Cath fouillant dans ses affaires. Elle avait la même réaction, en plus violente, à l'idée que Cath puisse toucher les affaires personnelles de son mari. Emily pouvait très bien partager ses secrets ; Alistair n'avait pas le choix, lui, il n'avait personne pour défendre son domaine réservé, sauf sa famille. Cath n'avait pas à fourrer ses gros doigts dans ses papiers ni à pénétrer dans son bureau ultraprivé, quel que soit le désordre qui y régnait. Non, sa petite personne humble et modeste n'avait rien à y faire.

D'ailleurs, tout le monde dans la maison devait se soumettre à l'autorité d'Emily. Que les femmes de ménage soient parfaitement bonnes ou parfaitement mauvaises, elles devaient accepter les règles. Et elles devaient être gentilles avec les enfants, véritables lumières de sa vie. Emily s'autorisa à bouillonner, elle s'éventa d'indignation parce qu'elle n'aurait jamais dû s'absenter aussi longtemps de son domaine et laisser une autre en prendre le contrôle. Son autorité sur sa famille, sa ferme mission de lui trouver les meilleurs domestiques ne souffrait aucun renégat et ne faisait pas de prisonniers. Pauvre Alistair. Pauvre Jane, traitée avec une telle injustice, alors qu'elle avait eu l'honnêteté d'admettre un vol mineur et une incursion dans la pièce interdite ; c'était courageux de sa part, non ? Emily, la mère, ignora la fourberie fugitive qu'elle avait entr'aperçue sur le visage de sa fillette honteusement délaissée, refoula le son des geignardises, s'attacha à vider les tiroirs du bureau d'Alistair, et, dans sa quête d'un coupable, laissa un affreux soupçon se développer.

Le soupçon s'accrut lorsque Emily se livra à une fouille approfondie de la chambre de Jane. La fillette n'aurait jamais pensé à cacher du parfum ailleurs, car personne dans cette maison si ouverte ne pardonnerait une tromperie. La chambre de Jane ne renfermait aucun secret. Les marqueurs étaient éparpillés sur son lit parmi un amas de papier listing froissé, et la fureur d'Emily se transforma en culpabilité. Comment s'était-elle mis en tête de penser que sa fille adorée avait pu pénétrer dans le sanctuaire d'Alistair et subtiliser les flacons de parfum dans le tiroir, comment était-ce possible ? La triste logique désignait Cath, à qui elle avait confié la responsabilité de la maison, et qui en avait profité pour fureter et voler, et, pire, laisser sa gentille Jane porter le chapeau. Voilà ce que font les gens lorsqu'ils sont pauvres, qu'ils se comportent en pauvres et qu'ils sentent le pauvre, mais cela n'excusait en rien une telle conduite et n'adoucissait pas la trahison. La colère d'Emily enfla, favorisée par une nouvelle cible. Personne ne transgressait les règles établies par Mrs. Eliot sans en subir les terribles conséquences.

Ça suffisait à gâcher une soirée. Décidant que le meilleur remède contre les vestiges de sa gueule de bois et la meilleure cure contre la désapprobation parentale étaient de remettre ça, Mark sortit. Jane était soumise, tendre et affectueuse, sa sœur simplement assoupie. Ils formaient une famille d'où toute hystérie avait disparu et où la détente procurée par la demi-journée de sortie d'Emily paraissait à des années-lumière. Au lieu de se coucher tôt, Emily et Alistair burent trop de vin, ce qui les rendit somnolents et les poussa à philosopher. Il était inquiet, elle l'avait remarqué au déjeuner, où sa propre gaieté avait masqué les soucis de son mari. Au dîner, bien après que Jane eut souhaité bonne nuit à son papa, elle avait parlé du saccage du bureau, réparé en partie avant son retour, les tiroirs bien refermés. Elle ne voulait pas s'attarder sur le parfum manquant parce qu'elle n'était pas censée savoir, et parce que la décision qu'elle s'apprêtait à prendre n'appartenait qu'à elle seule. Elle ne parla pas davantage de Cath, et lui non plus. Il lui lut un article du journal. C'était l'histoire d'un homme qui laissait sa famille pour aller travailler trois ans comme missionnaire, qu'en pensait-elle ?

Pas du bien, répondit-elle brièvement, pas si ses enfants étaient encore dépendants, non, elle n'en pensait pas du bien ; ça l'effrayait. Elle n'ajouta pas qu'elle se sentait déjà sous la menace, pour son jugement, pour tout.

Est-ce que les chargés de famille n'ont pas le droit d'avoir d'autres fidélités ? demanda-t-il. Il pensait à la fidélité à ses clients, à l'abandon d'une affaire parce qu'elle était trop entremêlée à sa famille. On ne peut pas abdiquer une responsabilité uniquement parce qu'on a des enfants à protéger, n'est-ce pas ?

Si, on peut, répondit Emily. La famille passe avant tout : que les autres aillent au diable. Voilà l'idée générale. Et s'il avait l'intention de devenir missionnaire, emmènerait-il Jane avec lui ?

Après cela, ils ne parlèrent plus beaucoup.

Donnez à boire à un homme et il parlera jusqu'à ce qu'il s'écroule. Demandez à un homme qui s'y connaît en cocktails de vous faire une démonstration et ça risque de faire des dégâts. C'est ce que conclut Ryan. Joe Boyce ne savait pas seulement les mélanger avec une rapidité étourdissante, se vengeant de Michou Gat en ayant la main leste sur les ingrédients, il les buvait aussi avec ferveur. Cela améliorait notablement son humeur. Il commença par une préparation qu'il appelait le Baiser écossais.

— Une mesure du meilleur scotch, du blended, n'importe lequel, mais plus la qualité est bonne, plus le résultat est bon, une de Tia Maria, une demie de Malibu et une demie de jus d'ananas, jetez l'ananas et la fraise. On peut faire le même cocktail avec du whisky irlandais ou canadien, vous savez. Qu'est-ce que vous en dites ?

Il avait fait les dosages avec dextérité, versé les liquides dans le mixeur avec une précision désinvolte.

— Non, je suis désolé, c'est dégueulasse, dit Ryan.

— Bon, alors allez le donner au colonel.

Le vieil homme était toujours assis à la terrasse, il beuglait sur les passants. Il accepta le verre légèrement écumant avec indifférence. Ryan se demanda s'il n'était pas sous le choc.

— Je sais ce qu'il vous faut, annonça Joe depuis le bar, des mains partout, sifflant en vitesse un pur malt. Un truc plus simple. Moi, j'aime tout ce qui est à base de whisky. Vous avez une préférence ?

— Oh, non, dit Ryan, jovial. Le whisky me va toujours.

— Vous savez, les gens délaissent les cocktails. Ils délaissent tous les trucs pour lesquels je suis bon. Tenez, essayez ça.

Ryan en but une gorgée. Ça lui plut. Un peu doux, mais il aimait ça et, bon Dieu, quel punch !

— Ouais, acquiesça-t-il.

Celui-là, le colonel ne l'aurait pas.

— Je crois que je vais prendre le même pendant que j'y suis, fit Joe. Clou rouillé qu'on l'appelle, un nom à la con. Une mesure du meilleur scotch, le meilleur, hein, et une mesure de Drambuie. On fait des cocktails à part pour les Japonais, vous saviez ça ? J'en ai qui viennent ici des fois. Des gens adorables. Aussi petits que moi, Dieu merci. Bon, à quoi on passe, maintenant ?

Ryan avait toujours cru que les cocktails, en tout cas ceux qu'il offrait à une femme, devaient être savourés et sirotés lentement. Le Clou rouillé de Joe ne dura pas assez pour que la rouille se forme. Joe joua avec un seau à glace.

— Straight Irish, deux mesures de whisky, il faut que ce soit de l'irlandais, quoique, pour celui-là, je sais pas trop pourquoi. Il faut qu'il ait cinq ans d'âge, c'est beaucoup mieux. Bon, deux mesures, quel gâchis quand j'y pense, plus une demi-mesure de Pernod et une demie de curaçao, quelques gouttes de bitter et de maraschino. Y a des gens qui adorent ça.

Ryan aima, sans plus. Ils donnèrent le second verre au colonel, qui s'était mis à chanter des hymnes tandis que la lumière déclinait. Rentrant chez eux, quelques clients bravèrent sa barricade et s'attardèrent un peu pendant que Ryan et compagnie passaient au whisky sour, à la mode Boyce. Whisky et jus de citron, sans rien pour adoucir, c'était plus en accord avec le goût de Ryan, mais ça ne valait pas la rondeur du Glenfiddish qui suivit. Quelqu'un entra et exprima son inquiétude pour le colonel. Ils le mirent dans un taxi, réglèrent d'avance, et, avec un soupir, retournèrent au bar. Ryan proposait toujours de payer. A son grand soulagement, le barman refusait constamment. La plante, située près du coude gauche de Ryan, ne se remettrait jamais de ses arrosages discrets, mais il s'était mis en position d'écoute confidentielle, la tête en avant, appuyée sur la main. Entrer dans ce bar, c'était comme visiter un chantier de construction, s'était-il dit. Si on n'a pas la tête dure, mieux vaut porter un casque. Selon les normes du commun des mortels, Ryan avait beaucoup consommé, et si elle n'était pas de la première jeunesse, la nuit ne faisait que commencer.

— Le problème avec ma femme, c'est que, je devrais peut-être dire c'était, mentit Ryan, se basant sur ce qu'il savait de Mary Catherine Boyce, elle est devenue trop indépendante. Elle bosse, tu vois. A mon avis, quand elles se servent de leur cerveau, ça leur monte à la tête. Tout ce qu'elles ont dans la chatte, ça se dessèche. Elle n'aimait pas qu'on la touche, tu vois, mais fallait qu'elle porte ces putains de jupes courtes. Pour aller travailler, je vous demande un peu. Tu devrais avoir honte, j'y disais. Elle avait peur d'avoir des gosses, voilà le problème. D'avoir des gosses et de perdre son indépendance. Pourquoi qu'on en aurait pas, merde ? j'y demandais. C'est moi qu'ai payé les putains de factures pendant cinq ans, et tout ça pour pas baiser...

Ryan avait trois enfants, la prunelle de ses yeux, dont la responsabilité incombait à une épouse bien plus compétitive que lui. Il le reconnaissait sans honte, et trouvait un certain plaisir à jouer son rôle de composition. Après tout, ce qu'il disait ne comptait pas réellement. Il était assez humble et l'avait fait assez souvent pour savoir que les conversations d'ivrognes étaient simplifiées du fait que l'un n'écoutait pas réellement l'autre. Les femmes étaient différentes, Bailey aussi. Il se souvint de Bailey avec une tendresse euphorique, s'abstint, sagement, de le mentionner. Joe contemplait le plafond. Ses yeux avaient cessé de larmoyer mais il était cramoisi.

— L'ennui avec la mienne, dit-il, c'est que son frère l'a bousillée.

Ryan aurait voulu s'asseoir droit, mais se rappela qu'il ne devait pas.

— Ma femme a un frère, enchaîna-t-il. Un con fini. Il débarque chez moi et il me dit ce que je dois faire.

— Ah, il lui dit ce qu'elle doit faire, c'est sûr. Ou plutôt, il l'a pas fait. Il lui a pas dit ce qu'elle devait faire. Quand elle avait dans les quatorze ans. Peut-être plus jeune, elle a pas voulu me le dire.

Il ne cessait de secouer la tête.

— Non, tu rigoles ! souffla Ryan. Allez ? Sérieusement.

— Si, si. Elle est tombée enceinte, ça s'est mal passé, y a pas eu de gosse. Bien sûr, je l'ai su qu'après avoir épousé cette garce. Enfin, je savais qu'elle avait une cicatrice sur le bide, et je savais qu'elle était pas vierge, mais qui veut épouser une vierge ? A vrai dire, ça m'a fait pitié pour elle, j'avais envie de la protéger. Sauf que je savais pas que c'était lui qui aurait dû s'occuper d'elle quand elle était en cloque, la pauvre conne me l'avait pas dit, personne aurait pu le dire à part lui et qu'est-ce qu'il a fait ? Rien ! Pourquoi y s'est pas occupé d'elle, hein ? Pourquoi on l'a pas fait revenir pour empêcher un putain de toubib en service depuis soixante heures de la bousiller comme il l'a fait ? Elle m'a dit qu'elle voulait mourir. Et cette pute de Damien, où il était ? Il apprenait à boxer dans l'armée ou je ne sais quoi. Ah, il est beau le héros ! Un branleur, oui !

— Qu'est-ce qu'il aurait pu faire ?

Joe s'était remis à pleurer ; le visage trempé de larmes, rouge de sincérité, il maintint un verre sous le doseur, puis un autre, laissa couler deux généreuses mesures du meilleur malt et fit claquer les verres sur le comptoir.

— Ce qu'il aurait pu faire ? brailla-t-il. Ce qu'il aurait pu faire ? On se fout de ce qu'il aurait pu faire, qu'est-ce qu'elle aurait pu faire, elle ? Elle aurait pu cesser de l'aimer, pour commencer. Ah, parce qu'elle l'aimait ! Elle l'aimait ! Damien par-ci, Damien par-là... Où était ce fumier quand elle avait besoin de lui ? Aux quatre coins de la terre, voilà où il était. Il gagnait des matches de boxe, voilà ce qu'il branlait. Ils étaient comme ça tous les deux, dit-il en joignant deux doigts de sa main gauche dans un signe qui évoquait davantage la solidarité que l'obscénité. Comme ça, répéta-t-il.

— Tu veux dire comme ça ? fit Ryan en imitant le geste avec les doigts de sa main droite. Comme ça, vraiment ?

— Il régentait nos vies, il les régentait vraiment, dit Joe. Fallait faire ce qu'y disait. Mon boulot, mon appart, ma voiture. Ma femme, merde.

— Ça devait pas être agréable, remarqua Ryan, toujours aussi vautré.

— Ah, ça non, c'était pas agréable, approuva Joe, qui retourna aux doseurs.

C'est étonnant, songea Ryan, comme ses mains sont fermes et précises quand le reste de son corps s'agite dans tous les sens. C'est vraiment étonnant.

— Non, c'était pas agréable, reprit Joe dans un éclair de sobriété. Pas du tout, même. C'est lui qui m'a présenté Cath, mais je le détestais, ce fumier. C'était comme un toxique, je le détestais.

— Donne-nous donc une autre tournée de ton malt, tu veux ? dit simplement Ryan.

Il était déjà pas mal intoxiqué, autant continuer. Il lui fallait un remontant pour supporter l'horrible sensation d'écœurement... et une chose qu'il n'osait pas admettre : il avait pitié du bonhomme, et peur aussi, sans compter l'impression de demi-vérités qui mises bout à bout ne faisaient pas un tout, l'impression que le bonhomme parlait par code.

Sa femme lui manquait, il avait envie de rentrer chez lui se mettre au lit.

10

C'était doux et rassurant, mais la lumière lui faisait mal aux yeux. Et il y avait Bailey, avec un regard mauvais, qui jurait qu'il y avait toujours un moyen de faire parler quelqu'un.

— Qu'est-ce qu'il vous a dit, Ryan ?

— Laissez-moi tranquille, voulez-vous ? Il m'a dit des trucs, mais pas tout. Il y avait autre chose, quelque chose dont il aurait aimé se vanter, à part les cocktails. Quelque chose dont il était fier, mais dont il se sentait coupable. Je ne sais pas. Ce type a fait un acte d'héroïsme, et il aimerait le raconter. Laissez-moi dormir.

— Il porte sa culpabilité dans la mauvaise poche. Il se sent coupable pour une mauvaise raison et il est fier pour une mauvaise raison.

— Vous avez toujours été convaincu qu'il avait quelque chose à voir dans le meurtre de Damien Flood ?

— Ah bon ? J'ai dit ça ? Il fallait que ce soit l'œuvre d'un type plein de haine.

— Oh, il connaît bien la haine.

Les yeux de Ryan se fermaient, ses paupières étaient lourdes comme des pièces d'une livre.

— Sa sœur avait peut-être la haine. C'est le bébé de Damien qu'elle a porté, quand elle n'était encore qu'une gamine. Il y a un certificat de naissance, un autre de décès qui portent le nom de Damien Flood, je les ai trouvés. On dirait que Damien s'est fait passer pour le mari. Vous imaginez ?

Ryan rouvrit les yeux.

— Oh, doux Jésus ! Pourquoi j'ai pas pensé à ça ? Seigneur. Quel vieux roublard vous faites.

Ses paupières retombèrent. Les nouvelles, aussi exceptionnelles fussent-elles, passaient à l'arrière-plan. Il parla à voix basse pour couvrir une espèce de gêne. Bailey répondit sur le même ton.

— Mais non, sa sœur l'aimait bel et bien. Mais je ne pense pas que notre Joe savait de qui était le bébé. Sinon il l'aurait dit.

— Vous croyez ?... Bon Dieu, laissez-moi dormir.

Il y eut un grondement de tonnerre : Joe s'agita dans son lit, rêvant de gloire. Des rêves en Technicolor dans des draps crasseux. Damien Flood, l'enfant chéri, recouvert de sang vert. Le même Damien, adoré par le jeune Joseph Boyce qui s'était accroché à ses basques et à qui le séduisant play-boy avait présenté sa sœur, tel un cadeau du ciel, si gracieuse, si douce et qui avait tellement besoin qu'on la protège qu'elle ferait de lui un homme et le ferait admettre dans le saint des saints de la bande de Damien. Joe Boyce, éclaboussé par la gloire de ce mariage, ses propres besoins satisfaits : un travail, un foyer ; jusqu'à ce que, hormis les articles du grenier, toute sa vie tourne autour des cadeaux de Damien, des relations de Damien. Et cependant sa petite femme ne l'aimait pas vraiment. Sans doute qu'avec sa cicatrice sur le ventre elle ne pouvait pas se laisser aimer, elle ne pouvait pas y croire, mais s'agissant d'amour, elle était comme les autres : Damien passait le premier. Le fumier.

Ainsi, dans son rêve, Joe commandait. Il sortait du brouillard de ses souvenirs, tous plus humiliants les uns que les autres, jusqu'à ce que le rêve prenne la relève.

Alors, ils étaient ensemble, une bande de frères, buvant et prenant du bon temps. Mais dans le rêve, Joe n'était pas le serviteur, le bon soldat qui hissait leurs couleurs, avec l'alcool comme seul et unique lien entre eux, jamais d'égalité, mais il continuait à être celui qui rentrait chez lui le premier. Il le faisait par choix et non par peur d'être délaissé.

Damien sortait des toilettes, reboutonnait sa braguette, puis prenait les deux autres par les épaules et s'éloignait en titubant ; la femme qui nettoyait le bar suivait des yeux ses petites fesses et son épaisse chevelure dorée qui scintillait sur le blanc de sa chemise, puis se détournait pour vider les cendriers. Comment un homme peut-il marcher comme il parle, sans articuler, mais plein d'allant ? Ses amis étaient plus grands, plus minces, moins impressionnants. Même de dos, Damien avait un certain charisme. Légèrement ivre, certes, il l'était toujours, mais jamais débauché, jamais agressif ni brailleur, ne donnant jamais vraiment dans le gras ni dans la grossièreté. Il se laissait parfois aller, mais avec une sorte de dignité juvénile et son rire transpirait la gaieté.

Joe ne pouvait pas se défaire du rêve. Après des milliers de tentatives, il l'avait raffiné, en avait fait une espèce de réalité virtuelle, de sorte que lorsqu'il se mettait en marche, il ressentait réellement la froidure de l'air, rendu humide par le crachin hivernal, ou percevait le bruit d'un moteur Diesel qui s'essoufflait en grimpant la côte tandis qu'ils traversaient la rue pour aller au parking du centre de loisirs. Il y faisait sombre. Joe les observait, tapi dans l'ombre des arbres, inquiet, curieux, brûlant de les rejoindre, il savait qu'ils n'auraient pas dû se moquer des autres jeunes, qu'ils n'auraient pas dû leur piquer leur fric.

Alors, les trois jeunes, hargneux comme des chats, attaquaient avec un tel manque d'adresse que Joe eut pitié d'eux et sympathisa avec leur agression futile ; c'étaient des chatons, non des matous, tellement pathétiques, même avec leurs queues de billard, c'était comme de lancer des mouches à l'attaque d'un mur, mais il n'y avait rien d'irrévocable dans son rêve. Ainsi, lorsque le premier jeune, avorton d'on ne savait quelle portée, un gamin sans traits spécifiques, la peau bleuâtre, fonça et abattit Goliath, Joe fut surpris. Il faillit quitter son arbre et se ruer au secours de Damien, mais trois années de haine l'en empêchèrent. Pouah ! Il se voyait, se cachant les yeux, l'oreille aux aguets : grognements, grondements, le craquement des poings contre les os, de brefs cris aigus, ces mêmes bruits, synonymes de puissance, qu'il ne pouvait déclencher que contre Cath et encore, avec une honte épouvantable. Il avait chaud, il bouillait dans sa veste, malgré la pluie froide qui tourbillonnait autour des arbres dénudés du parc. Lorsque, percevant l'écho d'une fuite, il ôta sa main de devant ses yeux, la puanteur de son haleine encore distincte, il n'arriva pas à croire que Damien, le héros immortel, était encore là. Ils avaient changé de place, lui battait en retraite, Damien s'enfonçait en vacillant dans la nuit du parc, puis s'affalait contre un arbre, l'air paisible, offrant à quiconque le détestait suffisamment l'occasion idéale. Etrangement idéale, avec quelqu'un en coulisse, prêt à endosser la culpabilité. Dans ses rêves, Joe avait toujours sa sacoche, mais dans celui-ci, elle renfermait la baïonnette qu'il avait aiguisée et apportée uniquement pour la montrer à Damien. Damien avait dit que ce genre d'objet l'intéressait, mais c'était faux et Joe n'avait pas réussi à placer un mot. Des courses dans le lointain, des cris ; le bruit pétaradant des freins d'un autobus et le murmure des arbres, un silence tonitruant, Damien grognant, mais toujours étrangement séduisant.

Joe se retourna dans son lit. A ce stade, son rêve était davantage un fantasme diurne qu'un songe nocturne, les contours en étaient plus précis ; il distinguait les mots, de loin certes, entendait les voix sans leur intonation ni leur caractéristique. Que disait-il ? Disait-il : tu vois ça, Damien ? Tu le vois ? Je l'ai apporté pour toi, tu le vois ? Il voyait les yeux de Damien s'écarquiller, son visage, avec l'éraflure sur le front, prendre cette expression familière. C'est toi ? soufflait-il. Oui, c'est moi, s'entendait répondre Joe en lui enfonçant la baïonnette, d'abord dans la poitrine. Il était tellement musclé qu'il la sentait à peine. Ensuite, Damien disait quelque chose comme : non, non, ne fais pas ça, tandis que ses grosses mains s'étendaient comme une paire de tenailles et agrippaient Joe par les épaules. Ne fais pas ça, Joe, je t'en prie. Qu'est-ce que je t'ai fait, Joe ? Trop tard pour s'arrêter, une mauvaise lame, aiguisée d'un côté seulement, pas comme une dague, mais lourde, il fallait toute sa force pour la dégager, l'absence de sang le soulagea, il faillit battre en retraite. Venait alors un éclair d'atroce réalité, au cours duquel Joe ne pouvait penser à une seule chose pour laquelle Damien méritait ça. Le sang jaillit telle une fontaine et la voix sans timbre se fit de nouveau entendre, forte, presque un cri : Cath... Oh, ma Cath adorée, sauve-moi.

A ce moment-là, le rêve était d'une telle clarté qu'il en devenait voluptueux. Joe plongeait la baïonnette de toutes ses forces dans la partie la plus molle du ventre de Damien, celle qui attestait sa chute qui l'avait entraîné dans un début d'embonpoint. Emerveillé, Joe se voyait empoigner la lame à deux mains et lui imprimer un mouvement de droite à gauche, butant sur les os, sentant la chair tendre, la chair dure, et à chaque fois que Damien disait « Cath », il enfonçait davantage la lame jusqu'à sentir la colonne vertébrale, et pourtant le con ne voulait pas mourir. C'était un effroyable déballage, de l'abdomen musclé sortait ce qui ressemblait à un nouveau-né, et le staccato, les gémissements y faisaient encore davantage penser. Cath, Cath ; Damien ne cessait de répéter son nom, il refusait de s'arrêter, de mourir, alors Joe, ne supportant plus la plainte, arracha son arme misérable de la bouillie de chair qui continuait à gémir, perdit l'équilibre sous l'effort, bascula dans l'herbe humide, et roula loin du sang. Sans se retourner, il essuya la lame, s'éloigna en titubant de Damien qui continuait à appeler Cath sous la pluie, les mains agrippées à son ventre, s'efforçant de retenir le déballage sanguinolent de sa vie.

Joe atterrit sur la moquette, les poings serrés contre sa poitrine, le corps rigide. Il ouvrit les yeux en reniflant l'odeur de vomi imprégné de whisky. Une mouche captive bourdonna, se cogna à la vitre. Il tenta de se lever, se mit à genoux, redressa le torse, puis se hissa sur ses pieds en s'aidant du lit. Une fois debout, il eut une brève impression de stabilité avant de s'effondrer en travers du matelas, où il resta les yeux au plafond. Il n'y avait pas de tonnerre, sinon celui qui grondait dans son crâne. La mouche se remit à bourdonner ; à travers les rideaux que

Cath avait confectionnés, la lumière traçait les premiers contours de l'aube.

C'était un rêve, un cauchemar glorieux. Seulement un rêve. Ça aurait pu se passer comme ça. Si on le tabassait, il devrait avouer que ça s'était passé exactement comme ça ; l'idée d'avouer le terrifiait, mais en même temps, il en serait fier. Alors, la soirée de la veille se déroula au ralenti sous ses yeux. Il avait parlé à l'homme au Spoon. Il ne s'était pas vanté, il avait seulement pleuré. L'homme avait eu pitié, il était rentré tranquillement chez lui, et pas en bus en plus. Donc, tout allait bien pour tout le monde, aujourd'hui comme demain, mais si le rêve était vrai, pourquoi diable n'arrivait-il pas à se rappeler ce qu'il avait fait de la baïonnette ? Les rêves sont des fatras, il y manque les détails pratiques ; pour lui, cette partie-là avait disparu dans l'oubli. Joe était aussi amer que le whisky était doux. Personne ne viendrait le questionner désormais. Personne ne le regarderait comme un héros.

Le brouillard s'était levé. Ryan savait que le café du matin n'était pas le meilleur remède pour soigner l'indigestion de whisky de la veille, mais c'était tout ce qu'il désirait et celui de Bailey était excellent. Ryan se leva de sa couche de souffrance avec des gémissements exagérés, en fait, il ne se sentait pas si mal, tout bien considéré, mieux qu'il ne croyait le mériter. La conversation des premières heures avait causé plus de confusion que l'alcool ; entre-temps, il avait rêvé de femmes dans des poses violemment pornographiques qui avaient obscurci sa mémoire. Bailey parlait ; Bailey pouvait parler dans un orage, un incendie ou une inondation sans jamais élever la voix. Ryan plissa plusieurs fois les yeux, s'ébroua et regarda autour de lui. Les couleurs du canapé sur lequel il avait dormi lui brûlèrent les yeux ; tout le reste était doux et lumineux. C'était propre, aussi, il ne pouvait pas sentir de poussière ni de saleté, seulement son odeur personnelle. Penser à l'excellente femme d'intérieur qu'était Bailey, et quel hôte efficace il faisait, ne le fit pas diminuer de taille. Et ne le fit pas davantage arrêter de parler.

— Donc, vous êtes d'accord avec moi ?

— Bien sûr. D'accord sur quoi ?

— Sur le fait que Joe Boyce est violent, qu'il ne se contrôle pas. Qu'il est sournois et dangereux.

Ryan acquiesça.

— J'y croyais pas avant. Je pensais que c'était un petit bougre inoffensif qui se vengeait de temps en temps sur sa femme de ses frustrations, c'est tout. Ça, c'était avant de le voir avec un tesson de verre, prêt à éborgner un pauvre couillon uniquement parce qu'il avait parlé sans qu'on lui demande, et pas avec l'accent qu'il fallait. Oui, il est violent. Plus que la moyenne. Assez violent pour infliger cette sorte de punition à Damien Flood.

— Et si sa femme revient, elle sera en danger, elle aussi ?

— Pas forcément. Il l'aime.

— Il a dû aimer aussi son frère à une époque. Et si c'est Joe le coupable, elle se rappellera sûrement quelque chose, vous ne croyez pas ? Quand elle se sera enfin remise de la mort de son frère, elle pensera à un petit détail insignifiant. Elle se souviendra que son homme n'était pas rentré exactement à l'heure qu'elle a précisée dans sa déposition. Elle se souviendra qu'il avait pris directement un bain en rentrant et qu'il était parti de bonne heure le lendemain matin avec un sac de vêtements, quelque chose comme ça.

— Il pleuvait, se souvint Ryan. Il pleuvait quand je suis arrivé sur les lieux.

Son affaire, se dit-il avec amertume ; mon affaire, conduite sans votre contrôle, ou presque. Bailey lui avait laissé prendre son envol, uniquement pour lui couper les ailes plus tard. Le sang qui s'écoulait par terre ; les cheveux dorés du mort plaqués sur son front.

Bailey refit du café.

— Suffisamment dangereux pour sa femme pour que vous demandiez à votre agent Secura de s'en charger officiellement.

— Vous comptez l'arrêter ?

— Qui ?

— Joe Boyce.

— Pour quels motifs ? Nous n'avons pas davantage de

preuves maintenant qu'avant. Même si Mary Catherine Boyce nous dit des trucs intéressants, nous en serons loin.

— Alors, à quoi tout ça a servi ? beugla Ryan. Pourquoi j'ai cette putain de gueule de bois ?

— Il fallait que je sache, voilà pourquoi. Vous avez besoin d'une chemise propre ?

Cath n'avait pas eu le droit de porter ouvertement le deuil, mais elle avait tout de même pleuré son frère, elle errait, constamment dans le brouillard, comme défoncée aux tranquillisants, flottait au niveau des genoux des autres, incapable de lever les yeux ou de se concentrer plus d'une minute. Même chez les Eliot, elle allait dans une pièce chercher quelque chose, et sitôt arrivée oubliait ce qu'elle était venue chercher. Parfois, dans le bus, elle découvrait avec surprise un détail du paysage dont elle aurait juré qu'ils l'avaient déjà dépassé. Aujourd'hui, elle comprenait tout. Joe ne l'avait pas laissée pleurer ; quand elle avait osé se laisser aller, il l'avait battue et s'était mis lui-même à pleurer comme pour dire : et moi ? Et moi, alors ?

Cath était assise dans le 59 dans un état proche de la satisfaction. Non pas de bonheur, Cath avait oublié ce concept depuis longtemps, mais dans un état de résolution inquiète dont elle sentait qu'il appelait à l'autosatisfaction, bien qu'elle ne sût pas pourquoi.

Parce qu'elle avait réussi à affronter Michou Gat ? Parce qu'elle avait gardé ses cent livres ? Parce qu'elle avait appris que Joe la regrettait ? Non, mieux que ça, parce que Mrs. Eliot lui avait laissé la responsabilité de sa maison : cela avait été pour elle une source de fierté. Se rendre indispensable à Helen West ajoutait du poids à la chose, même si c'était moins important. Cath repoussa dans les antichambres de son cerveau son propre séjour dans le bureau de Mr. Eliot, bien qu'étant consciente, à son corps défendant, que c'était la chose la plus importante et qu'elle devrait l'exhumer plus tard. L'impact immédiat était plus clair, il apportait une dose de soulagement. Ces papiers ne pouvaient signifier

qu'une chose, le bon Mr. Eliot (et sa femme, par consé-
quent) en savait plus sur Cath qu'elle ne l'aurait cru ; il
en savait plus sur Damien, par exemple, il avait une idée
de ce qu'elle avait souffert et savait combien elle avait été
courageuse ces derniers temps, de sorte que lorsqu'elle
franchirait le pas considérable qu'elle s'apprêtait à franchir ce matin même et demanderait de l'aide à Emily,
elle n'aurait pas à commencer par le commencement,
parce que dans les confidences en jeu, la moitié du chemin était déjà parcourue. Comme c'était gentil et délicat
de leur part de ne pas avoir soulevé le problème. Perdue
dans ses projets, ses conclusions, oscillant avec le bus,
inquiète mais confiante, Cath ne pensa pas une seconde
que la relation entre une femme de ménage et son
employeur, qui la payait en liquide et ne l'appelait que
par son prénom, rendait peu probable qu'il associe son
nom de famille avec la Cath qu'il connaissait, et, s'il
l'avait fait, qu'il en parle à ses proches adorés. Les
femmes de ménage étaient des trésors nantis d'un
numéro de téléphone ; leur nom, leur identité, à part
leurs petites manies, restaient perdus dans les limbes.
Plus elles étaient fiables, plus elles étaient anonymes.

Le soleil frappa Cath à travers la vitre maculée ; elle
pensa fugitivement à l'impression que ça lui ferait d'habiter dans un nid d'aigle en hiver. Oui, expliquer, calmement et brièvement, quelle était sa situation et demander
de l'aide. C'était à la fois facile et compliqué, mais ce
n'était pas comme si elle demandait beaucoup et certainement pas plus qu'ils ne pouvaient lui accorder. Elle
aimerait travailler davantage, assez pour remplir trois
après-midi par semaine, garder des enfants, tout ce qu'ils
pouvaient lui trouver, avec tous les amis qu'ils avaient.
Emily lui avait bien trouvé Helen West, pas vrai ? Elle
connaissait forcément d'autres personnes. Largement
assez pour qu'elle squatte l'appartement de Damien jusqu'à ce qu'elle trouve mieux. Mais faut pas surcharger
Mrs. Eliot, elle est déjà bien assez occupée comme ça.
Demander plus tard des trucs à Helen West, qu'elle s'occupe de ses allocations ou je ne sais quoi, ou accepter
la proposition de son amie, Mary Machinchose. Quelle

calculatrice elle était en train de devenir ! Elle allait bientôt dresser des listes. Les Eliot l'adoraient : elle faisait partie de la famille, ils le disaient souvent. Aujourd'hui, elle accepterait la marque d'approbation, elle briserait les habitudes de toute une vie. Elle demanderait quelque chose.

Tandis que le bus approchait des quartiers paisibles et confortables de Knightsbridge, tout paraissait simple.

Elle ouvrit avec sa clé, sentit la douceur de la maison, si différente de la douceur du soleil, avec ses odeurs de pain grillé, de savon, de pieds, et la promesse d'un accueil chaleureux. Elle posa son sac en PVC qu'elle transportait partout, qu'elle en ait besoin ou non, et se dirigea vers le placard de l'entrée où on rangeait l'aspirateur. C'était toujours la première chose qu'elle faisait, pour qu'on ne la voie pas attendre des instructions spéciales et, de toute façon, il n'y avait pas un jour où cette entrée n'avait pas besoin d'un coup d'aspirateur. La maison était silencieuse : c'était presque une honte de la réveiller avec le bruit grossier d'une machine.

Malgré son activité, Cath avait hâte d'arriver à la pause-café. Pas Emily Eliot. Emily fit un geste par-dessus le bruit de l'aspirateur, disparut rapidement dans les sphères supérieures, se maquilla et fit une liste. Inviter les Hormsby à dîner ; des gens épouvantables, mais leur fille s'entend bien avec Jane et nous avons été deux fois chez eux. Ecrire à mère pour la remercier du cadeau de Mark. Acheter des vêtements pour Mark, même s'il ne le mérite pas, cela doit être de sa faute s'il forcit trop des genoux, ou bien aurait-il coupé son jean lui-même ? Emily lança son stylo à travers la pièce. C'était remettre au lendemain. Allez, au travail ! Voilà une devise pour une maîtresse de maison : elle devrait la broder sur un T-shirt.

— Il faut que je vous parle, hurla-t-elle par-dessus le bruit de l'aspirateur.

Où était Jane, cette subversive petite coquine qui écoutait aux portes et avait une passion pour la saleté ? Ah, oui, elle attendait l'amie qui venait passer la journée avec elle, elle arrangeait sa chambre en fonction de ce que ladite amie trouverait le plus admirable. Cath s'illumina, la suivit humblement, ce qui irrita davantage Emily. Pire, lorsque Cath s'assit à la table de la cuisine, elle passa d'un air ouvertement critique un doigt sur la surface qu'elle avait si souvent frottée. Le miel renversé au petit déjeuner, le nuage de miettes laissé par Alistair, le chocolat en poudre étalé par l'un d'eux. Les mêmes vieilles taches au plafond, des restes de nourriture cachés dans chaque fissure.

— La pièce de Mr. Eliot, commença Emily, et elle posa le pain et le beurre sur la table, se débattit avec un pot de café instantané.

— Oui, dit Cath. (Elle empoigna un morceau de pain et parla à toute vitesse la bouche pleine.) J'allais vous en parler.

Elle regarda autour d'elle, fuyante, chercha Jane des yeux, prête à dire que la fillette avait seulement été chercher du papier et qu'elle s'était excusée longuement, n'avait-elle pas plus ou moins tout rangé ? Emily dévisagea la bouche ouverte de Cath, sentit la nausée l'envahir. Comme à un signal, Jane se glissa dans la cuisine. Pas de bonjour, elle entra en traînant les pieds, sournoise, collée aux placards.

— Regarde ce que j'ai trouvé, maman.

— Où ?

— Dans le sac de Cath.

Elle brandissait un coffret de Estée Lauder White Linen. C'était avec ça que Michou Gat l'avait achetée, Cath l'avait mis dans son sac, avec l'intention de le donner à Jane, qui aimait ce genre de chose. Emily se leva et éteignit la bouilloire. Elle rangea dans la corbeille les restes du pain complet que Cath mangeait avec un appétit évident, ce qui amusait les enfants qui ne comprenaient pas qu'on puisse le préférer aux biscuits.

— Je crois que vous feriez mieux de partir, Cath. Je suis désolée, mais c'est mieux pour tout le monde.

Cath la regarda, sidérée. Elle avait commencé à rire, le visage tordu dans un sourire qui préparait une explication sur les parfums de Michou Gat, auxquels tout le monde avait droit, vu que c'étaient des faux, malgré les étiquettes, et qui ne tiendraient pas cinq minutes sur un chameau, mais c'était quand même agréable et c'était gratuit. Et voilà que Mrs. Emily Eliot fouillait dans son sac à main, lui tendait cinq billets de vingt livres, rêches, sortis tout droit d'un distributeur.

— Pour la semaine en cours, dit Emily, d'une voix aussi rêche que les billets. Ne vous occupez pas de l'aspirateur, je le rangerai.

Donc, Joe avait bien raison. Joe avait raison pour plein de choses, y compris pour ceux qui vivaient dans les maisons bourgeoises. Cath resta plantée sur le seuil, le sac plaqué contre son corps. Sa tête bougeait toute seule, de gauche à droite, de droite à gauche, comme celle d'un vieux chien à moitié aveugle. Elle serrait l'argent dans son poing, le sac à son bras ; elle n'avait jamais quitté une maison aussi vite, et elle n'avait aucune idée de la raison pour laquelle elle la quittait. Elle aurait voulu s'asseoir sur les marches, mais l'idée de traîner là où leur cruauté glaciale risquait de la contaminer davantage la força à s'éloigner. Errant, accablée, elle pensa à ranger les billets dans son porte-monnaie, la deuxième fois en vingt-quatre heures qu'on l'achetait avec cent livres : à ce train-là, elle serait bientôt riche. Cath s'assit devant un porche, cinq portes plus loin.

Ils savaient, voilà pourquoi. Les bonnes choses comme les mauvaises. Avec leur astuce et leur savoir, ils avaient tout décodé. A propos d'elle et de Damien foutus à la porte, livrés à eux-mêmes, couchant dans le même studio ; le frère avec ses condamnations pour vol, le bébé qui n'avait pas vu le jour. Ils savaient tout ce qu'il y avait à savoir sur le résumé de sa vie contenu dans la déclaration de Mary Catherine Boyce. Et des hauteurs de leur omnipotence, ils avaient décidé qu'elle ne méritait pas leur hospitalité. Quatre heures par jour, parfois plus, cinq jours par semaine pendant un an, Cath faisait n'importe quoi sans se plaindre, et elle ne méritait même pas qu'on l'écoute. Elle se retrouva en train de regarder la rue qui menait à l'impasse où se trouvait le Spoon and Fiddle ; elle résista pourtant à la tentation d'y aller, de retrouver

Joe et de lui dire qu'il avait raison, après tout. Elle était assise sur la pierre froide depuis plus d'une heure ; elle avait repris assez de forces pour déguerpir, mais sa résolution du matin l'avait quittée, ne laissant qu'un vague sens du devoir. L'après-midi était prévu ; une centaine de mètres la conduisirent au 59, puis aux murs jaune doré d'Helen West qui ne pouvait pas peindre sa salle de bains toute seule et qui n'avait pas d'homme.

Elle en avait assez du sac en PVC : Mrs. Eliot le lui avait offert pour Noël. Cath s'apprêtait à le jeter dans la poubelle, près de l'arrêt du 59, mais elle sentit un poids dans le fond et y jeta un œil. Au-dessus de son parapluie, il y avait la minuscule baïonnette que Jane lui avait montrée la veille. On refile les saloperies à la femme de ménage pour s'en débarrasser. Cath ressentit un moment de panique absolue, mais les choses se remirent en place. Il n'y avait pas de méchanceté dans le geste de la fillette, pas d'accusation, pas d'intuition particulière ; seulement le désir de se débarrasser d'un objet qui la dérangeait. Elle était bien comme sa mère, qui se débarrassait des vêtements troués aux mites. C'était un cadeau du destin, il n'y avait rien de sinistre là-dedans, seulement du mépris.

Bailey n'arrivait pas à se calmer. Il se retrouvait dans le vide créé par le savoir inutile qu'il ne pouvait faire valoir, faute de preuves, et qui lui restait sur la conscience, tel un aliment indigeste. Dans la police, personne ne voulait entendre parler de découvertes qui ne menaient à rien. Il pouvait toujours dire à un collègue du commissariat voisin de mentionner Boyce sur la main courante, d'avertir toutes les équipes afin qu'elles gardent l'œil sur lui, mais à quoi cela servirait-il ? Bailey était en colère contre lui-même pour avoir levé un lièvre qu'il ne pouvait pas attraper ; il avait mis Ryan dans le pétrin jusqu'au cou, pour rien. Personne à protéger et personne à qui en parler. Il s'assit, pianota sur son bureau, et regarda par la fenêtre dans l'arrière-cour, fumante de chaleur et de gaz d'échappement. Il entendit des rires dans la pièce voisine et pensa à son loft rangé aux petits soins. Alors, il pensa à Helen.

Bon, il semblait s'être coupé du réconfort qu'il aurait pu trouver chez elle. Elle lui aurait sorti une bonne analyse objective, non ? Oui, dans des circonstances normales, elle l'aurait fait, mais peut-être pas quand l'affaire la touchait de près. Bailey se rendait compte qu'il était en train de lui refuser le bénéfice du doute, il était conscient que leur relation était au bord du désastre, et c'était en partie de sa faute parce qu'il avait dit qu'il ne la verrait pas avant le week-end, qu'elle mette d'abord un peu d'ordre chez elle, qu'elle le laisse en dehors de ça. C'était égoïste, certes, mais elle avait été d'accord. Elle savait pertinemment que ses propositions de lui donner un coup de main n'étaient qu'à moitié sincères. Bailey n'aimait pas le changement. Il détestait le changement autant que, avec une certaine perversité, il détestait l'immobilité.

Le parc de loisirs où Damien Flood était mort n'était pas très loin du commissariat où il avait atterri, animal péripatéticien qu'il était ce matin-là. Il y avait une pile de papiers monumentale sur son bureau : il y avait d'autres meurtres récents, mais il ne voulait pas laisser cette affaire s'éteindre. Bientôt, malgré sa résistance, il serait affecté à de nouvelles tâches professionnelles, de la même manière que la relation entre Helen et lui allait changer de vitesse. Il voulait régler cette affaire avant la révolution qu'il sentait poindre à l'horizon, telle une promesse de tempête. Et il ne voulait pas que le gamin soit condamné pour meurtre alors que tout ce qu'il avait fait, c'était une piètre tentative de vengeance.

En faisant le tour du parc, Bailey eut du mal à l'imaginer dans les profondeurs de l'hiver, où il y aurait certainement moins de cachettes. Essayer de transposer un lieu dans une autre saison, c'était comme regarder par le petit bout de la lorgnette. En plein après-midi, le parc offrait un spectacle innocent : il y avait un petit terrain de jeu derrière les courts de tennis ; des mères étaient assises, leur bébé dans des poussettes, et si le calme était brisé par des ordres aigus : « Val ! Descends de là ! », « Danny, arrête ça tout de suite ! », souvent ponctués par des jurons susceptibles de heurter des oreilles enfantines, il n'était en rien menaçant. C'était une scène colorée d'harmonie multiraciale, comparable à celle des terrains de tennis où une foule de jeunes, surtout des gosses, jouaient à des jeux, hors de toute discipline, et utilisaient l'espace comme s'il s'agissait de n'importe quel espace. Un troupeau d'animaux, songea Bailey, beuglant et mugissant, profitant du soleil.

Il trouva l'endroit qu'il avait vu sur les photos dont il se souvenait. L'arbre auquel le corps était adossé, autour, l'herbe nettoyée qui menait à la piste en cendrée. En coupant par là, on arrivait au pub ; de l'autre côté, on tombait presque chez Joe Boyce. Bailey ne s'était pas rendu compte à quel point les distances étaient réduites ; cela le surprit, mais il n'y avait rien d'autre à découvrir. Il ne savait pas trop ce qu'il avait espéré, un bouquet de fleurs pour commémorer la scène, peut-être, comme si Damien Flood était tombé en héros.

Quoi qu'il ait été, Flood ne méritait pas un tel honneur. Personne n'allait ériger de statue pour commémorer chaque agression ayant eu lieu dans cet endroit, mais l'idée semblait bonne. Une commémoration pour les victimes, songea Bailey, amusé. Il retourna à son bureau et téléphona à Helen au sien. Absente, lui apprit-on d'un ton désapprobateur. Une journée de congé pour peindre son appartement. Indisponible pour les commentaires.

Elles s'installèrent dans la cuisine pour manger un dîner frugal et précoce, pommes de terre au four avec du fromage, salade, que Cath ignora en faveur de tartines de pain beurrées ; pas étonnant qu'elle soit aussi affamée qu'empâtée. Helen se disait que Bailey avait peut-être raison de ne pas venir, vu qu'une cuisine en désordre ne contribuait pas à la confiance, à l'appétit, aux confidences ni aux condoléances, pas s'agissant de Catherine Boyce en tout cas. La Cath volubile de la veille s'était transformée en amas de souffrance aux yeux rougis, active, oui, communicative, certainement pas. Arrivée plus tôt que prévu, elle avait donné de brèves nouvelles d'elle, puis avait déclaré qu'elle se mettait à la peinture.

Je parlerai à Emily, avait dit Helen, malade de rage ; comment a-t-elle pu vous faire ça ? Elle l'a fait et vous ne lui parlerez pas, avait répondu Cath, farouche. Non, je vous en prie. Après ça, Cath n'accepta de parler que de moquette. Elle passa d'un carré à un autre, hochant la tête pour approuver tel ou tel, fit son choix puis changea d'avis, comme si son moi martyrisé se réfugiait dans le jeu ; elle déclara finalement que le choix d'Helen était le bon. Et si Helen West pensait qu'elle allait s'ouvrir et discuter des détails de sa vie privée autour d'une assiette de tartines, Cath n'était pas décidée à lui faire ce plaisir. C'était ce qu'elle avait voulu faire le matin, et regardez où ça avait mené.

Les silences étaient pesants. Cath sentait la déception d'Helen et son envie de se racheter : elle en était submergée comme par un baume qui lui irritait la peau et la réconfortait tout à la fois, jusqu'à ce que, dans les strictes limites de ses capacités, elle se laisse fléchir. Elle cracha, dans son code particulier, les conclusions auxquelles elle était parvenue dans le 59 entre Knightsbridge et ici, pendant qu'elle était assise sur le porche dont les pierres restaient froides malgré le soleil, à contempler la mort de ses espoirs balbutiants.

— Vous voyez, explosa-t-elle, ça vaut rien d'essayer de vivre sans homme. Ça vaut vraiment rien. Au moins, tant que j'avais Joe, les gens ne pouvaient pas me marcher sur les pieds. Enfin, j'imagine que je m'y ferai. D'ailleurs, faudra bien que je m'y fasse.

Helen pensa à Redwood, aux tyrannies du travail dont Emily Eliot était si totalement immunisée.

— Avoir un homme n'a jamais empêché personne de me marcher sur les pieds, remarqua-t-elle.

Cath n'écoutait pas.

— Il me faut un truc neuf à porter, annonça-t-elle.

Au moins, c'était positif.

— Ça, c'est vrai, acquiesça Helen, qui avait cessé d'être surprise par la façon dont Cath sautait du coq à l'âne.

— Ça me fera du bien. On se sent mieux quand on peut, vous ne croyez pas ?

— Oh, que si !

— On sort ensemble, lundi prochain, déclara platement Cath. Joe et moi. Pour parler.

— C'est la première fois que vous le quittez ? demanda Helen avec tristesse.

Cath réussit à secouer et à hocher la tête en même temps.

— Une fois avant ça. Ça m'a pas porté chance non plus. Cette fois, faut que je me débrouille. Que je me dégote au moins un chouette appart.

Helen pensa à quitter Bailey et aux fois où cela avait eu des chances d'arriver, jamais autant que maintenant, parce que leurs besoins semblaient être devenus trop incompatibles. Voilà ce qu'ils étaient, les femmes comme les hommes, rien que des besoins à satisfaire par des compromis de plus en plus déshonorants, et, à la lumière de ses réflexions, elle comprit à quel point elle était impuissante à aider Cath, hormis pour les choses les plus simples et les plus matérielles. Chacun fait ce qu'il veut, on ne peut obliger personne à avoir confiance, ni à agir selon son propre intérêt.

— Lundi ? questionna-t-elle. Oui, pourquoi pas. Dans un endroit agréable ? Allez, Cath, racontez-moi. (Elle s'efforça d'être chaleureuse, de soulager la tension, de briser le code sacré.) Qu'est-ce qui vous ferait vraiment plaisir ? Une gâterie ?

Cath piqua du nez sur sa tartine, remit le dernier morceau de pain sur l'assiette, le maintint là comme s'il allait s'échapper. Elle ne ressentait que du désespoir. Elle n'arrivait pas à penser à la dernière fois où elle avait été heureuse, sauf quand elle se perdait dans son travail, ou quand, traînassant dans la cuisine des Eliot, elle observait Jane dans le jardin. Plus que tout le reste, repenser aux Eliot lui donna envie de pleurer.

— Je crois... commença-t-elle, avalant rapidement, essayant d'imiter le sourire d'Helen. Je crois que ce qui me ferait vraiment plaisir, ça serait de plus jamais reprendre le 59.

— C'est pas beaucoup demander, remarqua Helen.

Désespérée, elle songea : « Il n'y a donc rien que je pourrais lui proposer pour l'aider ? Quelque chose, n'importe quoi ? »

— Est-ce que votre nouvel appart a de l'eau chaude, Cath ?

— Si on veut. Je m'en sors.

Helen imagina le vide du week-end qui se profilait à l'horizon. Elle se demanda ce qu'une femme faisait en haut d'une tour par un dimanche étouffant de chaleur.

— Si vous pouviez m'aider une partie du samedi et du dimanche, Cath, lundi aussi si ça vous est possible, ça serait super. On finirait tout, le ponçage, on poserait les rideaux, on remettrait tout en place. Je ne peux pas le faire toute seule. Après, je suis sûre que je vous trouverai plein de travail, et de toute façon, il y a beaucoup à faire ici. Le jardin pour commencer. D'accord ?

C'était ce qu'il y avait de mieux à proposer. Une aide matérielle. Cath acquiesça avec vigueur. Helen aurait voulu l'aimer. Trouver dans son propre cœur autre chose qu'une sorte d'admiration coupable. Ce que Bailey et Mary Secura avaient dit chacun de leur côté était vrai. Elle ne comprenait pas.

11

— Tu sais ce qui est écrit au bas des lettres du Crown Prosecution Service ? Y a marqué : « Au service de la Justice ». Ils doivent être complètement timbrés pour avoir imprimé ça. Quel culot !

Mary Secura regardait ses mains qui tenaient un verre, remarqua les ongles rongés, et les cacha aussitôt sous la table.

— Helen West m'a dit qu'un type lui avait réexpédié une lettre qu'elle lui avait adressée. Il disait qu'il ne comprenait pas comment la dernière ligne pouvait avoir un rapport avec le reste. Pourquoi on n'a pas un truc comme ça au bas des lettres de la police ? Tu sais, une petite note à glisser dans l'enveloppe avec les convocations, comme celle qu'ils mettent avec les factures d'électricité, disant que tout ça, c'est pour votre bien.

Ryan sourit de l'ironie de Mary Secura.

— On avait un slogan avant, dit-il. Il y a des années, dans les campagnes de recrutement. « On ne s'ennuie jamais ! » C'était inscrit en bas des affiches dans le métro. C'était pas vrai non plus. Un autre verre ?

La vitesse à laquelle ses gueules de bois s'évanouissaient le surprenait. Ça voulait peut-être dire qu'il était vraiment alcoolique, ou alors les deux jours qu'il avait passés au sein de sa famille depuis sa dernière cuite l'avaient guéri. C'était plus probablement le plaisir d'être avec Mary, la façon dont ils râlaient et refaisaient le monde. Ryan aurait préféré Mary échevelée et sans rien

199

sur le dos, mais fallait pas être trop exigeant. La vue de Mary nue n'étant pas sur le menu, il était parfaitement préparé à se contenter de la compagnie d'une femme aussi amère que lui. Plusieurs chemins conduisaient au septième ciel, celui-ci n'était qu'un parmi des milliers. On ne dira jamais assez combien il est agréable de prendre un verre et de se laisser aller à râler.

— Je crois que tu t'entendras bien avec Bailey, suggéra-t-il.

Il allait continuer et ajouter qu'il lui avait glissé un ou deux mots sur elle, mais il se retint et évita l'occasion de proférer un gros mensonge que Mary avait des chances de flairer. Ils passaient une agréable soirée, Ryan n'avait pas envie de la gâcher. L'agent Mary Secura était remontée, ayant découvert que sa carrière reposait entre les mains des dieux, qui attachaient moins de valeur à ses qualités intellectuelles et à son dévouement qu'à du parfum et à des jupes courtes. Elle se rappela la remontrance, adoucie, c'était pire, par une poignée de main trop insistante, suivie par la réaction de son compagnon policier qui s'était comporté comme si elle avait baisé avec une dizaine de mecs pendant la pause-déjeuner : il bouillait de rage, il se demandait si la mauvaise conduite de Mary aurait un impact sur sa propre carrière, des conneries comme ça. Au milieu de ces ressentiments, le visage de Shirley Rix surgit, image d'une noyée les cheveux flottant au gré du courant, et cette image fit grossir l'amour passionné que Mary éprouvait encore pour sa carrière et pour ses victimes. A part l'incident Rix, elle avait toujours suivi le règlement à la lettre, ça avait moins de sens désormais, et son opinion sur Ryan avait changé en même temps que son appréciation des méthodes alternatives pour faire son boulot.

— C'est pas juste un boulot, hein, Mike ? C'est pas seulement de neuf à dix-sept heures, faites ce que vous pouvez, non, quand même pas ? Si, je le vois à tes yeux. Au service de la justice, hein ? Quelle rigolade ! La dernière fois que j'ai vu la justice passer, c'était dans une bagarre au cours d'une soirée : c'était le type qui l'avait cherchée qui s'était fait éclater la lèvre.

Ryan sirota son verre. C'était pas un mauvais pub, pas aussi bien que le Spoon and Fiddle, siège de sa dernière gueule de bois. Il songea à y emmener Mary, à condition qu'il change de barman et de proprio, parce qu'un pub appartenant à l'énorme Michou où on était servi par un type qu'il aurait pu accuser de meurtre n'était pas l'endroit rêvé pour une fille respectable, déjà maquée. Il essaya de se rappeler ce que Bailey lui avait dit l'autre soir sur le plaisir incommensurable d'avoir une conversation dénuée de tout double sens ou insinuations. Un luxe trop compliqué pour Ryan. Pour sa part, il n'avait jamais de telles conversations, surtout avec les femmes.

— Comment tu te débrouilles avec Mary Catherine Boyce ?

Il crut qu'elle allait dire qu'elle croyait qu'on ne parlerait pas boutique, mais elle n'en fit rien. Mary mêlait le travail au plaisir sans remarquer la différence. Elle emportait son travail chez elle et quand elle sortait, comme d'autres leur bébé. Ça devait être l'enfer de dormir avec elle, se dit Ryan ; elle devait parler boutique dans ses rêves.

— En fait, je suis allée la voir aujourd'hui. Son mari est venu au bureau hier, il prétendait qu'on l'avait enlevée. Il avait mis l'appartement sens dessus dessous, disait-il, c'était pas un mauvais appartement d'ailleurs, si on passait sur les fuites, et il avait trouvé un de nos prospectus. On l'a calmé et on lui a donné l'adresse d'Everyman — la clinique pour les hommes violents. Bien sûr, il n'ira pas. Cath m'a dit qu'elle n'avait pas été là de la semaine, elle avait travaillé la plupart du temps, et je sais où, c'est bon pour elle, y a pas tellement de femmes qui travaillent ou savent travailler, encore moins que leurs mères, et c'est bien dommage. Enfin, on a essayé de voir si elle ne pouvait pas obtenir un bail à son nom et on a discuté des allocations, et j'aurais aussi bien pu parler à un mur. Ensuite, je lui ai conseillé de prendre un avocat pour qu'elle obtienne une séparation de corps, et là, ça m'a estomaquée, elle m'a dit, aussi calme qu'un concombre, qu'elle allait sortir avec son bonhomme lundi prochain, et comment elle devrait s'habiller ? Je le jure devant Dieu, j'aurais pu la tuer. Qu'est-ce que je peux faire ?

— Abandonner, conseilla Ryan.

— Oui, ça serait le mieux. Pas facile, mais bonté divine, ça me démange.

Ryan n'avait pas une passion abstraite pour la justice, critère mouvant et lointain, alors qu'il aimait son travail pour la liberté et le pouvoir dont il jouissait, et à certains moments, l'influence qu'il pouvait exercer. Il pressentait qu'un de ces moments pointait à l'horizon. Il se sentait aussi guidé par la philosophie de Bailey, qui pouvait plus ou moins se traduire par : si on obéissait à la plupart des règles, la plupart du temps, et si on avait la patience d'attendre, on finissait par les faire plonger au final. Ryan voyait le conseil en termes purement picturaux : une vieille devise familiale, gravée dans le bois autour de quelque buse empaillée, qui conférait à la chose une sorte de respectabilité, bien que lui-même n'ait jamais été jusqu'à y croire. Il y avait toujours un moyen plus rapide de servir la justice.

— Ecoute ce que j'ai découvert sur le mari de cette pauvre conne, commença-t-il.

Ryan oublia, dans son récit, que la vérité est une vertu, ce qui n'est pas vrai des suppositions. Il se délecta de son public tout ouïe, une femme bien plus jeune et bien plus attirante que la foule des précédentes qui lui avaient fait jeter la discrétion aux orties. Voilà, Bailey et lui, l'autre matin, avaient imaginé un scénario plus acceptable pour le meurtre de Damien Flood que celui qui avait cours officiellement. L'histoire que Ryan raconta à Mary comportait des détails qu'il avait vérifiés auprès des voisins des Boyce, de qui il avait appris que Joe Boyce était en effet rentré chez lui la nuit du meurtre bien plus tard que ne l'attestaient sa déposition et celle de sa femme éplorée. Malgré le boucan qu'ils faisaient, les voisins du dessous savaient que les Boyce ne prenaient jamais de bains le soir, sauf le soir en question où l'un d'eux en prit un, ce qui entraîna des fuites à travers le plafond desdits voisins. C'était la première fois que cela se produisait, et pas une simple fuite, une inondation : on avait laissé couler la baignoire, d'accord, mais seriez-vous prêts à venir le dire au tribunal ? Jamais. Ils s'en souvenaient uniquement parce que c'était la veille du chèque des indemnités de chômage et parce que le lendemain matin, Joe s'était montré exceptionnellement humble quand ils s'étaient plaints. Depuis, il était revenu à son attitude habituelle.

Ryan ne précisa pas qu'il avait obtenu ces renseignements parce qu'il avait menacé les voisins d'une descente des Stup, ce qu'il n'était pas en son pouvoir d'ordonner, ni qu'il aurait dû penser à obtenir ces renseignements aussi tardifs que peu fiables sitôt après la mort de Damien Flood. Bailey l'aurait fait, lui, mais à l'époque, Bailey avait trois ou quatre enquêtes importantes sur les bras. On peut finir par haïr l'exemple de Bailey si on travaille suffisamment longtemps avec lui, ce qui n'était pas encore le cas de Ryan.

Mary Secura alluma sa quatrième cigarette, elle fumait comme pour se rendre malade, ah ! la culpabilité, elle se raclait la gorge à vif, stupéfaite et scandalisée. Ryan en vint à partager sa frustration, qui passait entre eux comme un courant électrique. Son récit l'avait abasourdie.

— Il a tué son frère et elle s'inquiète de ce qu'elle va porter pour leur soirée de réconciliation ! souffla Mary. Ça, c'est le comble.

Une vision dansa devant ses yeux ; elle allait chez les Boyce, elle sonnait à la porte, et reculait, attendant que le sang dégouline sur le seuil. Ou bien, comme elle l'avait déjà fait un jour, elle se rendait dans une maison pleine de mouches à viande tourbillonnant autour d'un cadavre. Cath devait être l'une d'elles, le genre de femme battue qui clame son amour, ignore le point de rupture, quitte le foyer, revient, le quitte encore, revient, jusqu'au jour où on l'emmène finalement les pieds devant. Et là, son homme plaide la légitime défense.

— J'crois pas qu'elle sait ce que Joe a fait, risqua Ryan.

— J'crois pas que t'as des preuves concrètes non plus, répliqua Mary, mais Ryan vit qu'elle était accrochée.

Elle voyait bien Joe Boyce en assassin, ça oui. Pour

elle, tous les maris étaient des assassins potentiels. Déformation professionnelle.

— Tu vas retourner la voir ? Je sais pas, dans les prochaines vingt-quatre heures ?

— Oui, ça se peut, dit-elle en s'étirant et en bâillant comme un chat splendide, adepte d'aérobic.

Je la verrais plutôt en body, se dit Ryan ; oui, en body, c'est encore mieux qu'à poil.

— Un curry, ça te dirait ? proposa-t-il.

Elle parut refaire surface, se trémoussa légèrement, comme quelqu'un qui a déjà entendu ce genre de proposition sans attrait.

— Qu'est-ce que fait ta femme, ce soir, Mike ?

— Elle est au cours du soir, elle apprend l'espagnol.

— Je croyais qu'elle était chez elle en train de repasser tes chemises, dit-elle, et elle ramassa son sac de luxe sur la table, planta un baiser sur le front de Ryan et lui tapota la joue à lui en faire tourner la tête. T'es une vedette, Mike. Merci pour le verre.

Alistair Eliot se rendit au pub sur le chemin du retour. Il ne pensait pas que s'arrêter au Spoon constituait une panacée, ce n'était pas non plus parce que deux jours sans femme de ménage avaient changé sa maison en une sorte de champ de mines sur lesquelles n'importe qui risquait de se briser le cou. Il s'y arrêtait parce qu'il ne voulait plus rentrer chez lui, à cause d'une dispute avec Emily qui avait dépassé toutes les bornes, et parce que si son foyer n'était plus une source de confort, sa conscience était dans un état encore plus délabré. Comment avait-elle pu virer cette pauvre femme à cause d'un flacon de parfum volé ? Le parfum n'était vraiment pas assez important pour justifier une telle décision à l'encontre de quelqu'un qui s'était montré aussi loyal. Dans un vrai métier, Cath aurait reçu un avertissement. Sa colère avait pris les traits de la perplexité, de la déception à l'égard de sa femme, même avant qu'il se souvienne qu'Emily ignorait à quel point Cath était poursuivie par la malchance. Peu importe, avait-il dit, à qui était le parfum caché dans le tiroir de son bureau ;

virer Cath, c'est ignoble. Pauvre Cath, n'avait-il cessé de répéter, ce qui avait rendu Emily ouvertement mécontente ; pauvre Cath. Non, pas pauvre Cath. Elle sent, elle est agaçante, elle mange comme une cochonne et c'est une voleuse ! avait hurlé Emily, agressive, sur la défensive. Une voleuse !

Tu vaux à peine mieux, avait-il rétorqué, la mine grave, la traiter de cette façon sans lui donner une autre chance, sans essayer de découvrir la vérité, écouter, évaluer ou comprendre pourquoi quelqu'un qui t'aime et te révère aussi ouvertement ferait ce qu'elle a fait, pour si peu.

Je lui ai donné cent livres et elle les a prises, riposta Emily. C'est pas ce que vous autres avocats appelez un aveu ? L'aveu d'un besoin, pas plus, avait-il répliqué. Suppose que tu sois innocente de ce qu'on te reproche, tu n'aurais pas pris l'argent ? Le comble fut atteint lorsqu'il lui expliqua la situation de Cath, privée d'un frère avec qui elle était très proche, battue par un mari qui prétendait l'aimer. Au grand étonnement d'Alistair, Emily avait dit que cela ne changeait rien. Elle n'était pas tenue de s'occuper des problèmes des autres, elle ne voulait pas plus qu'ils infestent sa maison que les cafards. C'est pourquoi Alistair se rendait au Spoon, avec la vague et nébuleuse idée de fournir des explications, ou de débourser encore cent livres, une sorte de réparation en mots ou en acte, tout en sachant parfaitement que ce qu'il allait faire était maladroit. C'était une soirée nuageuse, il faisait lourd ; dans les jardinières, les fleurs commençaient à se faner, rappelant que toute chose avait une fin, même l'été, elles atteignaient lentement la date de péremption. Alistair s'assit près des jardinières, submergé par leur odeur suffocante.

Planté devant les fenêtres à meneaux, essuyant des verres, Joe Boyce l'avait regardé descendre la rue d'un pas hésitant. Contrairement aux jours précédents, il était d'humeur bienveillante. Il pensait à Michou Gat, qui était venue la veille, douce et ronronnante : allons, allons, Joe, j'ai des nouvelles pour toi. Joe en avait presque oublié de s'offenser en apprenant que Michou connaissait les allées et venues de sa femme alors que lui les ignorait : cela semblait parfaitement acceptable, dans l'ordre des choses, cette solidarité féminine, un rappel que Michou appartenait à leur sexe, après tout. C'était de la condescendance, certes, mais acceptable tant que Michou ne le traitait pas de haut, affirmait simplement, avec humilité, qu'elle se contentait de faire l'intermédiaire, et ça serait pas une bonne idée que vous repartiez à zéro ? Joe et Cath, vous recommencez avec une ardoise neuve, par une soirée de gala, lundi ? Tu lui manques, tu peux pas savoir, avait dit Michou ; non, je te jure, elle n'arrête pas de le dire, mais faut se conduire comme il faut de nos jours pour garder une épouse, et faudra que tu lui montres sur quelles bases t'as l'intention de repartir avec elle, alors lundi prochain, tu prends ta soirée, tu lui fais visiter la ville. Joe avait acquiescé, transpirant de soulagement, s'efforçant de ne pas rire quand la grosse patte lui remit encore du parfum. Si seulement Michou ne faisait pas ça, si elle oubliait la dernière fois, et celle d'avant.

Néanmoins, en vingt-quatre heures, les faits s'étaient effacés et la vieille arrogance de Joe refit surface. La perspective du lundi soir subit un changement subtil. Ce n'était plus une expérience généreuse au cours de laquelle il traiterait sa petite épouse comme une denrée rare et lui dirait combien il la chérissait ; c'était devenu un fait accompli qui verrait le retour de Cath, elle lui dirait qu'elle s'excusait, et elle serait prête à rentrer au domicile conjugal. Joe décida qu'il accepterait ses excuses, mais rien n'était sûr. C'était pas lui qui avait besoin de se faire pardonner, c'était elle.

Mr. Eliot arrivait donc à point nommé. Joe Boyce avait repris les manettes, il se sentait magnanime, parfaitement préparé à fermer les yeux sur le fait qu'un des clients préférés ne soit pas venu depuis longtemps.

— Ah, bonjour, Mr. Eliot ! Comment allez-vous ? Non, restez où vous êtes, je vous apporte votre demi.

Alistair fut déconcerté par cette bonhomie, Joe s'assit avec lui, toujours le même scénario, sauf que cette fois l'un d'eux était nettement plus à l'aise que l'autre.

— J'imagine que ma femme n'a pas travaillé pour la

vôtre la semaine dernière, Mr. Eliot. Elle était chez des parents, vous comprenez, j'espère qu'elle ne vous a pas manqué. Sauf qu'un jour, je ne me souviens pas duquel, j'avais oublié et je suis venu lui faire passer un message, quelque chose que je voulais qu'elle achète en rentrant chez nous. Je suis tombé sur votre fille, que je suis bête. Cath reprendra le collier très bientôt.

— Oh, grimaça Alistair.

Nous sommes tous victimes d'un quiproquo, songeat-il, nous sommes tous un peu cinglés, chacun de nous possède un morceau du puzzle, et la vérité flotte dans le ciel comme ce gros nuage noir. Il connaissait une partie de l'histoire, Bailey une autre, Helen West avait sa propre version et le barman assis en face de lui avait la sienne. Alistair but son demi alibi en se disant : comment présenter des excuses à quelqu'un qui n'a aucune conscience de les mériter ? Encore plus à un homme qui bat sa femme ? Il se leva, prêt à partir, confus au point d'en avoir le vertige.

— Attendez une minute, monsieur, dit Joe en se tapotant le nez, style Michou Gat. Emportez donc un petit quelque chose pour Mrs. Eliot.

Devant l'horreur mal déguisée d'Alistair, Joe Boyce lui tendit un coffret de parfum. « Ma Griffe ».

— Y en a plein à la maison, souffla Joe d'un ton de conspirateur, avec un affreux clin d'œil. C'est pas du vrai, si vous voyez ce que je veux dire, mais ça épate toujours les épouses.

Alistair ne réussit qu'à bredouiller des remerciements. Il était encore plus dérouté. Pourquoi Cath volerait-elle du parfum alors qu'elle en avait déjà des tonnes ?

Il y avait une glace dans le studio de Damien ; il ne serait jamais parti de chez lui sans s'être regardé dans la glace, même saoul comme une barrique. Plantée devant la glace, Cath pleurait comme elle ne pouvait se l'autoriser qu'en privé. Helen West avait cru bien faire, elle lui avait trouvé les trois boulots promis et l'avait occupée à plein temps à peindre de la laque sur les fenêtres, retaper son chez-elle, installer les beaux rideaux, bavardant tout le temps, et après, avec la négligence typique de ce genre de geste, elle avait fait comme Emily, elle lui avait donné une partie de sa garde-robe. Ce qui faisait pleurer Cath, ce n'était pas tant la pile de vêtements qu'elle avait rapportée en bus, mais le fait que contrairement à Emily Eliot, Helen West, qu'elle avait plutôt méprisée au début, ne s'était pas débarrassée de ses vieilleries. Elle lui avait donné ses meilleures fringues, prétendant qu'elle n'en avait plus l'usage, alors qu'en réalité, elle avait choisi ce qui irait à Cath et à sa silhouette informe. Cath était émue par le subterfuge, et par l'appartement en entresol qui n'oscillait pas dans le vent, où il ne faisait pas chaud comme dans un four, et qui ne puait pas la solitude. Cath avait eu l'envie fugitive de demander à Helen West de lui donner son chat. Oui, bien sûr, Cath, si vous le traitez bien et si vous pensez que ça vous aidera. Elle aurait accepté, l'imbécile.

Pleurer la rendit sourde, jusqu'à ce qu'elle se fige en entendant enfin les coups à sa porte. Elle perçut des bruits de pas, puis de nouveau des coups. Il était trop tard pour éteindre la lumière et faire comme si elle n'était pas là. Paniquée, elle ferma les yeux ; ça ne pouvait pas être Michou Gat, cette fois. Qu'est-ce que Damien lui avait dit qu'il se passait quand des jeunes, défoncés à la colle, ou pire, pénétraient par effraction dans un appartement et ne trouvaient rien à voler ? Ils cassaient de l'os, voilà ce qu'il lui avait dit. Les vieux qui vivaient dans la tour se barricadaient, et ils mouraient, brûlés, quand ils n'arrivaient pas à sortir à temps. Les coups à la porte se répétèrent, on prononça son nom, une voix de femme, douce mais impérieuse. Cath ouvrit la porte et se trouva nez à nez avec Mary Secura.

— Je passais par là, annonça Mary.

Même Cath devina qu'il s'agissait d'un mensonge. On ne grimpait pas vingt étages « en passant par là ».

— Vous êtes jolie, remarqua Mary, affichant une surprise peu flatteuse.

Ainsi, je suis jolie, pensa Cath, et elle se tourna vers la vieille penderie qui servait de glace. Plus jolie que d'habitude, dans le chemisier beige, avec la jupe longue dont le tissu sombre aux fleurs imprimées tournoyait autour de ses mollets. Elle ne pouvait penser qu'à une chose à la fois. Elle ôta le chemisier, laissa tomber la jupe sur ses chevilles, complètement inconsciente de sa demi-nudité. Mary Secura étouffa un cri, puis toussa pour le masquer : en matière de blessure, elle avait vu pire, mais elle était paralysée par la cicatrice qui zébrait le ventre de Cath. Elle plissait la peau, on ne voyait qu'elle ; Cath enfila une robe par la tête, boutonna le col et virevolta.

— Pas aussi bien, murmura-t-elle.

— Vous pouvez faire arranger votre cicatrice, vous savez, Cath, dit Mary en s'efforçant de paraître désinvolte. Ça ne vous coûterait rien.

— J'ai pas envie, merci, dit Cath qui la regarda pour la première fois. C'est à moi. Je la garde. Joe s'en fiche.

Mary n'écoutait pas. Elle était sur une autre planète, désorientée par l'altitude, se souvenait qu'elle avait garé sa voiture au diable, et qu'elle risquait de ne plus la trouver à son retour. Elle s'assit sur une des chaises inconfortables, laissa tomber son sac à main.

— Cath, comment vous pouvez quitter un homme et penser à revenir vivre avec lui ? J'ai envie de quitter le mien, et je vous assure que je ne reviendrai jamais.

— Ça prouve que vous êtes stupide.

— Je suis venue vous dire quelque chose. C'est à propos de votre homme, Joe.

— Je sais tout sur lui.

— Non, Cath. Vous croyez le connaître, mais ce n'est pas vrai. A quelle heure il rentre d'habitude ? A quelle heure il est rentré quand il a été boire avec votre frère ?

Cath tripotait la robe.

— Il rentre toujours juste après la fermeture des pubs. Le vendredi, il sort. Il a sa soirée libre, le vendredi.

Elle marmonnait, légèrement alarmée, se regardait dans la glace sans se voir, voyait à la place la photo de Damien qu'elle avait vue dans le bureau de Mr. Eliot. La voix irritante de Mary Secura lui parvenait de loin ; Cath aurait voulu qu'elle s'en aille.

— Est-ce qu'il a jamais eu une arme sur lui, Cath ? Quand il rapporte de l'argent du pub, par exemple ? Il en a peut-être besoin, parfois. Il était jaloux de votre frère, hein, Cath ?

Cath défit les boutons, se retourna face à la glace.

— Ça va être bien, lundi, récita-t-elle. Moi et Joe, on va mettre les choses à plat. C'est Michou Gat qui l'a dit. On sort, figurez-vous, une sortie exceptionnelle. Il l'a promis.

— Est-ce que Joe a une arme chez lui ? continua Mary, inexorable. Là-haut, dans le grenier ? Un truc qui pourrait couper un homme en deux ?

— Qui vous a demandé de venir ? cria Cath. Foutez le camp avant que je vous tue !

Elle pointa un doigt boudiné vers la fenêtre, mais la fenêtre ne s'ouvrait pas. Elle se planta devant la vitre, Mary continuait de parler. Ça faisait haut, Cath avait envie de sauter, de planer avant de toucher le sol, et Mary qui parlait toujours.

— Allez, on va faire la virée des bars, dit Bailey en regardant de l'autre côté de la rue.

Il avait ce qu'Helen appelait son air tapageur, plein de défi, le genre d'air qui attirait les ennuis. Elle avait décidé depuis longtemps qu'elle était lâche. Si elle se faisait agresser, elle se contenterait de sourire et dirait : tenez, prenez ma bourse, de même qu'elle ferait semblant de rire si on la draguait. Elle aurait fait un détour pour éviter la bande de jeunes éméchés qui les bousculèrent en chemin, et bien que Bailey préférât aussi éviter les confrontations, le rictus sur son visage n'indiquait pas le même degré de soumission. C'était la fièvre du samedi soir : l'endroit qu'il avait choisi pour dîner était rarement aussi peuplé et l'attente pour avoir une table l'irrita. Ils auraient dû manger chez les Eliot, mais la discussion entre Helen et Emily avait abouti à un report. Bailey ne comprenait pas pourquoi Helen n'avait pas tout simplement engueulé Emily au téléphone : Emily, tu as tout compris de travers, de la même manière qu'il aurait engueulé Ryan et aurait oublié aussitôt après, mais les femmes restaient des femmes, et leur art de la diplomatie un mystère. Dans son envie de festin, il avait entraîné

Helen bien à l'intérieur de son territoire, un quartier désagréable à l'œil, laid, escarpé, accidenté, bien par endroits, crasseux ailleurs, les restaurants n'y étaient pas faits pour les riches ni les célébrités, surtout pas pour ces dernières, car personne ne les y aurait reconnues.

L'intérieur de l'Arrivederci fit soupirer Helen de plaisir ; Bailey la vit se détendre, avant que ses longs doigts aux ongles vernis hésitent au-dessus du pain à l'ail et des olives épicées, puis piochent une cigarette, préférant, avec une pointe de culpabilité, remettre à plus tard les plaisirs qui font grossir. Quand on était dans cette ambiance italienne, on mangeait comme un Romain ; les plantes étaient poussiéreuses et le propriétaire un tyran qui ne supportait pas les appétits d'oiseau. Ceux qui nouaient leur serviette autour de leur cou, nettoyaient le ravier d'olives et finissaient le pain étaient servis avec alacrité.

Bailey aurait voulu dire : j'adore ton air réjoui et gourmand, et je regrette mes évasions de la semaine, je regrette aussi les tiennes. Il pensait être à jour au sujet de Cath, la femme de ménage, il lui avait dit presque tout ce qu'il savait, y compris la visite de l'agent Mary Secura. Il en savait plutôt moins sur ce que Cath avait fabriqué chez Helen une bonne partie de la semaine. Comme il avait, ainsi qu'elle l'avait dit, fui le désordre, soit il n'avait pas essayé de venir, soit l'accès lui avait été refusé, mais foin de tous ces manques d'attention, elle était aussi éclatante que le soleil ce samedi soir. Bailey posa une main sur celle d'Helen, prêt à dire quelque chose de capital, encore informulé. Quelque chose qui contenait des excuses et une déclaration. Elle utilisa son autre main pour lui frotter le coin de la bouche.

— Des olives noires, dit-elle. Tu manges comme un cochon. Tu as fini de réparer le réveil ?

— Quel réveil ?

Il en avait trente-sept au dernier pointage, sans compter les pièces détachées, suffisantes pour en compléter cinq autres, et il avait quand même attrapé cette étrange manie de consulter sa montre.

— Celui qui nous vieillit de dix ans.

— Ah, j'ai oublié de te le montrer. Oui, je l'ai réparé, mais j'en ai attrapé une névrose.

Il avait faim, pas seulement d'aliments, mais de l'humour et de l'intimité confiante qu'elle avait toujours à lui offrir, avec cette formule grisante de respect mutuel. J'ai dû abuser de ce respect mutuel, songea-t-il ; elle le sait, et moi aussi. J'ai aussi abusé de la tradition consacrée selon laquelle si on cesse de demander à une femme de devenir son épouse, elle trouvera un autre homme, ou du moins un autre mode de vie.

Le propriétaire parut et jeta un œil attendri sur la pénurie de pain. Helen ouvrit la bouche, mais Bailey l'avertit du regard, sachant que dans cet endroit on mangeait ce que le patron vous ordonnait de manger. Le moment de faire un effort pour la déclaration intime était passé. Bailey le sentit s'évanouir comme le goût de l'ail sur sa langue ; il cacha la sensation acerbe par une question.

— Qu'est-ce que tu fais réellement avec ton appartement, Helen ? Tu creuses un tunnel pour t'évader ? Tu abats des murs ?

— J'en fais un bordel, dit-elle d'un air sérieux. L'inauguration aura lieu mardi prochain, je crois. Et ne compte pas sur une ristourne.

Il s'esclaffa, mais son cœur chavira. De l'agneau, ordonna le patron. Prenez un agneau et il faudra tout *mangiare*. La perspective ragaillardit Bailey. Il observa le contentement qui éclairait le visage d'Helen et se demanda s'il y était encore pour quelque chose.

— Emily t'a beaucoup aidée pour la décoration ?

— Ah, tu crois que je ne suis pas capable de faire ça toute seule, hein ? Pour être franche, oui, elle m'a pas mal aidée. Tu sais qu'Emily ne supporte pas l'indécision. Tu vas faire des courses avec Emily, t'as pas intérêt à traîner, à prendre le temps de choisir. Et elle connaît toujours quelqu'un qui connaît quelqu'un qui peut te coudre des trucs moins cher. C'est un art. Elle est très douée.

— Elle a pas été douée avec Cath.

Helen garda le silence.

— Tu sais, je suis contente d'être célibataire, finit-elle par dire. J'aurais horreur d'être une épouse et une mère mégalo. Les mères vivent dans un univers clos. Elles rejettent le monde extérieur, condamnent tout ce qui les gêne, comme si avoir la charge d'une famille justifiait tout, sanctifiait tout, comme si elles n'avaient besoin d'avoir conscience de rien. Il y en a, je te jure, elles me rendent malade.

Ah, Helen, partiale, catégorique, politiquement incorrecte, toujours prête à suivre une manifestation et à agiter un drapeau : l'Helen qu'il adorait.

— Regarde-les dans les magasins ou dans les voitures, continua Helen, en colère, faudrait que tout le monde s'écarte sur leur passage. Regarde Emily. Pour sa tranquillité d'esprit, elle ferait emprisonner Cath sans sourciller, et le pire, c'est qu'elle n'aurait aucun remords. Elle ne doit rien à Cath. Cath ne fait pas partie de sa famille. Méfiez-vous de ceux qui vous disent que vous faites partie de leur famille, ils ne le pensent jamais.

Bailey se régalait.

— Attention, objecta-t-il, c'est la survie de la race humaine qui est en jeu.

— Non, c'est faux. La race humaine survit d'elle-même. Sans doute parce que des gens sans famille se sont dévoués pour veiller sur ceux qui en ont. Et après ça, on les jette comme des torchons et on les vilipende parce qu'ils ne sont pas normaux. Je continue ? Cet agneau est délicieux.

— Je n'avais pas l'intention de t'arrêter.

— Ce qui m'énerve le plus, c'est que les gens comme Emily se sentent supérieurs et me font me sentir inférieure. Elle a le droit d'être d'une intolérance opiniâtre, pas moi. Tu sais ce qu'elle m'a dit au téléphone ? Elle m'a dit... (Elle déglutit.) Elle m'a dit qu'elle avait pitié de moi. Que si j'avais des gosses, je comprendrais.

— Ah, ça, fit Bailey, elle n'aurait jamais dû.

Le samedi passait au dimanche. En haut de l'appartement où vivait Joe Boyce, on étouffait dans les combles, éclairés par les réverbères et une lune laiteuse. On déplaçait des meubles dans le grenier, il y eut des rires, des murmures et des bruits comme si on traînait un corps, quelque chose descendit l'escalier en ricochant, lentement, des pauses entre-temps tandis que carton après carton rebondissaient à tour de rôle. Peu à peu, l'audace l'emporta, le bruit les dérangeait moins. Une pause, bing, une pause, bing : dans un rythme faux mais continu, qui se répétait encore et encore.

Les voisins du bas éteignirent la musique pour mieux entendre, puis la remirent, mais moins fort, afin d'écouter mine de rien. Ils n'ouvrirent pas la porte. Vous croyez qu'il l'a tuée ? glissa l'un d'eux en aparté ; ce fumier a fini par la tuer ? Fascinés par l'éventualité, ils entendirent d'autres rires étouffés, un ordre impérieux venu d'en haut, d'autres bruits d'objets qu'on traîne, on descendait, on passait devant leur porte, on sortait dans la rue. Ils remontèrent la musique d'un cran, regrettant que les rideaux de la pièce du devant tombent en lambeaux avec des jours au milieu qu'ils n'avaient pas remarqués auparavant. Les bruits du déménagement ne cadraient pas avec la musique, mais la basse résonnait mieux que les bruits de pas qui se dirigeaient vers la rue, chargés, lourds. Est-ce qu'il l'avait tuée ? Avait-il fait ça, ce fumier qui leur criait après à cause du bruit mais se fichait de celui qu'il faisait quand il coursait sa femme dans la cuisine et la fouettait à coups de ceinturon ? Pas possible, il l'aurait tuée ? De toutes les théories de défoncés qui passèrent sur les lèvres des cinq, aucune ne suggérait qu'ils pourraient faire autre chose que se contenter d'écouter. L'un d'eux était ivre depuis midi ; trois planaient légèrement, et la cinquième, qui n'avait pas plus de quatorze ans, n'avait aucunement l'intention de retourner chez sa mère. Elle trembla, s'étouffa avec une cigarette, but du cidre et alla se tapir dans le coin le plus sombre. Quand elle ne supporta plus le suspense, elle s'accroupit à côté du jour dans les rideaux et épia pendant que les autres l'observaient observer.

Elle se retourna, se moqua d'eux parce qu'ils s'agglutinaient derrière elle, et parce qu'ils redoutaient une deuxième visite de la police la même semaine. Ils n'avaient rien fait de mal, quand même ? Elle dansa à travers la pièce, éclairée par la même lumière sinistre que le grenier, et leur fit un pied de nez. Non, dit-elle, y a personne qu'est mort. C'est juste les cartons qu'il arrêtait pas de recevoir. Sauf qu'il les déménage à la cloche de bois. Ou plutôt, on les déménage à sa place. Ils se gondolèrent tous comme des malades. Y avait donc pas à s'inquiéter, mais la petite continua de regarder dans la rue, où les cambrioleurs, dont l'un d'eux avait entendu Joe Boyce se vanter dans un pub, chargeaient une camionnette. Quand elle démarra, la petite fit un signe de la main, comme pour dire : emmenez-moi.

Le samedi s'achevait et avec lui le mot « week-end », qui ne signifiait pas grand-chose pour Joe Boyce, dernier passager du dernier bus, ou presque, la tête appuyée contre la vitre fraîche de l'impériale du 59 qui traversait Londres, passait à toute vitesse devant des magasins déserts à une heure et quart, secouait sa carcasse anesthésiée, juste pour le maintenir éveillé. Je vous emmerde tous, ne cessait-il de se répéter tout en chantant des bribes de chansons pour autant qu'il se souvenait des paroles. « En avant, Soldats du Christ, partons en guerre... », « Fiche le camp, Jack, et ne reviens jamais, jamais, jamais », et, bizarrement : « Paix à vos âmes, joyeux gentilshommes », en souvenir du colonel qui était passé ce soir et l'avait traité comme s'il était son seigneur et maître. Oh, oui, le jeune Joe était au septième ciel ; le bus tourna au coin de la rue avec la vélocité d'un chien de chasse sur une piste, et faillit le faire tomber de son siège. Joe n'était pas ivre, à peine éméché. *In vino*, comme Joe avait dit au colonel en se tapotant le nez à la manière de Michou Gat, ne veut pas toujours dire *in veritas*, ha, ha. La mémoire est moins bonne quand l'alcool coule à flots, hein, vieux fripon, mais on s'est payé une tranche de bon temps l'autre nuit, pas vrai ? En effet, dit le colonel, qui s'inquiéta soudain un brin des doses généreuses qu'on lui versait, et gratuitement, en plus.

Pas ivre, à peine gris, encore capable de faire de la musique. Cath sera peut-être rentrée, elle n'aura pas pu attendre lundi parce qu'elle ne pouvait pas se passer de lui. Ah, la maison, un lit, dormir comme un bébé ! Il ne pouvait penser que par clichés, et il chantonnait « Hello, Dolly » en marchant, en grimpant l'escalier sans trébucher... et il vit de la lumière.

La porte n'était pas fermée à double tour non plus, mais il reçut un coup au foie en voyant l'appartement vide, toutes les pièces étaient vides, il gémit : Cath, où es-tu ?, entendit l'écho de sa voix retentir des planchers aux plafonds. C'était une blague, bien sûr, une blague, que l'appartement ait cet air, que les pièces soient vides, non seulement vides de présence physique mais aussi du reste. Il y avait la table, les chaises, la moquette par terre, les ustensiles de cuisine, le canapé, le lit, tous les trucs d'occasion de Cath. Mais rien dans le grenier, sauf les planchers tachés par les fuites et les papiers d'emballage de merde.

Il y avait de vieilles armoires dans le grenier, encore Cath, mais les vantaux des portes, auparavant bloqués par le poids des objets empilés derrière eux, battaient librement. Dans l'une des armoires, au sommet d'une pile de catalogues, il trouva l'ultime carton. Détrempé, rempli d'objets militaires, son béret, trois pulls vert olive mangés aux mites et trois vieilles baïonnettes, restes de sa collection.

La lune cligna de l'œil avec mépris par la fenêtre tandis que Joe pleurait la perte de ses uniques biens et ses rêves envolés avec le millier d'objets inutilement acquis. Il aurait voulu supplier les voleurs, mais il remplaça sa tristesse par de l'amertume. Rien ne serait arrivé si Cath avait été là, comme une bonne épouse. Joe se remit à larmoyer, puis replongea dans l'amertume.

Femme, rentre à la maison. Il n'était rien sans elle ; il avait l'impression de l'aimer depuis sa naissance, il compta sur les doigts de ses deux mains tout ce qu'elle lui devait.

Enfin, au moment de sombrer dans le sommeil, il se rappela où il avait dû ranger la baïonnette, celle qui apparaissait dans ses rêves. Là-haut, dans le placard. La seule bonne chose que les cambrioleurs avaient faite, c'était de l'emporter avec le reste.

12

Helen les vit par la fenêtre de son bureau, éclairées par les projecteurs cruels du soleil matinal de ce lundi. Il se passait quelque chose.

De l'autre côté de la ruelle, la secrétaire du cadre Numéro deux (sans lunettes) entra dans la petite boîte qui lui servait de bureau, scène de gauche. La secrétaire du Numéro un (bureau Lothario, avec des lunettes) se glissa dans sa boîte, à l'autre bout de l'étage. Sur chaque bureau, il y avait une rose rouge, fanée par le week-end, l'une disposée dans un vase de verre, l'autre dans une chope bleue. Simultanément, chaque femme ajusta la fleur dans son vase. Puis, pour des raisons obscures, chacune sortit et se dirigea à l'autre bout de l'étage. La rencontre qui eut lieu au milieu ressembla à un quadrille et les surprit à l'évidence toutes deux. Elles s'en sortirent bien, souriantes et pressées de poursuivre leur tâche importante. La secrétaire de Numéro deux portait une pile de feuilles vers la photocopieuse située à côté du bureau de Numéro un, tandis que celle de Numéro un semblait se diriger vers le fax. Parvenue à dix pas derrière l'autre, dissimulée par des panneaux, chacune fonça dans la pièce de l'autre et se mit à fouiner autour du bureau. Elles se livrèrent à une rapide fouille maladroite, laissant des tonnes d'empreintes sous l'œil désapprobateur d'Helen. Ensuite, chacune décapita la rose rouge de l'autre. Helen soupira. Elle aurait pu leur dire que chacune rangeait les cartes offertes par Numéro un, celui qui avait des

217

lunettes et l'air d'un universitaire, dans le tiroir supérieur droit. Et qu'elles s'asseyaient toutes deux sur ses genoux. En outre, il en emmenait une boire un verre et lui faisait des promesses le mercredi, l'autre le mardi et le jeudi. Elle aurait pu leur éviter de venir si tôt le lundi. Elles n'avaient qu'à lui faire signe, elle leur aurait répondu par code.

Les deux femmes se croisèrent de nouveau au milieu de l'étage, tête droite, sourire rentré cette fois. Le reste du personnel arriva, remplit l'espace. L'une des secrétaires pleurait.

Helen tourna à regret le dos à la fenêtre. Le soleil monta d'un cran. La journée était loin d'être terminée : deux heures à remplir des formulaires, le fléau bureaucratique stupide d'une justice au rabais et mal organisée, puis des obsèques, et enfin direction l'appartement pour les dernières touches à la décoration. Pas mal pour une journée de congé qui resterait en travers de la gorge de Redwood parce que c'était l'été et qu'elle n'avait pas d'enfants.

Transformer le cadavre de Shirley Rix en cendres avait pris du temps. Le mari avait fait du foin, il voulait des chevaux avec des plumets, jusqu'au moment où il s'était rendu compte que ça coûtait des sous et qu'il n'avait qu'une maigre allocation pour un rapide envoi vers notre mère la terre. Mr. Rix aurait pu être aussi triste que Mary Secura, mais son symptôme premier était le ressentiment. Assis dans une aile de la chapelle du crématorium, il portait encore des signes de la pâleur carcérale, au milieu de gens légèrement bronzés, son fils en sandwich entre lui et sa propre mère, un petit nombre de parents assis derrière eux, le dos voûté, les proches de Shirley installés dans l'autre aile, prêts à kidnapper le gamin et dans un tel état de haine qu'ils pouvaient à peine dire leurs prières. La disposition en zones de combat aurait mieux convenu à un mariage. Mary Secura, tendue, mais peu disposée à maintenir la paix, se hérissa quand Helen West se glissa à côté d'elle.

Il y avait le son désincarné d'une musique d'orgue

préenregistrée et la sensation d'être comprimé par la queue qui attendait son tour dehors.

— Qu'est-ce que vous fichez là ? renifla Mary. Qu'est-ce que vous aviez besoin de venir ?

— Je suis venue présenter mes respects, comme vous.

L'endroit empestait les fleurs, le parfum exotique entêtant des tributs en couronnes et en bouquets de serre. Plus agréable, des roses et des pois de senteur, cueillis le matin dans des lopins de terre, des odeurs de jardins qui étouffaient celle des lis stériles.

— Comment vous avez su que ça avait lieu ? siffla Mary, dont la voix se noya dans un hymne languide.

Helen regretta que la culture religieuse ne se soit pas adaptée à l'époque : dans un bâtiment percé de fenêtres de supermarché, la musique faite pour une église sombre avait un son étrange.

— C'est vous qui me l'avez dit. Vous m'avez téléphoné pour me prévenir, la semaine dernière. Vous glapissiez, vous vous rappelez ?

— Je ne comprends tout de même pas pourquoi vous êtes venue.

Tout le monde se leva et sortit en file indienne. Il y eut une brève mais violente prise de bec à la porte, aussitôt évanouie dans un silence sinistre. Le fils de Shirley Rix courut vers son grand-père maternel, il fut retenu, tiré en arrière sans ménagement et se mit à pleurer. C'était un très bel enfant, remarqua Helen, des yeux marron, grands comme des soucoupes, des cheveux comme du chaume lisse. Tout le monde respira mieux, se dispersa vivement sous la chaleur, tandis que la queue suivante entrait. Helen et Mary Secura fumèrent une cigarette sur un banc ; elles regardèrent les autres monter dans des voitures tandis qu'un vieillard réarrangeait les fleurs comme s'il cherchait les siennes.

— Celui-là, là-bas, dit Mary, il se prend pour le père de Shirley. C'est peut-être vrai. Mais c'est pas ce que pensait Shirley. Il ne l'a jamais écoutée quand elle demandait de l'aide. Vous avez vu les photos, qu'est-ce que vous en pensez ?

— J'en sais rien, peu importe. Mais figurez-vous que

je me suis demandé si l'adorable petit garçon était vraiment du même sang que l'homme qui s'imagine l'avoir engendré. Enfin, regardez-les. Ils ne se ressemblent pas, même de loin. Shirley a eu une drôle de vie, non ? Attention, je ne critique pas sa vertu, mais si jamais on essayait de retirer la garde de l'enfant à son père, eh bien, on pourrait mettre en doute la paternité du bonhomme, ça aiderait. Ça ne peut plus faire de mal à Shirley, n'est-ce pas ? Touchez-en un mot à la famille. Un test d'ADN suffirait à prouver la chose. Remarquez, c'est assez dégoûtant.

— Bon sang, fit Mary, j'y avais pas pensé.

Elle frissonna, ne sachant pas trop pourquoi il était si inconfortable d'aimer ou d'admirer Helen West, du coup elle se braqua contre l'idée.

— Vous connaissez l'inspecteur Ryan, n'est-ce pas ? Il m'a dit que vous aviez été tabassée, un jour. Par un mec. C'est vrai ? C'est pour ça que vous avez une cicatrice sur le front ?

— Je me suis cognée.

Des volutes de fumée traversèrent l'air parfumé de fleurs.

— Vous êtes venue aux obsèques pour me voir, hein ? Vous me surveillez.

— Vous vous croyez si importante ? Je suis venue pour Shirley. Au cas où personne d'autre ne se serait déplacé.

— Mon œil ! Vous êtes bien comme tous les avocats que j'ai rencontrés. Une fieffée menteuse, sauf que vous faites ça en douceur. Faut bien qu'il y ait une raison, enfin, il faut que vous cherchiez quelque chose, non ? Entendu, je l'admets, j'ai été voir votre femme de ménage.

— Je ne vous ai jamais demandé de le faire.

Elle faillit dire, elle l'avait sur le bout de la langue, qu'elle ne savait pas réellement comment utiliser le pouvoir de la police à ses fins personnelles, que la portée de son autorité était moins étendue qu'elles ne le croyaient l'une et l'autre, et qu'elle avait passé deux heures à remplir des formulaires pour assumer son rôle de simple rouage dans la machine judiciaire. Mais, assise sur un banc en bois tiède, avec une vue sur un jardin rempli de gens en deuil, elle sentait la futilité d'essayer de lutter contre les préjugés.

— Bien sûr que vous ne m'avez pas demandé d'aller la voir, dit Mary en imitant la voix d'Helen. Pas directement, en tout cas. Ah, on peut pas vous accuser d'un truc aussi franc, évidemment ! Mais il se trouve que Ryan, le séduisant garçon de courses de Bailey, est venu me poser des questions, figurez-vous. Alors, c'est une coïncidence, oui ou non ? Ne répondez pas, je ne veux pas le savoir. A propos, où en est la décoration ? Il l'aime, au moins ?

— On se demande. Il l'a à peine vue.

— J'ai cru comprendre par elle, je veux dire par Cath Boyce, que votre appart était superbe et qu'elle vous a refilé un sacré coup de main.

— Oui, c'est vrai. Et elle m'aide toujours. J'ai pensé que le mieux était de l'occuper et de lui donner de l'argent. Un conseil d'avocat, c'est bien beau, mais c'est pas avec ça qu'on va au paradis.

Mary écrasa son mégot sur une pierre d'un coup de talon bien appliqué.

— Main-d'œuvre bon marché, je parie. Enfin, j'imagine que c'est mieux que de ne pas avoir de travail. Pour répondre à la question que vous vouliez me poser, votre Cath a l'air en pleine forme. Elle a tiré le bon numéro, après tout. Par exemple, elle est tombée sur un homme qui ne l'a pas encore frappée au visage, elle sait où aller quand elle le quitte et n'a pas d'enfants pour servir de chair à chantage. C'est mieux que ce que la plupart de mes clientes obtiennent pendant la semaine des quatre jeudis. Elle est pas effrayée non plus, notre Cath.

— Oh si, elle l'est. Comment n'aurait-on pas peur dans sa situation ? Bon, elle a quitté son mari. J'aimerais savoir quand les gens devraient rester ensemble et quand ils devraient se séparer, mais dans son cas, j'espère qu'elle ne reviendra pas.

Helen dit cela avec regret. Cela semblait tellement complaisant de laisser Bailey s'incruster dans sa mémoire : la froideur de Bailey le taciturne, son renfermement, suivi par son ouverture, qui lui faisait sentir qu'elle était une commodité occasionnelle dans sa vie, qu'elle n'y avait pas d'influence.

— Je n'ai rien dit à propos de Cath, commença-t-elle. Je ne suis pas venue pour parler d'elle. Cath a sa propre volonté. Je ne veux pas parler d'elle. Je n'ai pas besoin de parler d'elle, je ne suis même pas bonne pour les fausses raisons...

— Moi non plus, mais on est tous obligés de prétendre la même chose, avouez ? (Mary s'interrompit avec un rire tellement sonore qu'il fit voleter les lis.) De toute façon, je vais vous dire ce que vous voulez savoir, au cas où vous ne le sauriez pas déjà. Votre femme de ménage va retrouver son homme ce soir. Quoi qu'il ait fait, elle l'aime encore. Donc, elle sort, ce soir, elle le retrouve à la sortie du travail, toute pimpante avec vos belles fringues. D'après ce que j'ai vu, vous lui avez constitué une garde-robe ; elle me l'a montrée. C'est des beaux trucs que vous lui avez donnés, vous devez être cousue d'or. Ou avoir une sacrée mauvaise conscience pour refiler des fringues pareilles. Elle dit que vous ne l'avez pas payée. (Elle alluma une cigarette, tira une bouffée.) Vous ne l'avez pas payée pour tout le boulot qu'elle a fait. La peinture et tout le reste.

Helen était de plus en plus calme. Voir Cath emporter toutes ces affaires chez elle !

— Vous inventez au fur et à mesure, Mary. Elle est moins chère qu'un décorateur, d'accord, mais c'est pas pour ça... Qu'est-ce que vous voulez dire ? C'est vrai, je lui ai donné des vêtements, ça me regarde, et je la paie toujours plus qu'elle ne demande.

Mary n'en tint pas compte.

— Enfin, elle sort avec le petit fumier, ce soir. Celui qui a peut-être tué son frère, elle sort avec lui comme une jeune pucelle, pleine d'espoir, la robe et le reste fournis par le Crown Prosecution Service pour faire économiser de l'argent à tout le monde, je vous demande un peu. Vous allez me faire pleurer, mais gardez votre mouchoir, j'ai le mien.

Elle replongea dans son sac gigantesque, fouilla parmi la radio, les mouchoirs en papier, l'écharpe, le calepin, et tous les machins qu'une femme transporte partout avec elle. La chose ressemblait à un punching-ball, Mary aurait pu le faire tournoyer autour de sa tête et s'en servir comme d'un marteau, elle était assez forte et suffisamment en colère. Helen risqua une dernière question.

— Où est-ce qu'elle le rencontre ? Où Cath rencontre-t-elle son homme ?

— Je croyais que vous le saviez, cracha Mary. Vous avez sans doute fait la réservation pour le dîner.

Helen se leva et secoua sa jupe : des pétales s'étaient pris dans les plis. Elle pensa à Cath, morose et renfermée tout le week-end, qui n'avait pas soufflé mot.

— Assez, Mary. Assez. Si vous savez comment je peux aider Cath, je suis prête à vous écouter, sinon, bonsoir.

Mary s'était plongée dans le mutisme, elle avait envie de cracher ou de s'excuser, elle avait toujours envie des choses trop tard. Donc, elle continua, en pire.

— Un conseil ? A propos de Cath ? J'ai l'impression que vous l'avez déjà donné. Elle retrouvera sa liberté toute seule, sinon elle n'y arrivera pas. D'ailleurs, vous n'avez pas envie qu'elle arrête de peindre vos fenêtres, avouez ? Alors, ne vous en mêlez pas. Vous n'arrangeriez rien. Personne ne le peut.

Ne vous en mêlez pas. Bailey remarqua ce précepte typiquement anglais, respecté tout le long de la ligne du 59, encore plus dans les environs de Knightsbridge que dans le quartier du pub de Michou Gat, où on le respectait néanmoins. L'incapacité à s'en mêler, ou même à fournir des renseignements afin que d'autres s'en mêlent, était inscrite dans la brique partout où Bailey portait le regard. Dans le pub de Michou, c'était davantage en rapport avec la difficulté des clients à formuler des faits ou des inquiétudes en mots. Les saluts et les railleries étaient souvent confus.

Le lundi à l'heure du repas, l'endroit était moins fréquenté ; l'ennui poussa Michou à être plus bavarde que de coutume.

— Où est votre petit ami, Mr. Bailey ? Celui qui doit rentrer chez lui, pour que sa femme lui lave les oreilles ?

— C'est son jour de congé, sourit Bailey. Il a sans doute emmené ses gosses au parc, pour qu'ils apprennent à cogner sur les autres gosses.

— C'est pas des façons de parler, Mr. Bailey. Asseyez-vous donc. Il ne se passe rien ici.

Ils s'assirent, une femme énorme et un homme svelte. Comme personne ne l'observait, Michou n'insista pas pour forcer son invité à boire. Ils prirent l'un et l'autre du jus d'orange.

— Nous nous sommes plantés, hein ? fit Bailey. Nous nous sommes complètement plantés.

Bailey n'avait nul besoin de préciser ce qu'il voulait dire.

— Parlez d'un changement ! Vous autres, vous faites rarement les choses correctement ; alors, où est la différence ?

Bailey ne répondit pas. L'haleine de Michou ressemblait au souffle mourant d'un ouragan. Elle embaumait. Les parfums bidon, c'était pas pour Michou.

— J'aimais Damien comme un frère, Mr. Bailey. Y avait pas grand-chose que je pouvais faire pour lui, sauf l'aider à prendre soin de lui. Donc, j'ai dégoté un appartement pour sa sœur et un boulot pour son beau-frère, mais je me fais encore du souci, Mr. Bailey. On ne cesse pas de se faire du souci juste parce que les gens se font tuer, pas vrai ? Je ne sais pas ce que vous cherchez. On dirait que vous furetez simplement à droite, à gauche. Vous avez même une tête de furet. Mon père aimait les chasser.

— Parlez-moi juste de Damien. N'importe quoi, ce qui vous passe par la tête.

Tout en parlant, Bailey se demandait négligemment comment Helen se débrouillerait dans un endroit pareil. Il en conclut, un brin surpris, qu'elle se débrouillerait très bien. Elle serrerait la patte manucurée de Michou Gat, ferait face sans commentaire à l'extraordinaire apparition, accepterait sans doute son parfum avec un sourire béat, et proposerait ensuite de lui rédiger son testament.

— Je crois qu'ils avaient raison, vous savez, je parle de Joe Boyce et de Catherine. Pourtant, Damien se faisait du souci pour eux. C'est que Joe ne voulait pas que sa femme travaille, vous imaginez ? Mais elle a insisté jusqu'à ce que Damien dise à Joe : laisse-la faire ce qu'elle veut, bordel, elle va pas foutre le camp. Alors, Joe a accepté, mais il fallait que ce soit lui qui lui trouve du travail, pas loin d'où il bossait pour qu'il puisse avoir l'œil sur elle, rentrer par le bus avec elle, vous voyez le topo, mais je ne crois pas que ça marchait comme ça. Vous me comprenez, hein ? C'est qu'il est jaloux notre Joe Boyce, un soir, il est même allé regarder par la fenêtre, là où elle bossait, juste pour vérifier. Quel imbécile ! Il l'a dit à Damien, un jour qu'il était bourré ; comme Damien a trouvé ça drôle, il me l'a raconté. C'était l'année dernière, peu après qu'elle a commencé à travailler. Remarquez, on est tous jaloux, pas vrai, Mr. Bailey ? (Michou se pencha pour prendre son verre, se tapota le nez.) Alors, j'ai augmenté ses heures, et je l'ai pris six jours par semaine, bien sûr. Ça lui laissait moins de temps pour faire des bêtises. C'est un brave gars, ce Joe, je vous assure.

— Vous comptez le garder ?

Bailey s'efforça de rendre sa curiosité banale et sans importance, il ne montra pas de signe d'impatience, comme s'il s'agissait d'une question sans rapport avec l'enquête qu'il menait.

— Bien sûr, pourquoi pas ? C'est un type fiable. En plus, je crois que Damien l'aurait voulu. Le mieux pour sa sœur, c'était que Joe ait un travail et qu'elle reste où elle était, avec son homme. C'est pas bon qu'une femme vive seule.

— Ah, parce qu'elle l'a quitté ?

Bailey le savait parfaitement, mais avec Michou il valait toujours mieux feindre l'ignorance.

— Oui, confirma Michou, attristée. Elle est partie s'installer dans la planque de Damien, mais je lui ai causé. Je lui ai aussi dit deux mots à lui. Ils vont sortir ensemble ce soir, faire un tour en ville ; j'ai même donné un peu d'argent à Catherine et j'ai donné congé à Joe pour la soirée. Vous savez, parfois les femmes me font honte. Vous savez...

— Oui, je sais, dit Bailey, qui devina la suite. C'est comme les chats, si on ne les nourrit pas...

Tassés par le poids de leur sagesse, ils contemplèrent tous deux leur jus d'orange indésirable. Bailey se leva et s'étira.

— Donc, vous ne connaissez personne qui aurait pu en vouloir à Damien ?

Michaela Gat secoua la tête, puis considéra la taille de Bailey.

— A moins que ce soit un envieux. Damien était bon pour plein de choses, c'était même un as pour vendre du parfum sur le marché. Il pouvait se faire cinq cents livres par jour, le Damien. Je ne sais pas pourquoi Joe Boyce a jamais voulu s'y mettre. C'est un sensible.

— Ça doit être pour ça qu'il bat sa femme, remarqua Bailey.

— Ça le regarde, Mr. Bailey. Ça prouve qu'il l'aime.

Ils étaient debout, côte à côte. Michou toisa Bailey, comme si elle étudiait un cheval avant une course.

— Ah, vous êtes encore en forme, Mr. Bailey, je peux vous le dire. Quand quittez-vous la police ? Vous perdez votre temps avec ces gens-là. On vient du même monde, vous et moi, et regardez ce que j'ai fait de ma vie. (Elle désigna la salle d'un geste majestueux.) Regardez ce que vous avez fait de la vôtre. J'ai une belle maison avec piscine à Wanstead, une famille, vous avez que dalle. Quel gâchis. Si vous cherchez un vrai job, faites-le-moi savoir. J'ai toujours besoin d'un bon furet, et je paie bien.

Sur ce, ils se séparèrent, Bailey piqué au vif malgré son rire de façade. Quelle étrange sensation d'être un objet de pitié. Quelle humiliation d'être considéré comme un serviteur, donc, un raté.

En milieu d'après-midi, il faisait une chaleur suffocante en haut de la cité Bevan. Mary Catherine Boyce s'était lavée à l'eau froide, bien qu'elle ait déjà pris un bain, merci Helen West, avant de quitter l'appartement en entresol pour celui-ci. Elle avait été tentée de rester là-bas, de se changer et de sortir pour le dîner, mais c'était une liberté qui ne pouvait mener qu'à des questions bien intentionnées, elle était donc rentrée chez elle. Helen lui avait donné bien trop d'argent, en fait, mais si elle ne le méritait pas pour avoir apaisé les poseurs de moquette, s'être levée à l'aube, avoir passé l'aspirateur après leur départ, avoir subi ensuite la sanction d'une chaleur étouffante dans le bus de retour, eh bien, Helen ne lui reprocherait pas.

Cath avait épousseté la glace pour mieux se voir. Elle était si pâle. Bon, alors maquillage : elle en avait un peu et l'armoire de la salle de bains d'Helen avait révélé quelques produits, abandonnés depuis si longtemps qu'il était grand temps qu'ils soient recyclés. Cath n'était pas très douée dans l'art du *maquillage,* mais un doigt d'ombre à paupières et du mascara appliqué avec soin changeaient tout ; elle rougit en se voyant dans la glace, et, enhardie, s'attaqua aux vêtements. A l'époque où elle aimait les fringues, elle préférait les manteaux lourds, les bons lainages et les bas de couleur, jamais de coton, trop léger. L'été était la saison des jeunes filles ; l'hiver celle des femmes. Peu importe, c'était déjà pas mal : un chemisier noir, la jupe longue au motif floral en cascade, des chaussures avec un petit talon, ça lui donnait une jolie silhouette, elle se regarda de bas en haut, chevilles fines, hanches pleines dégraissées. Dommage qu'elle doive emporter ce petit sac en PVC faute d'un autre plus convenable, mais c'était aussi bien. Sans son sac, Joe risquait de ne pas la reconnaître, et d'ailleurs, c'était le destin qui lui avait donné quelque chose à mettre dedans.

Elle aurait préféré que ce soit du parfum, elle se mit à en chercher dans le studio au cas où Damien en aurait caché quelque part, puis elle se regarda de nouveau dans la glace, et se réprimanda pour son désir. Quel cadeau affreux que le parfum, toujours offert par un homme, on était obligée de le mettre pour lui plaire, alors qu'on avait l'impression d'être achetée ; mais en repensant aux cadeaux du passé, en repensant à Damien, elle regretta de ne pouvoir verser quelques gouttes sur ses poignets, comme une sorte de charme.

Le bus sentirait moins bon. Elle et Joe sortaient en ville et elle avait l'intention de se conduire en dame pour qu'on la traite en conséquence. L'après-midi était si chaud, elle descendit lentement l'escalier, pour ne pas transpirer, tourna d'un pas léger et élégant après le portique et se dirigea vers le centre de loisirs. Des taxis passaient souvent devant.

Quand Helen ouvrit la porte de son appartement, la nouvelle moquette lui chatouilla les orteils. La porte d'entrée racla sur la surface dorée immaculée. La porte du salon avait été enlevée et mise de côté avec un mot. Toutes les pièces semblaient légèrement plus petites, les plafonds plus bas, et, en allant de pièce en pièce, elle eut l'impression de rebondir sur un trampoline, puis elle pensa à ôter ses chaussures au cas où elles seraient sales. Doré et bleu, les tons se reflétaient sur le plafond blanc, même la cuisine était peinte, les battants des fenêtres réparés et luisants de propreté, les surfaces écaillées polies à les rendre méconnaissables, et tout était soudain très respectable. C'était comme si l'appartement avait été primé, un paquet-cadeau contenant une tonne d'amour-propre, et pour tout cela, Helen ne se sentait pas chez elle. Il y avait le meuble étrange qui ressemblait à un accessoire pour une pièce de théâtre naturaliste qu'on aurait utilisé pour un film d'amour moderne, et, pendant une ou deux minutes, Helen se sentit déplacée, elle aussi. Ce qu'elle voyait lui donna envie de se peigner, de se laver un peu, juste pour être raccord. Même la chatte paraissait contaminée. Elle entra par la chattière de la cuisine, s'assit, délaissée, sur le sol, se livra à une toilette assidue, puis sauta sur la table, et observa, tapie, tel un juge. Sa queue remua, luisante et inquiétante, tandis qu'elle se léchait les pattes.

D'accord, admit Joe Boyce en s'adressant au colonel, en fait, la soirée qui arrive me rend un peu nerveux. Mais on le serait à moins, non ? Ma femme m'a plaqué, elle a déserté le foyer pour que je me fasse cambrioler, et elle décide de se réconcilier avec moi le jour où ça l'arrange alors que l'idée que j'ai tout perdu me trotte dans la tête et que je ne peux penser à rien d'autre. J'ai tout perdu, l'ami, tout, tout ce dont on rêvait, y compris un tas de machins que je savais même pas que j'avais. Une honte, vous croyez pas ? Sauf qu'elle a pas honte, pas elle. Elles ont jamais honte, les bonnes femmes, hein ?

Ils étaient assis à la terrasse du Spoon. Les fleurs avaient comme une odeur de fané ; Joe les avait bombardées d'eau minérale pendant la pause de l'après-midi et les lobélies, en particulier, paraissaient s'en ressentir. Michou payait un homme pour s'occuper des fleurs, mais ses passages ne tenaient pas compte de cette chaleur et Joe se disait que les fleurs avaient soif, elles aussi, autant que le colonel et lui-même.

On pouvait parler toute la journée au colonel, avait conclu Joe, à condition qu'il ne réponde pas, sinon par d'agréables hochements de tête et des grognements. C'était précisément ce qu'il avait fait depuis qu'il était arrivé vers quinze heures, ce vieux singe, et c'était exactement la compagnie que Joe recherchait. En accord avec les ennuis de la semaine, Joe avait tendance à embêter le colonel, comme un vieux chien fidèle dont le maître est devenu indifférent à l'odeur. Le colonel n'avait pas bougé d'un pouce depuis une heure : Joe allait et venait, et racontait des tranches de sa vie avec une indignation croissante. Ah, mon brave, marmonnait le colonel à chaque verre et à chaque anecdote, ah, mon brave, comme cela a dû être terrible pour vous.

Il s'était statufié, si l'on peut ainsi décrire un homme en forme d'œuf, jusqu'au moment où Joe, revenant avec un énième verre pour chacun d'eux, découvrit avec surprise que le colonel s'était levé d'un bond. Bondir n'était pas dans son style ; l'effort le laissa pantelant, il articula avec peine mais distinctement, et y mit tout son cœur.

— Madame, dit-il, enchanté, positivement enchanté.

Il voulut s'incliner, ce qui faillit se terminer en courbette. Cath l'aida à se rasseoir. Elle était foutrement culottée, de s'asseoir dehors comme si le pub lui appartenait ; elle leva les yeux vers Joe en soulevant ses lunettes de soleil. Cath, des lunettes de soleil sur des yeux faits, un sourire, des lèvres rouges, assise les jambes croisées, son sac sous la chaise en fer, s'éventant ! Ce n'était plus la même femme : Joe n'aimait pas penser que le temps passé loin de lui pouvait en être la cause.

— Salut, Joe. Si tu ne veux pas me dire bonjour, est-ce que je peux au moins avoir un verre d'eau ? Je crève de soif.

D'autres paroles revinrent à la mémoire de Joe... Joe, tu peux me faire du thé, j'ai mal partout, s'il te plaît, Joe... Il la regarda, les yeux en billes de loto, incapable de bouger, pendant qu'elle faisait la conversation au colonel. Beau temps, n'est-ce pas ? Oui, un peu chaud, madame, mais ça vaut mieux que d'avoir froid, pas vrai ? Oh, oui, je déteste le froid, pas vous ? mais comment s'habiller avec un temps pareil ? Derrière eux, les plantes courbaient la tête avec tristesse, comme si Joe leur avait donné du gin au lieu d'eau. Cath qui souriait à cet étranger, le regardait droit dans les yeux. C'était déjà assez, et voilà qu'Alistair Eliot s'amenait. Joe se rua dans le pub, c'était trop pour lui : comme si tous ses alliés s'étaient réunis pour le descendre ; sa femme, absolument sexy, son ami qui venait le réprimander, tout le monde s'intéressait à tout le monde sauf à lui, il était de trop, y avait pas. Un vrai pot de colle, non seulement à sa propre fête, mais à toutes celles auxquelles il avait assisté.

Alistair Eliot sourit au duo assis devant le Spoon. On aurait dit le père et la fille, il se voyait dans ce rôle quand Jane serait grande. Il ne reconnut pas Mary Catherine Boyce avec ses beaux atours, bien qu'elle remuât en lui des souvenirs, distrait qu'il était, encore plus distrait que d'habitude. Elle n'avait rien à voir avec la Cath en blouse qu'il avait si souvent croisée. Deux femmes différentes, deux endroits différents, aussi proches fussent-ils. S'il avait eu un chapeau, il l'aurait peut-être soulevé. Joe le regarda s'éloigner avec soulagement, Cath, avec douleur et amertume.

— Tu peux foutre le camp si tu veux, dit Joe au jeune remplaçant derrière le bar. Parce que je crois pas que je vais bouger. Ma chère et tendre épouse, tu la vois dehors ? Elle est venue m'aider. Il était temps !

Le jeune homme refusa d'un signe de tête, la proposition le tentait, mais il se souvint à temps de la taille de Michou Gat.

— Je peux pas faire ça, Mr. Boyce. J'ai des ordres. Il faut que vous sortiez, ce soir.

Sur la terrasse avec le colonel, Cath vit ses propres espoirs s'envoler. Une petite troupe de buveurs arriva, au sortir du bureau, bavards comme des étourneaux, avides de se décharger des problèmes de la journée. Le barman de rechange leur apporta de l'eau citronnée avec des glaçons, mais Joe l'ignora jusqu'à ce que, au bout de deux heures, alors qu'elle était glacée, malgré la chaleur moite, à force de rester immobile, il vînt s'asseoir près d'elle, maussade et silencieux. Elle posa une main hésitante sur son bras ; alors il consentit à ouvrir la bouche.

— T'es sur ton trente et un, railla-t-il. T'as l'intention de sortir, peut-être ?

Elle crut que son cœur allait se briser, sourit néanmoins avec courage, lui tapota le bras comme pour le supplier, et ce fut ce geste qui finit par l'apaiser, bien qu'il fût déjà ivre. Mais ivre à sa manière, sans le montrer vraiment, un peu extravagant, sans plus.

— Allez, ordonna-t-il. On y va.

Il marcha en tête, l'obligeant à courir pour le suivre.

— On va trouver un pub sympa, lança-t-il par-dessus son épaule, surveillant d'un air approbateur ses efforts pour le rattraper.

Elle avait versé un semblant de larmes quand elle était avec le colonel : son mascara s'était un peu dilué. La dignité chèrement acquise de son arrivée s'envolait rapidement. Déjà son chemisier se froissait, ses dessous de bras étaient moites, et elle portait toujours son sac en PVC. Ils allèrent seulement deux rues plus loin, dans un établissement aussi éloigné de l'aristocratie du Spoon que le quartier le permettait. Ce pub était rempli de touristes, jeunes, incroyablement beaux, blonds aux vêtements criards, les filles en short qui buvaient de la bière tiède en grimaçant, avant d'en commander d'autres.

Ils y restèrent une heure, Cath au bitter lemon, Joe qui s'envoya deux autres verres plus costauds derrière la cravate, reluquant les filles. Cath paya les tournées sans protester. Ils allèrent ensuite dans un autre endroit, légèrement pire et encore plus peuplé. Joe menait le train, Cath suivait. Il lui raconta le cambriolage, sans fournir de détails. Il ne lui demanda pas comment elle allait, ce qu'elle avait fait, comment elle s'en était tirée. Elle lui demanda s'il avait mangé convenablement, il lui dit que non. Elle sentait son visage se figer à force de sourire, pendant que Joe causait à des étrangers, se lançait dans de longs monologues, presque rituels, d'humiliation. Bien après minuit, dans le dernier des quatre pubs, où l'alcool coulait encore à flots pour un anniversaire, Cath alla aux toilettes et s'enfuit par la porte du fond.

Le ciel virait au noir, puis la pluie interrompit les jeux de ceux qui avaient le courage de se risquer dehors dans un Londres estival. Près de Sloane Square, les voitures de passage partirent pour d'autres directions et les rues se mirent à luire d'humidité. Dans la demeure d'Emily Eliot, le silence persistait. Dans sa chambre, Jane dessinait avec rage sur du papier listing bien après l'heure du coucher. Emily était au lit depuis longtemps, seule. Alistair était dans son bureau, il ne travaillait pas vraiment, il contemplait les murs, réfléchissait à d'autres procès que celui qui commençait le lendemain, s'inquiétait de la société, du monde en général, des factures et de tout sauf de lui-même. Il aurait aimé être saoul pour oublier, éviter d'avoir à se dire qu'il y avait des fois où il n'aimait pas beaucoup Mrs. Eliot, quand bien même il l'adorait.

Quelque part au milieu d'une tonne de culpabilité diffuse à cause de ce qu'il avait mal fait, Alistair se revit passer devant le Spoon au cours de la soirée, résister à la tentation de s'arrêter prendre un verre, remarquer le vieil homme, à côté d'un visage familier qui l'avait hanté jusqu'à chez lui. Cath : voilà, cela lui revenait maintenant, sauf que cela le rendit encore plus coupable. C'était Cath, bien sûr, avec sa façon de s'asseoir, un peu voûtée, et ce sourire secret, et dire qu'il ne l'avait pas reconnue ! Alistair éprouva le besoin de parler à quelqu'un de sage hors du cercle familial, afin de tirer au clair ses propres émotions. Seuls Geoffrey Bailey et Helen West avaient le degré de détachement nécessaire pour l'écouter quand il ne savait pas ce qu'il voulait dire. Il alla dans la chambre de son fils, à l'arrière de la maison, remarqua la fenêtre ouverte et l'absence du garçon. Une odeur de cigarette flottait encore dans l'air, ce qui expliquait sa soudaine passion pour l'air frais ; pourquoi ne fumait-il pas ouvertement, au lieu de faire cela comme s'il s'agissait d'un plaisir interdit ? Il y avait tant de crimes plus graves, la cruauté, la sauvagerie, le manque d'honnêteté et l'aveuglement délibéré, par exemple.

La pluie le rendit plus à l'aise ; il se pencha par la fenêtre. En bas, la lumière de la chambre de Jane éclairait le jardin, et illuminait la terre retournée devant sa fenêtre. Le parfum qu'Alistair avait accepté des mains de Joe Boyce, mais qu'il n'avait pas encore montré à sa femme, était rangé dans le tiroir inférieur de son bureau, sa présence l'obsédait. Au plus profond de son cœur, il savait qu'elle avait agi d'instinct, mais il savait aussi que Cath, leur victime, n'était pas une voleuse.

Cath était incapable de bouger. Elle laissa passer deux bus, puis trois, et resta sous l'abri à l'attendre. Joe Boyce avait atteint le point où Cath l'avait vu maintes soirées à la maison, toute passion, toute agressivité éteinte, ce qui le mettait dans un état où il était doux et mou comme un jouet en peluche. Tanguant vers l'arrêt du bus, il fut démesurément content de la voir et affectueux, il tenait à peine sur ses jambes, les derniers restes de sa mémoire récente envolés. Ils formaient un triangle sous l'auvent, Joe couché contre elle pour garder l'équilibre, Cath, adossée à l'abri, le laissait sangloter dans son oreille.

— Oh, Cath, je m'excuse, Cath, je t'aime, tu sais, Cath... Pourquoi tu m'as fait ça, Cath, comment t'as pu... Je t'aime, Cath.

La litanie continua, interrompue çà et là le temps d'un juron contre le bus qui n'arrivait pas. L'ignominie de sa soirée ne la troublait plus : elle avait de l'argent pour un taxi, mais n'en chercha pas, elle resta là à attendre le 59, le bus de nuit, pour qu'il les ramène chez eux, comme si elle avait toujours su que les choses se passeraient ainsi.

Le bus apparut d'un coup dans la nuit, le bas à moitié vide, l'impériale un tiers pleine. Il y eut quelques regards de désapprobation quand Cath joua des coudes pour pousser Joe à l'étage, puis l'installer au premier rang, où il ne dérangerait personne, tandis qu'il pouffait tout du long comme si elle le chatouillait. Elle s'assit, le bras de Joe autour de son cou, pesant, qui la poussait presque dans l'allée, et il continuait à marmonner : je t'aime, Cath, tu sais bien que je t'aime, et elle qui essayait de le faire taire comme s'il s'agissait d'un enfant alors que le receveur contrôlait leur carte et s'éloignait en claquant la langue, hochant la tête devant la futilité du genre humain. Puis, avec un soupir, Joe glissa contre la vitre et appuya son visage contre le panneau. Sa capacité à tout oublier, mais, surtout, à plonger dans un sommeil aussi profond qu'instantané avait toujours émerveillé Cath. Elle l'enviait pour cela, n'y arrivait elle-même que rarement, et rêvait tout le temps d'y parvenir.

Le sommeil adoucit ses traits, fit passer l'expression de sa bouche de l'amertume à la générosité. Cath regarda droit devant elle pendant que le bus fonçait dans le crachin, dépassait les théâtres désertés de Shaftsbury Avenue où des lumières laissaient entrevoir une promesse de vie dans les salles de jeu et dans les galeries de machines à sous, dernier repaire des maquereaux, des rabatteurs et de tous ceux qui cherchaient désespérément des distractions. Devant ses yeux, le Londres nocturne pren forme et dévoilait la honte : des sans-abri dormant sous des porches, des fêtards ivres montant pour un ou deux arrêts, des serveurs de restaurants, derniers à s'aventurer dans le noir. Lorsque le bus atteignit Islington, presque vide de nouveau, il obliqua vers l'est, faisant trembler les fenêtres en traversant des rues étroites. Joe se tassa encore sur son siège, il ronflait, mains croisées sur la poitrine, jambes étendues, et lui laissait à peine la place pour s'asseoir. Derrière elle, près de l'escalier, trois autres passagers dormaient aussi, l'un d'eux bruyamment. La chemise de Joe était remontée et dévoilait son ventre. Son pantalon avait glissé quand il avait grimpé les marches. Comme son beau-frère, il commençait à avoir de la bedaine.

Cath se pencha et l'embrassa sur la joue. Je t'ai donné ta chance, murmura-t-elle. Je t'ai laissé l'occasion de t'occuper de moi, et tu ne l'as pas saisie. Je ne peux plus rien, mon amour. Alors, elle plongea une main dans son sac en PVC et en retira la baïonnette. Rouillée, certes, mais de nouveau aiguisée après l'avoir été mille fois, de sorte que sa lame avait raccourci de moitié, polie et luisante. Damien lui avait appris comment faire, il y avait bien longtemps, quand ils apprenaient tous deux à rendre chaque objet utile, même une baïonnette. Joe ou Damien, elle ne savait plus ; il n'y avait que les hommes pour se croire les seuls à savoir aiguiser une lame, un truc qu'ils apprenaient en fréquentant d'autres hommes.

Son bras enlaçait les épaules de Joe, elle le maintint avec fermeté pendant qu'elle plongeait la lame dans son ventre. Elle pensa par inadvertance combien cela aurait été plus facile avec un couteau de cuisine, si un tel ustensile n'était pas, d'une certaine manière, sacro-saint. Pendant qu'elle enfonçait la baïonnette, avec la même énergie que celle dont elle faisait preuve dans ses ménages, elle se pencha sur lui, lui bâillonna la bouche d'une main, comme elle avait déjà fait quand le receveur les avait regardés, et tira la lame vers elle, la tourna, l'enfonça de nouveau malgré la résistance, puis recommença, de gauche à droite, avec méthode, un peu comme pour passer l'aspirateur sur les marches. La grande feuille de plastique, piquée au linge d'Emily qui sortait du nettoyage à sec et qu'elle utilisait maintenant comme tablier, crissa quand elle tourna une deuxième fois la lame dans le ventre. Cath avait une passion pour la propreté et elle ne voulait surtout pas se salir : elle tenait trop à sa jupe. Joe écarquilla les yeux, des bulles d'écume se formèrent sur sa bouche, il se débattit faiblement par spasmes. Elle le serra plus fort ; elle était musclée comme un bœuf. De derrière, ils ressemblaient à un couple en train de se bécoter. Les petits aboiements qu'il émettait auraient pu être ceux d'un homme émoustillé par des caresses intimes.

Avant que le sang ne jaillisse, Cath recouvrit Joe de sa veste qui était à moitié tombée de ses épaules quand il avait titubé vers l'arrêt du bus. Elle s'essuya d'abord les mains dessus, puis elle jeta un regard à la ronde avant de retirer la baïonnette, surprise de la résistance tenace qu'elle lui opposait, pestant entre ses dents contre l'inefficacité de l'outil, et elle examina en même temps sa jupe aux motifs floraux et son chemisier noir, cherchant les dégâts éventuels. Il y avait peu de taches. Le bus dépassa St Paul's Road en coup de vent et entra dans Hackney. Cath attendit quelque temps, se dégagea avec un soin minutieux de Joe. Elle était à un ou deux kilomètres de chez elle.

Le destin lui avait donné l'arme. Le destin gouvernait sa vie. Un enfant lui avait remis la baïonnette. C'était prédestiné.

Quand elle descendit du bus, à cinq stations du terminus, entourée et masquée par trois adolescents qui recherchaient un club ouvert toute la nuit dont ils avaient entendu parler, elle avait l'air d'une serveuse ordinaire rentrant chez elle après le travail plutôt que d'une femme de retour d'une virée nocturne. Elle prit garde de se taire et se dirigea vers la cité Bevan. La baïonnette dans son sac en PVC, Cath emprunta les voies principales d'une démarche altière, ses petits talons heurtaient le pavé avec un bruit de défi. Personne ne bougea. Pas de raccourcis, pas besoin de marcher dans l'ombre. Tiens-toi droite et fière : on lui avait dit que c'était, pour une femme, le meilleur moyen de ne pas avoir d'ennuis.

Dans l'escalier, parvenue à mi-chemin, transpirant, effaçant les restes du mascara, aveuglée par les larmes qui ruisselaient jusque dans sa bouche, Cath se rappela combien l'endroit était dangereux. Elle pleura encore, parce qu'elle l'avait aimé.

13

Helen West rêvassait, elle repassait plusieurs scènes dans sa tête. Scène un : la porte s'ouvrait, Bailey franchissait le seuil, suffoquait d'admiration et tombait à ses pieds. Scène deux : ils donnaient une fête, tout se passait bien. Scène trois : elle, dans sa chambre, en train de prêcher hypocritement à Emily Eliot et à Redwood les joies de la vie de célibataire. Scène quatre : la porte s'ouvrait de nouveau, mais cette fois pour laisser entrer un inconnu, un homme sérieux avec un physique diamétralement opposé à celui de Bailey, il portait un bouquet de fleurs et lui disait : « Quel bel appartement vous avez, Helen ; quel goût exquis ; épousez-moi dès demain et cessez tout de suite de travailler. » Scène cinq : même chose mais avec un bouquet encore plus impressionnant. Scène suivante, sans doute la plus réaliste : la porte s'ouvrait, Bailey attendait sur le seuil, refusant d'entrer, elle se précipitait pour l'accueillir et se prenait les pieds dans la nouvelle moquette. La dernière séquence voyait Bailey et elle assis près du feu dans le salon doré, tels Darby et Joan [1]. Là, le film se cassait net.

Incapable de saisir la signification de ses rêveries chimériques, Helen en avait honte. La soirée du mardi était déjà bien entamée, elle avait effectué les dernières touches, ajouté deux nouvelles plantes et quelques fleurs dans la cuisine. Elle était tellement impressionnée par la

---

1. Célèbre couple de petits vieux tranquilles. (*N.d.T.*)

splendeur de son appartement qu'elle avait été tentée de téléphoner à Bailey pour le prévenir que s'il ne s'évanouissait pas à la vue de cette merveille, il encourrait de sévères récriminations ; mais cela aurait gâché la surprise.

Elle s'en voulut de rêvasser, c'était encore une faiblesse. Elle ne pouvait prétendre ne pas être influencée par ce qu'elle voyait ou lisait ; elle n'était pas immunisée contre le romantisme ni le besoin de sécurité encensés par les mères de famille et les magazines, bien que son expérience lui eût appris à ne pas en attendre grand-chose. Les cloches du mariage étaient une musique réservée aux jeunes. Helen ne voulait pas d'un *ménage* solide, style Emily Eliot, mais ne savait pas non plus comment s'empêcher d'en avoir envie, ni comment fermer ses oreilles à la propagande flatteuse en faveur du mariage. Ainsi, femme mûre, plus émancipée que beaucoup, maîtresse de tout ce qu'elle embrassait du regard dans son appartement élégant, avec de la vraie nourriture dans la cuisine, elle attendait son homme avec toute la subtilité d'une prostituée de rue.

Cher Bailey, sauve-moi d'une soirée à ne rien faire, sinon à éplucher mon compte bancaire. Même si je n'ai pas tout fait toute seule, pourrais-tu, pour une fois, me féliciter ? Même si tu ne m'aimes pas vraiment, admire au moins mon œuvre.

Il avait une clé. Elle avait ôté le survêtement crasseux qu'elle avait mis pour épousseter les livres et accrocher les tableaux, portait désormais une simple chemise à rayures voyantes, un jean propre coupé aux genoux et marchait pieds nus pour mieux profiter de sa moquette. Même dans son humeur actuelle, elle ne supportait pas les manières et n'avait mis qu'une goutte de parfum pour masquer l'odeur de la cigarette et de la peinture.

Bailey lui déposa un baiser sur la joue et alla directement dans la cuisine, la pièce qui de toute la demeure avait subi les modifications les moins radicales. Il ouvrit le réfrigérateur, ignora son contenu abondant, sortit une bière et s'adossa au mur en soupirant.

— Qu'est-ce que tu en penses ? demanda-t-elle.

— Qu'est-ce que je pense de quoi ? fit-il en contemplant le jardin d'un œil fixe. Dis donc, ta femme de ménage est venue aujourd'hui ?

Ce n'était pas une quête d'informations, plutôt une question agressive, et il refusait de se retourner et de la regarder en face. Ou d'examiner les merveilles de l'entrée. Son ton autoritaire déclencha chez elle une colère montante, un frisson d'angoisse et un mensonge spontané.

— Non, pourquoi ?

Cath était venue, ce qui avait surpris Helen à son retour. Elles s'étaient croisées, pas longtemps, une demi-heure, ce n'était donc pas un gros mensonge. Leur rencontre n'avait pas été agréable, Helen préféra l'oublier pour l'instant.

— Son mari a été tué. Dans le bus, tard la nuit dernière. Comme ils avaient oublié de vérifier s'il y avait encore des passagers à bord, ils n'ont découvert le corps que ce matin. Il n'avait pas de portefeuille. Je ne suis pas allé l'identifier avant cet après-midi. On n'a pas réussi à la localiser.

Il dit cela comme une accusation. Helen s'appuya sur la table de la cuisine, consternée.

— Comment a-t-il été tué ?

— Poignardé. Minutieusement. Il aurait pu survivre quand même, s'il n'était resté si longtemps à perdre son sang. A l'odeur de ses vêtements et de son vomi, il était saoul comme un cochon. (Il s'effondra sur l'évier.) Je ne sais pas pourquoi j'ai cru qu'elle serait ici. Les gens ont tendance à venir vers toi, c'est tout. J'aurais dû aller chez elle et attendre. Il faut que quelqu'un le lui apprenne. Je n'ai pas trop envie que ce soit Ryan.

— Tu sais, j'ai cru un instant que tu allais dire qu'elle avait un rapport avec sa mort. Qu'elle l'aurait tué, je ne sais pas.

Il la regarda, l'œil vague, sa manière à lui de s'apprêter à mentir.

— Pourquoi j'aurais pensé ça ?

— Je n'ai pas dit...

— Bon. Faut que j'y aille.

— Je mets juste des chaussures. Attends une seconde.

Il avala les dernières gouttes de bière et se tourna vers Helen.

— T'as pas besoin de chaussures. Pourquoi tu mets des chaussures ? Qu'est-ce que tu fais ?

— Je viens avec toi. Ecoute, c'est pas que je l'aime mais autant que je sache elle n'a pas de meilleure alliée que moi. Ça vaut mieux qu'un grand flic qui lui dit brutalement : saviez-vous que votre mari était mort, madame ? Attends-moi.

Elle fonça hors de la cuisine, et, comme dans une scène de ses rêveries diurnes, trébucha sur la nouvelle moquette ; il la retint par la main, sans ménagement.

— Non ! Je ne t'emmène nulle part. Pas question. Je ne veux pas que tu viennes, c'est compris ? Je travaille, figure-toi. Je ne veux pas que tu viennes là où je vais.

— Moi, je veux venir. Bon Dieu, c'est pas moi qui vais faire des dégâts. Qu'est-ce que tu vas faire qui n'exige aucun témoin ? Si tu ne m'emmènes pas, j'irai toute seule.

— Tu ne sais même pas où elle habite.

— Les HLM sur la ligne du 59. Dernier étage, j'ai vu où c'était.

— Quelle HLM ? Quel est le numéro de l'appartement ? Ne sois pas bête.

Soudain calme, elle s'appuya contre la porte pour lui barrer la route.

— Ecoute-moi une minute. Tu vas aller annoncer à une pauvre femme persécutée que son mari est mort. C'était peut-être un salaud et elle n'est pas ce que j'appellerais une amie, mais j'ai de l'estime pour elle et elle me connaît, alors pourquoi est-ce que je ne peux pas venir avec toi, même si c'est pour attendre dans ta voiture ? La seule raison, c'est que tu ne veux pas me laisser partager les choses importantes de ta vie. Tu préférerais une ravissante potiche écervelée que tu peux emmener au bar pour pas un rond. Si tu n'as pas de meilleure excuse, on ne peut aller nulle part toi et moi. Tu m'as comprise ? Bon, je vais chercher mes chaussures.

Il frissonna, comme transi. Helen sentit le souffle glacial et entendit la porte d'entrée claquer avant d'arriver à sa chambre. Elle s'assit dans le salon doré, honteuse de sa culpabilité rageuse. C'était le jour du Jugement. Elle n'était qu'une faible femme qui préférait ignorer le monde et peindre son appartement tranquille.

Le studio de Damien Flood avait été retourné de fond en comble. Un trou dans la porte indiquait l'endroit où le verrou avait été maladroitement arraché à coups de burin, lentement et à grand bruit. On n'avait pas essayé de le remettre en place. L'œuvre était récente. A l'intérieur, il n'y avait pas eu grand-chose à voler : pas de magnétoscope, pas d'appareil photo, pas d'ordinateur, rien pour rembourser le temps perdu. Témoignage de destruction gratuite, comme si les cambrioleurs en culottes courtes s'étaient fatigués, ils avaient vidé du sucre et du lait en poudre par terre, éparpillé des tranches de pain, renversé une étagère de fortune, construite avec des planches et des parpaings, cassé deux chopes à thé. Pas de fèces ni de graffitis ; les manifestations envieuses n'avaient pas lieu d'être dans un studio aussi désert. Bailey se dit que les gosses s'en étaient servis comme d'un terrain de jeu provisoire.

Il remarqua sur le mur un bouquet de marguerites, motif qu'il retrouva sur deux torchons jetés en travers d'une chaise, comme si quelqu'un avait essayé d'apporter une touche personnelle à l'anonymat du lieu. Bailey sentit sa frustration s'évaporer, remplacée par de la pitié pour l'occupante. Où que soit Mary Catherine Boyce, la vie la poussait à bout.

Sa pitié avait grandi dans des proportions démesurées lorsqu'il arriva enfin dans l'appartement de Cath et de Joe Boyce. La jeune voisine du dessous avait essayé de lui fermer la porte au nez, comme s'il était un témoin de Jehovah venu sauver son âme. Oui, elle s'était absentée toute la journée ; elle l'avait déjà dit, non ? Et l'appartement avait été cambriolé le samedi soir : c'est pour ça qu'il était là ? Ils avaient tous entendu l'homme qui habitait ici tourner en rond et hurler à son retour. Il n'avait fait que ça tout le dimanche, c'était pas leurs oignons.

Bailey grimpa l'escalier, poussa la porte de l'épaule. Elle ne semblait pas fortifiée, ayant été récemment cassée par des spécialistes, elle céda à la première pression. Rien à l'intérieur n'indiquait qu'il y avait eu un cambriolage, à peine un vide qui était d'autant plus pathétique que le salon, la cuisine et la salle de bains montraient des signes d'économies de bouts de chandelle assidus. Là aussi, il y avait des marguerites sur les murs ; des étagères de la même veine que chez Damien. Il y avait les détritus auxquels on pouvait s'attendre de la part d'un homme marié abandonné pendant une semaine, quelques assiettes sales, de la crasse accumulée sur l'égouttoir, tout cela jurant avec une forte odeur de Javel. Bailey ramassa un torchon orné de marguerites, et s'en protégea les mains pour fouiller dans le vieux meuble de cuisine, cabossé, amoureusement laqué à une époque ancienne de sa vénérable existence. Dans le tiroir aux couverts, il trouva une vieille baïonnette parmi les couteaux. Il la saisit avec le torchon et l'emporta dans le salon pour l'examiner à la lumière. Le dessin du torchon, les étagères de fortune, les marguerites sur le mur le choquaient d'une certaine manière davantage que la baïonnette. La planque de Damien, l'appartement de Joe Boyce : tous deux dominés par la même présence féminine.

Bailey s'efforça d'imaginer le temps qu'il fallait pour aiguiser une lame inflexible, destinée aux bottes énergiques plutôt qu'aux pratiques chirurgicales délicates. Quelqu'un avait affûté la lame sur une meule pour obtenir un objet tranchant. Il y avait des traces sur un des parpaings des étagères ; Bailey se rappela sa mère, dans la cour arrière, en train d'aiguiser un couteau à découper contre le mur.

On n'avait jamais fouillé l'appartement, Boyce n'avait jamais été soupçonné. Bailey ne comprit pas pourquoi la baïonnette avait été laissée là, même par Joe Boyce. Joe aurait pu la conserver dans son étui, parmi ses objets militaires, au-dessus du bar du Spoon, ou l'emporter avec lui après avoir été agressé en rentrant chez lui ; les assassins se conduisaient toujours comme des imbéciles, mais rien n'expliquait vraiment pourquoi la baïonnette était l'outil le plus propre et le plus accusateur dans un tiroir par ailleurs crasseux, rien n'expliquait non plus l'odeur envahissante de Javel qui flottait autour de l'évier.

Il entendit alors une chute au-dessus de sa tête, une voix plaintive appeler :

— C'est toi, Joe ? Je suis malade, Joe, fais-moi du thé. J'ai mal, Joe, j'ai mal partout...

La voix résonnait, l'air devint soudain froid. La voix répétait inlassablement la même rengaine, bafouillante. J'ai mal, Joe, fais-moi du thé. On aurait dit le refrain d'une chanson ; cela finit par énerver Bailey.

— Descendez ! cria-t-il.

Pauvre conne ; peut-être tellement habituée à l'obéissance qu'elle aurait obéi aux ordres d'un voleur, du moment que c'était un homme. Des pas pesants dans l'escalier, puis une silhouette entra dans la pièce étouffante, lentement, en tremblant.

— Bonjour, murmura Mary Catherine Boyce sans rancœur ni surprise. Si vous êtes venu prendre des trucs, vous fatiguez pas. Quelqu'un a déjà tout emporté. Joe va être dans une rage folle. J'aurais dû être là, vous comprenez, sauf que j'y étais pas. J'étais ailleurs. Il fait tellement chaud aujourd'hui. On a emporté tous les cartons.

C'était la voix geignarde d'une petite fille, qui avait la manie de sucer son pouce par une sorte de démence d'adulte. Cath vacilla, soupira et se remit à parler, avec difficulté.

— C'est que je suis un peu ivre, voyez. Je me disais que si ça marchait pour lui, ça marcherait pour moi, même si je déteste le goût. Et pis comme ça, s'il me frappe, je sentirai peut-être rien.

Elle souriait bêtement, ahurie, entièrement nue, les bras croisés sur sa poitrine, les cheveux raides et ternes, son ventre bosselé plissé au-dessus du bourrelet d'une cicatrice. Elle hocha la tête.

— Ça ne marche pas, vous savez. Je ne comprends pas comment il peut croire que ça marche, ça me fait rien à moi.

— Je suis officier de police, Mrs. Boyce, Joe est mort.

Elle se mit à gémir, tel un animal blessé.

Bailey n'avait pas sa radio et les cambrioleurs avaient emporté le téléphone. Il avait suffisamment de raisons d'oublier la marche à suivre, telle qu'appeler pour avoir de l'aide, faire venir une femme inspecteur, tout ça. Au lieu de cela, il lui tourna le dos, mit la bouilloire sous le robinet et cria par-dessus l'eau qui coulait et ses gémissements désespérés.

— Je fais du thé, chérie. Sois gentille, va chercher des vêtements.

Sa pitié avait grandi jusqu'à former une boule dans sa gorge, jusqu'à l'étouffer. Il pensait à tous les lambdas du monde, abusés par leurs semblables, à une jolie femme qui se rendait repoussante à force d'être pitoyable. Il pensait aussi à Joe Boyce, brinquebalé sur l'impériale d'un autobus vide, gisant dans son propre vomi, mourant davantage d'asphyxie et du sang perdu que de ses blessures maladroites. Il pensait aussi que cette femme avait été constamment présente dans deux foyers plutôt que dans un seul. Est-ce que la cuisine d'Helen, ou celle d'Emily, avait des torchons ornés de marguerites ? Pendant que son esprit tournait à la vitesse de son réveil défaillant, il se demanda comment il formulerait son rapport au Crown Prosecution Service, aux procureurs comme Helen, tellement éloignés de tout, mais qui s'imaginaient travailler dans l'intérêt de la justice, ce qui était loin d'être son cas à lui. Il pensa à la conclusion : insuffisance de preuves, marchandage sur la nature des charges, et à toutes les inepties entre les deux.

Helen trouva les chaussures et les clés de voiture. Ce genre de voiture serait en sécurité où qu'elle aille et comme elle se sentait aussi séduisante qu'une lépreuse, elle serait en sécurité elle aussi. Direction l'est. Loin des maisons bourgeoises, à la périphérie de la métropole. Le 59 passa en ronronnant au bout de la rue ; elle le suivit.

Elle n'avait pas la sensation de suivre une étoile, comme les trois rois dans un autre désert à la poursuite d'un message divin, espoir au lieu de désespoir ; c'était simplement cela ou ne rien faire.

A neuf heures, la lumière déclinait, avec ce lent regret

qui annonce l'inexorable déclin de l'été. Ombres allongées, chaleur emmagasinée dans les briques, fleurs effilochées et gazon jauni entre les immeubles, les arbres du nord de Londres étaient encore verts, les haies des jardins magnifiques. Helen ne se sentait pas gênée de suivre un bus. A cette heure tardive, la circulation était fluide, les conducteurs déterminés. Personne ne fit attention à elle. Le bus lui-même brûla des arrêts, ombrageux, tel un chat asocial. Sur le papier, Helen connaissait les rues, certaines témoignaient de splendeurs actuelles ou passées, d'autres avaient leur histoire, d'autres une dominante ethnique, courageuse et active dans le jour finissant. Elle chercha des repères, s'arrêta en même temps que le bus, le long de terrains de jeu, regarda un match de football sur un gazon jauni, redémarra. Elle se dit qu'elle aurait été davantage en sécurité dans le bus, dépouillée de la coquille que procurait la voiture, puis elle se souvint de Joe.

Un carrefour important, un feu rouge, des jeunes s'avancèrent en bande, jetèrent de l'eau sur son pare-brise et commencèrent à le nettoyer. Helen n'avait pas de monnaie, elle emballa le moteur et bondit dès que le feu passa au vert. Un jeune brandit un poing rageur et l'insulta, les autres reculèrent : mauvais choix, mauvaise voiture. Hackney émergea devant son pare-brise barbouillé de crasse et de savon, le pot d'échappement du bus cracha une fumée bleue. Et, lorsqu'elle vit où elle était, se dressèrent les panneaux du périphérique, des pancartes locales, un pub particulier et le panneau de la gare, puis apparurent sur sa gauche les immeubles que Cath lui avait désignés. Il n'y avait pas de voitures derrière elle, personne ne protesta contre la brusque manœuvre qu'elle fit pour se diriger vers la cité Bevan.

Entre deux autres véhicules — une épave et un autre aux premiers stades de la réparation —, celui d'Helen avait l'air d'être seulement en attente de soins. Et c'est là qu'elle s'aventura par cette soirée étouffante. Descendre la colline, entrer dans l'immeuble, trouver l'ascenseur, appuyer sur le bouton, attendre en vain jusqu'à ce que quelqu'un passe en courant et récompense son optimisme par un salut obscène et un sourire narquois. Elle considéra la cage d'escalier sombre qu'il lui désignait. Elle connaissait ces endroits sur le papier, elle avait une carte de la ville où elle vivait, sur le papier. Elle était aussi capable de gravir un escalier.

La cicatrice sur son front se réveilla, Helen n'arrivait pas à réprimer tout à fait les souvenirs de peur et de douleur. Elle ressentit le mépris de Bailey, et se rappela enfin ce que Cath avait dit. Elle partait quand Helen était arrivée, plus ou moins perturbée de la trouver là — la veille devait être leur dernier jour ; Helen n'avait plus besoin d'autre chose que d'une femme de ménage, Cath pas d'autre aide que des employeurs fixes. Elle avait eu l'impression d'être envahie, ce qui l'avait rendue cassante, jusqu'à ce que Cath dise, d'un ton humble, qu'elle était juste passée voir comment c'était une fois tout terminé. La vue de Cath, avec un grand sac-poubelle, qui emportait les restes de peinture sans le lui avoir demandé au préalable, avait rendu Helen aussi mesquine qu'outragée. Vous n'en avez pas besoin, avait fait remarquer Cath, blessée et sur la défensive ; je croyais que ça vous serait égal. Je vais repeindre mon appart, maintenant que j'ai vu ce qu'on pouvait faire avec le vôtre. Personne ne s'en mêlera, cette fois.

Il n'y avait pas eu d'invitation, encore moins de tentative de demander comment s'était passée la fameuse soirée de Cath avec son homme. Emily Eliot n'était pas au courant ; Helen ne croyait pas que quiconque le soit, hormis Mary Secura, Bailey encore moins. Une grande sortie, une surprise, Joe était saoul. Il était rentré en bus. Cath détestait le bus. Cath savait en prenant la peinture que, où qu'il soit allé, Joe Boyce ne rentrerait pas.

Personne n'avait réussi à la trouver, avait dit Bailey. Parce qu'elle s'était cachée chez Helen jusqu'à son retour, faisant des projets, se trompant sur l'heure. Et si Cath disait que personne n'allait se mêler de ses projets domestiques, elle ne pouvait que faire allusion à lui. Lui, son homme jusqu'à-ce-que-la-mort-nous-sépare.

C'est quelque part sur le chemin du retour qu'Helen en vint à la conclusion qu'elle ne dirait rien à moins qu'on l'interroge. Et tant pis si Cath était coupable de complicité de meurtre. Même si cela allait entièrement contre ses principes et contre sa croyance en une justice selon les règles. Vagues souvenirs de l'amertume de Mary. Occupez-vous de vos affaires. Surveillez vos manières. Le fait était que dans toutes les affaires dont elle s'était occupée, il n'y avait eu qu'un mari, potentiellement meurtrier, condamné sur douze, qu'elle avait regardé Cath se débattre pour se construire une autre vie sans lui offrir réellement d'aide, alors qu'elle restait sur la touche, travaillant pour l'intérêt de la justice. La justice dont on disait, tant que c'est pas cassé, c'est pas la peine de réparer. Helen rebroussa chemin pour rentrer chez elle, ah, son chez-elle !

— J'imagine que c'est elle qui vous a envoyé, vous aussi, dit Cath. Elle n'arrête pas de m'envoyer des gens.
Sa voix avait gardé un ton geignard, mais le côté enfantin avait disparu avec le thé.
— Qui ça, elle ? demanda doucement Bailey.
— Helen. La dame pour qui je travaillais. De la décoration que c'était. J'y retournerai pas. D'ailleurs, elle veut plus de moi. Une pingre, cette dame, une esclavagiste. Elle me faisait travailler dur. Elle oubliait toujours de me payer, fallait que je me batte pour avoir mes sous.
Bailey n'arrivait pas à assimiler cette description d'Helen avec la vérité, même s'il voyait bien que Mary Catherine Boyce était dans un état dans lequel l'exactitude était improbable et la vérité, si toutefois elle émergeait, serait accidentelle. C'était le genre d'accident qu'il appelait de ses vœux ; la vérité, sortant d'une rue de traverse avant que le conducteur ne s'aperçoive qu'il avait fait fausse route. Il l'avait sous-estimée. Cath avait l'habitude d'être sous-estimée. C'était une des caractéristiques de sa vie, qui équivalait au mépris.
— J'aime pas beaucoup ce thé, grommela-t-elle. Vous avez mis du sucre ?
— Plein. Dis-moi, Cath, que faisait la baïonnette dans le tiroir de la cuisine ?
— Je pouvais quand même pas la jeter ! rétorqua-t-elle

en le regardant comme s'il lui avait fait une proposition malhonnête. Je jette jamais rien.

— Oh, je ne sais pas. C'est parfois une bonne idée de se débarrasser des trucs inutiles. Ça fait place nette.

Elle acquiesça vigoureusement, comme s'il venait d'adhérer à une philosophie qui avait cours depuis longtemps.

— Mais c'est Joe, voyez. J'avais pas le droit de jeter ce qu'était à lui. Je savais qu'il l'avait, bien sûr, même s'il la rangeait là-haut avec ses autres machins. Les cambrioleurs l'ont peut-être trouvée et ils l'ont laissée sortie. Il l'a rapportée avec lui la nuit dernière. Il me l'a montrée au pub. Il m'a dit que j'y aurais droit si j'étais pas sage. On devait aller dans un endroit chic, mais ça s'est pas fait. Il s'est saoulé.

Elle se mit à pleurer, à renifler plutôt, il n'y eut pas de larmes, des yeux mouillés tout au plus. Bailey resta imperturbable.

— Je me suis enfuie, reprit Cath. Je me suis enfuie par la porte de derrière du dernier pub où on était et je suis allée prendre le bus, sauf que le bus est pas venu. Ils n'arrivent jamais quand on les attend. Il m'a retrouvée. Il était fâché. Il a sorti ce machin dans le bus. Je croyais qu'il allait me faire la peau. Je me suis battue avec lui pour lui arracher. J'ai pas crié, à quoi ça aurait servi ?, et, de toute façon, je voulais pas qu'on le voie, saoul comme il était. Le machin a glissé et s'est planté dans son ventre. Il riait. J'ai cru qu'il avait pas si mal. Je me suis dit que j'allais me sauver et plus jamais revenir, cette fois. Je peux avoir encore du thé, s'il vous plaît ?

— Tu as dû te rendre compte que tu lui avais fait une belle cicatrice, Cath. Comme celle qu'il avait faite à Damien.

— Oui, acquiesça-t-elle.

Elle hocha la tête avec vigueur, puis se plaqua une main sur la bouche.

— Et comme celle que Damien t'a laissée, il y a longtemps ?

Cath s'était ressaisie.

— Oh, j'en sais rien. La femme flic, Mary, elle m'a dit

qu'on pourrait me l'arranger, mais je l'ai pas crue, pas vraiment.

Bailey garda le silence, réfléchissant encore une fois à son rapport. On allait bientôt le muter, il le savait, il occuperait un bureau, loin de la rue, rempli de rapports interminables. Des rapports qui ne pourraient même pas se fier à ce que disait un suspect sous l'influence de l'alcool, à qui on n'avait même pas rappelé ses droits. Vous n'êtes pas obligé de répondre, mais si vous répondez, tout ce que vous direz sera retenu contre vous.

— Je crois que j'avais deviné pour Joe et Damien, reprit Cath, comme s'il s'agissait d'une conversation banale. Vous savez, des trucs que Joe laissait échapper quand il me frappait. Toi et ton frère, y en a pas un pour rattraper l'autre, ce genre de truc. Il fallait qu'il paie, qu'il disait : il peut pas te faire ça, et ne pas payer. Je croyais qu'il parlait de Damien qu'était pas là quand j'étais enceinte. Il ne savait pas que c'était le bébé de Damien. Je ne savais pas comment il avait tué Damien jusqu'à ce que je voie ce couteau la nuit dernière. Je me disais : pourquoi pas avoir utilisé un vrai couteau ? Mais j'imagine qu'il ne pouvait pas. S'il avait pris des trucs dans la cuisine, je l'aurais remarqué. J'ai compris quand j'ai vu cette vieille lame. Il n'aurait jamais utilisé un machin neuf. Il aurait pas pu. Il aurait eu peur de l'esquinter.

Bailey lui remplit de nouveau sa chope de thé. Il était orange. Il ajouta trois bonnes cuillerées de sucre.

— Damien t'a fait une jolie cicatrice sur le ventre, hein ? Ensuite, Damien se fait couper le bide, exactement comme toi. Mais sans anesthésie, cette fois. C'est l'œuvre de Joe. Est-ce que tu as tué Joe par vengeance, Cath ? Pour Damien, ou pour tous les coups que tu as reçus ?

— Le tuer ? fit Cath, tremblante, les yeux exorbités. Le tuer ? J'aurais jamais tué Joe. Ça m'est pas venu à l'esprit. Je l'aimais. Je l'aimais. Vous comprenez rien. C'est un autre qui l'a tué. Moi, je l'aimais.

— Il faut qu'on y aille, Cath. Ça risque de durer un bout de temps. Tu veux emporter des affaires ?

Elle regarda autour d'elle, dans un état de confusion totale.

— Des affaires, quelles affaires ? Y reste plus rien, et je... de toute façon, j'ai même pas de sac.

Bailey la fit sortir avec la déférence d'un cavalier pour sa danseuse ; les idées défilaient dans sa tête à vitesse grand V. Faire surveiller la maison, et la fouiller de fond en comble. Inutile, elle a été cambriolée par des spécialistes. Un interrogatoire dans les règles, faudra qu'une femme s'en charge. Même à moitié sobre, Cath pouvait la boucler, on peut pas la blâmer pour ça. Oui, elle avait fait à son homme ce qu'il avait fait à son frère, mais si elle ne disait rien ? Si elle disait qu'elle était rentrée seule ? D'après ce que Bailey savait, elle avait quitté le pub longtemps avant Joe. Il obtiendrait, au mieux, des poursuites judiciaires, sous le regard de la presse parce que ça s'était passé dans un bus. On n'arriverait même pas à la condamner pour homicide par imprudence, pas une femme battue, pas avec son passé. Une condamnation de pure forme. L'histoire du jour, discutée dans les éditoriaux. Au moins, un jeune accusé de meurtre ne plongerait peut-être pas assez longtemps pour comprendre pourquoi. Bailey se dit que c'était, somme toute, une réussite, la meilleure qu'il pouvait obtenir.

— Autre chose, dit-il, une fois qu'ils furent dans sa voiture, et pendant qu'elle tapotait et caressait le siège, comme si c'était un chat. Tu as continué à aller avec ton frère Damien, tu faisais toujours l'amour avec lui ? Après avoir épousé Joe, je veux dire.

C'était une question formelle, qui se termina par le clic de la ceinture de sécurité. Ce qui était dit dans les véhicules ne comptait plus comme preuve, de nos jours ; il ne pourrait pas utiliser ce qu'elle allait lui répondre. Dans la lumière des réverbères, les yeux de Cath brillaient comme des flaques de pluie sur la chaussée blanchâtre.

— Oh, oui, chaque fois qu'il me le demandait. C'était mon frère. Sinon, il aurait dit à Joe que je couchais avec lui avant. Joe adorait Damien, voyez, et de toute façon, j'aimais Damien, moi aussi. Il était tout ce que j'avais jamais eu dans la vie.

Elle s'adossa au siège, tel un enfant qu'on sort.

— Alors, je voulais pas que ça s'arrête, pas vraiment,

250

continua-t-elle. Même pas quand il me surprenait dans le parc. Des fois, il me faisait peur à arriver en douce. Il aimait jouer. Il jouait à cache-cache dans le parc, la nuit. (Elle pouffa, doucement.) Il aimait ça.

Vers minuit, Alistair Eliot téléphona à Helen West. Il était aussi éloigné d'Emily qu'Helen elle-même ; pourtant l'un et l'autre chuchotèrent, comme s'ils avaient peur qu'on les entende.

— Navré de te déranger, dit Alistair.

Il commençait souvent ses déclarations ou requêtes par des excuses.

— Ne dis pas ça, Alistair. Je me suis disputée avec Emily, pas avec toi.

— Oui, je sais, soupira-t-il. On s'est disputés avec elle, toi et moi. A propos de Cath. C'est de ça que je voulais te parler. Ecoute, je crois qu'un de nous devrait aller la voir. Emily dit qu'elle ne sait pas où elle habite. Et toi ?

La honte reparut et s'abattit sur Helen comme une tornade.

— Non, je ne sais pas.

— Eh bien moi, si, dit-il, triomphant. Je l'ai découvert dans une pile de papiers. Tu crois que je devrais aller la voir ? Je me sens tellement coupable à cause de ce qu'on lui a fait. Et je l'ai vue hier soir, devant le pub que tient son mari. Je suis passé devant sans m'arrêter. Elle était très élégante, mais elle avait l'air tellement triste, Helen, et je ne lui ai même pas fait un petit signe. J'y suis retourné aujourd'hui. Il y avait un vieux à la terrasse. Il m'a dit que le mari de Cath l'avait ignorée, qu'il l'avait maltraitée, et qu'il l'avait entraînée, plus tard. Il était ivre. J'aurais pu empêcher ça, Helen. J'aurais pu la sauver, et je suis passé sans m'arrêter.

Helen revit Cath, brutale et sur la défensive. Elle eut une image plus juste de leur grandiose soirée. Elle raffermit sa prise sur le téléphone.

— Non, Alistair, à ta place, je n'irais pas la voir. Il y a eu du nouveau.

— Ah ?

— Un vol, c'est ça ? Du parfum ? Eh bien, je doute

que Cath puisse jamais voler des trucs neufs, mais elle prendrait volontiers des trucs d'occasion. Et elle sait mentir. Sans doute si on la pousse à mentir, mais quand même...

Volubile. Elle voulait qu'il comprenne sans lui fournir les informations qui l'aideraient à comprendre. Elle essayait de parler en langage codé, comme Cath. Bailey était comme ça avec elle la plupart du temps. Alistair devint soudain froid. Il avait l'air à la fois triste et perplexe.

— Tu es comme Emily, dit-il. Tu l'as eue au téléphone. Tu parles comme nos juges avec leurs jugements catégoriques. Ils n'ont pas d'imagination. Et ils n'écoutent pas toujours non plus.

Il y avait un verre de vin rempli à ras bord près du téléphone. Helen le regarda basculer, et ne fit pas un geste quand il se renversa sur la moquette dorée.

14

Le dix septembre les charges à l'encontre d'un jeune homme de dix-huit ans furent réduites de meurtre avec préméditation à celles de rixe — avec coups et blessures. Le jeune homme avait grossi en prison, il ne jouerait plus jamais au billard. Au tribunal, il ne se trouva pas un membre de la famille de la victime pour se plaindre d'une parodie de justice, et la famille du coupable était bien trop soulagée pour protester. Il n'y eut pas d'explication, sinon un bref communiqué disant que la Couronne avait reconnu qu'il y avait eu une intervention humaine entre la rixe et la mort ; en tout cas, un inconnu sans rapport avec l'accusé. Se basant sur les six mois de détention préventive, plus quelques condamnations mineures dans un passé récent, le juge envoya le gredin en prison pour neuf mois supplémentaires. Une période de gestation adéquate, songea Bailey. Il avait dans sa poche la lettre qu'il avait ramassée sur son bureau le matin même, et qui ordonnait sa mutation aux travaux forcés. Désormais, il devrait se charger des plaintes contre la police, et il ne pourrait plus jamais arrêter de regarder sa montre.

Le matin, à son réveil, Cath restait au lit, se pelotonnait tel un serpent dans un nid douillet. Le fond de l'air était frais, pas la peine de se presser. Il valait mieux rester au lit, ouvrir lentement les yeux, caresser son ventre, déplier ses bras et ses jambes, sentir son corps se réveiller, regarder autour d'elle. Elle n'avait pas été plus loin que cette pièce. Elle avait peint les murs en jaune, collé une des marguerites de la cuisine, acheté, sans une ombre de culpabilité, un couvre-lit tout neuf, blanc comme neige. Ce n'était pas le vieux réveil qui l'avait tirée du sommeil, mais la voix dans son crâne. C'est toi ? Est-ce que c'est vraiment toi, allongée à ne rien faire ?

Oui, c'était comme ça qu'elle aimait sa chambre. Nue et propre, comme le salon. Michou Gat disait qu'elle allait bientôt refaire le Spoon, qu'elle jetterait une table et des chaises, avec la vieille moquette. Elle faisait ça tous les ans, disait-elle. Cath l'avait prévenue : ne bazarde pas les meubles, je les prends. Il y aurait forcément aussi de la peinture en rab. Cath aimait travailler au Spoon, elle faisait bien son boulot et elle apprenait vite. Michou avait dit : oui, elle fera l'affaire. Mieux que Joe, finalement. Michou connaissait tout des femmes qui étaient meilleures que les hommes, surtout si elles avaient le cran de faire un travail d'homme. Pauvre vieux Joe, il n'avait jamais eu de chance ni de cervelle, mais ils lui avaient offert un bel enterrement. Quelle façon de partir ! Se faire trucider par un voyou dans un bus. Ça devait être un débile, un de ceux qu'on foutait à la porte des asiles qui fermaient tous les uns après les autres. D'une certaine manière, par un chemin obscur et logique, ça en revenait à une autre version de « eux » et de « nous ».

— On n'est pas obligées d'être amies, dit prudemment Helen à Mary Secura. C'est pas une partie nécessaire de l'arrangement, et c'est même pas sûr que ça aide. Mais il faut qu'on puisse communiquer. C'est ce que dit mon patron.

Elle dit cela avec le sourire. Mary la récompensa avec un semblant de sourire. Il y avait des tas d'excuses qu'elle ne pouvait pas se résoudre à présenter. Tout ce fric que Cath avait. Bien sûr, Helen West l'avait payée. Mary était subjuguée, respectueuse, même, elle donnait l'impression d'avoir perdu un peu de sa flamme, comme une convalescente. Malgré la fougue de Mary quand elle était bien portante, Helen espérait que sa convalescence serait provisoire. Elle préférait de loin une femme pétant le feu dans toutes les directions. Tout ce à quoi Mary pensait, dans un état proche de la culpabilité, le choc encore présent à l'esprit, désormais recouvert par ses barricades défensives, c'était que l'habileté d'Helen West à tendre l'autre joue la mettait en rage. La trentaine envolée, grillée, voilà à quoi en était réduite Helen West. Elle ne voulait pas lui ressembler.

— L'affaire Rix. J'arrive pas à y croire. Shirley à peine refroidie qu'il se trouve une autre femme, et elle a déjà porté plainte. Incroyable. Il doit être complètement fêlé.

— C'est pas la nouvelle qui a porté plainte, c'est sa sœur. Et il était déjà avec elle avant d'avoir été accusé de battre Shirley. C'était un à-côté, si on peut dire. J'ai l'impression que Shirley l'avait découvert. Ça a été le premier point de rupture, j'imagine, et le comble ça a été le gosse. Pas les coups.

— Bon, il va nous falloir des confirmations. On ne peut pas le poursuivre uniquement sur un rapport médical et la plainte de la sœur. Tout ça, c'est des témoignages de seconde main.

Mary hocha la tête.

— Alors, faudra attendre qu'il recommence, c'est ça ?

— A moins que la victime nous fasse une déposition, oui.

— Entendu. Affaire suivante ?

La raison pour laquelle Redwood encourageait des rencontres entre la police et le Crown Prosecution Service (dans leurs propres bureaux, bien sûr, Dieu interdisait que son personnel aille dans les locaux de la police) aux stades précoces d'une affaire n'était pas un grand mystère. Après la mêlée d'en face, la police était soudain devenue une alliée. Lors d'une réunion, Redwood avait déployé une éloquence lyrique. Vous avez tous vu la bagarre dans les bureaux d'en face, avait-il annoncé à l'assemblée. Du moins, à en juger par la foule agglutinée aux fenêtres, la plupart d'entre vous l'ont vue. Deux femmes qui se crêpent le chignon, qui se griffent, se mordent, jusqu'au sang, en fait. Des hommes qui interviennent, vous vous rendez compte ; on entendait les cris d'ici. Un imbécile de chez nous, un jeune faraud dont je tairai le nom, a traversé la rue, pour aider, a-t-il dit, parce qu'un pauvre bougre à lunettes avait tout le monde contre lui. Il a récolté un œil au beurre noir pour sa peine ; vous voyez bien qu'il faut avoir une ligne directrice. Ainsi, si vous voyez de sales affaires se dérouler au tribunal ou dans votre vie quotidienne, ne vous en mêlez pas ; appelez aussitôt la police. Les policiers sont faits pour ce genre de chose ; ils aplaniront la situation en moins de deux. Ils sont là pour s'occuper des atteintes à l'ordre public. Nous, nous sommes au service de la justice, ce qui est une tout autre affaire.

Redwood n'avait pas vu ses subalternes se plaquer un mouchoir sur la bouche pour retenir leurs obscénités, ni Helen griffonner distraitement dans son coin. Elle s'était demandé si elle aurait un accès de violence si, après leur récente brouille, elle entendait des commérages sur Bailey et une autre femme. Perdue dans une troupe d'hommes en costume gris, Helen regrettait Bailey. Est-ce que la jalousie, aussi futile soit-elle, la pousserait à griffer le visage d'une rivale ? Elle avait fermé les yeux et avait ressenti sa propre sauvagerie. Oui, elle l'aurait fait.

Mary ramassa les dossiers et les photos, rangea le calepin dans son sac à main gigantesque et chercha une issue. Elle était mal à l'aise, avec tant de procureurs qui allaient et venaient à pas feutrés, et de connards en uniforme.

— Asseyez-vous cinq minutes.

Elle s'assit.

— Cath a tué son homme dans le bus, hein ? Vous étiez la seule femme policier qu'elle connaissait, vous avez assisté à l'interrogatoire. Alors ?

— Y a rien à dire. Je lui ai rappelé ses droits, je lui ai dit qu'elle n'était pas obligée de répondre, et elle n'a pas répondu. Personne ne se souvient de l'avoir vue dans ce maudit bus. Dans le dernier pub où ils sont allés, les témoins affirment qu'elle est partie avant lui, une bonne demi-heure avant, déprimée parce qu'il était saoul et qu'il avait renversé du whisky sur sa jupe. Rien ne dit qu'ils ont voyagé ensemble. Elle est retournée dans le studio de son frère, elle est sortie le lendemain comme d'habitude. Le studio a été cambriolé. Elle est donc retournée chez son bonhomme. Une nouvelle fois. Sauf qu'il était déjà mort, mais elle ne l'a appris que quand Bailey lui a dit. C'est là qu'elle lui a montré le couteau.

— La baïonnette ?

— C'est ça. Vous avez causé avec Mr. Bailey ? demanda Mary, une note d'angoisse dans la voix.

— Non. Pas beaucoup. Je me suis surtout livrée à des devinettes. Et j'ai causé à votre ami Ryan.

— Qui ?

— Ah, peu importe. Vous allez me dire ce que vous pensez vraiment, oui ou non ?

Mary garda le silence, elle aurait voulu partir. Peut-être devait-elle quelque chose à cette femme, pour sa propre erreur de jugement. Pour le fait qu'elles s'étaient autrefois si bien entendues et qu'elles avaient besoin de se raccommoder. Et parce que c'était la petite amie de Bailey et que Mary voulait toujours travailler pour lui. Mais surtout parce qu'elle semblait déjà en savoir long.

— Peu importe ce que je pense, dit-elle. Mais c'est vrai, je crois que vous avez raison. Elle a pu le tuer. Pauvre conne. Je crois aussi que ça ne compte pas. Il le méritait.

— Cette baïonnette... commença Helen, puis elle s'arrêta.

Elle en savait assez sur la baïonnette. Ryan, quand elle tombait sur lui par hasard dans un couloir, était toujours prêt à lui faire plaisir, et, croyant qu'elle savait tout ce que Bailey pouvait savoir, bavardait avec un étonnant manque de discrétion. Par exemple, à propos de cette étrange baïonnette que Joe Boyce avait cachée à sa femme et que Bailey avait retrouvée dans un tiroir à couverts. Quel drôle d'endroit où la mettre !

— N'importe quel gros couteau aurait fait l'affaire, dit tout net Mary. Rien ne prouve que la baïonnette a jamais quitté l'appartement, ni qu'elle a été utilisée, sauf par Joe Boyce. Cath affirme qu'elle n'aurait jamais su comment l'aiguiser. Il aurait fallu une meule efficace la première fois, j'imagine. Joe jouait avec des trucs comme ça. Elle s'est retrouvée dans le tiroir aux couverts après le départ de Cath. Cath prétend que ça l'horrifiait, qu'elle éprouvait de la répulsion pour tout l'attirail militaire de Joe. Faut bien l'avouer, il y a un objet meurtrier dans tous les tiroirs à couverts.

Elle se releva, regarda les bureaux d'en face par la fenêtre d'Helen.

— Ils sont vachement proches, hein ? Au moins, on est plus en sécurité dans un bureau que dans une maison.

— Si vous le dites, marmonna Helen.

— Votre décoration est terminée ? demanda Mary pour mettre un terme à la conversation sur une note anodine. C'était du jaune, hein ?

— Oui, du jaune partout. Et chez vous, ça va ?

Mary était presque arrivée à la porte.

— Impec, dit-elle, désinvolte. Vraiment impec. J'avais l'intention de me débarrasser de ce cher vieux Dave, mais ça ne vaut pas la peine. Une femme seule... vous savez.

Michou Gat se hissa hors de la Jag, franchit les pavés de l'impasse d'un pas alerte et entra dans le Spoon. L'endroit brillait comme un sou neuf, si tant était qu'un sou neuf existât, et Michou n'était pas numismate. Cath savait vraiment polir le bar, on pouvait s'y regarder comme dans une glace, et elle n'avait pas le genre de bouille à faire fuir les clients. Au début, Michou n'avait pas été convaincue, mais elle avait changé d'avis. En outre, Cath ne remarquait pas les cartons de parfums bidon entreposés dans la pièce du fond, elle ne les époussetait même pas. C'était la bonne époque de l'année pour commencer à les stocker en prévision de Noël. Après ça, Michou irait faire un tour chez Harrods, pour y prendre quelques idées. Elle entra dans le pub entourée d'un nuage de Poison, le vrai, pas ses propres contrefaçons, elle se cogna presque dans un vieux bonhomme qui sortait. Il portait une casquette, il la souleva. Michou estimait que seuls ceux qui buvaient des demi-pintes saluaient encore ainsi.

— Faut faire gaffe avec ces vieilles barbes, dit-elle à Cath. Ça reste toute une journée, ça prend de la place et ça ne dépense rien. Ce qui nous faut, c'est des yuppies.

— Je sais, acquiesça Cath en hochant la tête. Mais les

yuppies aiment voir des vieilles barbes traîner ici, voyez. Ça donne un genre. D'ailleurs, y a des gens qui n'entreraient pas dans un pub s'il est désert. Il faut des piliers de bar pour meubler un peu.

L'espace d'un instant, Michou se demanda si Cath parlait de la décoration ou des habitués.

— Ouais, t'as peut-être raison. Je vais prendre un jus d'orange.

— J'ai pensé qu'on pourrait installer une machine à café, dit Cath. Les clients croient que ça les dessaoule, alors ils boivent un café, et ils recommandent une tournée.

— Holà, pas si vite, ma fille, dit Michou, admirative. Pas si vite. Tu crois que je suis cousue d'or ?

Elle compta la caisse. Pas mal, pas mal du tout pour la saison.

Il était temps de se réconcilier. Alistair l'avait dit. On ne peut pas se brouiller avec ses amis juste comme ça, avait-il dit. Ils sont trop rares et trop précieux. Je t'en prie, réconciliez-vous et invite-les à dîner.

— Oups ! soupira Emily, d'une voix un peu trop aiguë, le maintien mal assuré, un peu saoule.

Elle se dit que l'épreuve était si difficile qu'elle méritait un autre verre. Elle repassa en esprit des images inquiétantes, en rapport avec le conseil d'Alistair à propos de l'amie Helen West qui était, après tout, plutôt bien foutue, qu'Alistair admirait à sa manière distante, et qu'il avait mentionnée deux fois, indirectement, au cours des deux ou trois dernières semaines. Mieux valait prendre les devants. Il n'était jamais bon pour une femme dévouée que son mari perde la tête comme elle l'avait fait elle-même. Les hommes sont comme des parasites à la recherche d'une nouvelle plante : inutile de dire les ravages qu'ils feraient. En outre, elle avait une conscience, même si cette conscience ne la troublait jamais.

Chère Helen,
D'accord, je me suis conduite comme une fieffée

garce, et j'ai été anéantie d'apprendre ce qui est arrivé au mari de Cath, mais tu me manques. Est-ce qu'on ne pourrait pas déjeuner ensemble un de ces jours ?

Il y eut une pause, l'écrivain, la plume levée, le regard absent. Non, ça ne marchait pas. Il fallait faire plus long, bavarder un peu, regagner Helen. Lui faire savoir que la vie continuait à son rythme endiablé habituel, faire qu'elle se sente concernée.

... Jane envoie des baisers à Bailey, la coquine...

Nouvelle pause, puis Emily sourit et écrivit avec fièvre, comme elle savait si bien le faire quand elle parlait de ses enfants.

> ... C'est vraiment une coquine, tu sais. Tu n'as pas idée combien les enfants aiment jouer avec la vérité. Nous pensons à dresser un tribunal dans la cuisine, on verra si chacun dit la vérité ou raconte des bobards ! Le témoignage des uns contre celui des autres, c'est la seule manière ! Sinon, c'est invraisemblable ce qu'on arrive à croire quand on veut. Je ne sais pas comment j'ai pu penser autant de mal de Cath, sinon pour ses drôles de mauvaises manières et son odeur, un peu comme des toilettes d'école après un bon nettoyage, t'imagines ? Une école ou une prison, mais tu t'y connais mieux que moi pour les prisons...

Helen imagina que ça avait dû coûter à Emily d'écrire une si longue lettre alors qu'elle était tellement occupée, mon Dieu, mais comme Helen n'était pas mère, ni maîtresse de maison, ni rien de tout ça, simplement une observatrice extérieure, elle avait le temps de lire son courrier quand ça lui plaisait, or elle n'avait pas envie de le lire pour l'instant. Elle avait toute la vie pour cela. Même si la lettre était accompagnée d'une offre de paix pour réparer le jugement à l'emporte-pièce d'Emily, qui avait peut-être poussé Cath sur la voie de la violence désespérée. Helen sentit qu'Emily Eliot ne méritait pas tout à fait le pardon et la réconciliation par retour de courrier. Elle ne voulait pas davantage s'absorber dans les nouvelles de la famille, destinées à la séduire. Le reste de la lettre attendrait. Ainsi que le cadeau qui l'accompagnait, un petit coffret, du savon, parfumé sans doute.

Le soir, la pièce semblait être redevenue familière avec une aisance sinistre. Il y avait des peluches et une fine couche de poussière dorée sur chaque chose, qu'Helen ne pouvait se résoudre à nettoyer. Personne d'autre ne ferait le ménage, elle en était sûre. Quelque part dans Londres, deux jeux de clés se baladaient, celui de Bailey et celui de Cath, mais cela faisait longtemps qu'elle devait changer de serrure, de toute façon.

L'appartement était différent, c'en était impressionnant. Après quelques semaines, les surfaces n'étaient plus aussi immaculées, des verres renversés, un peu de négligence, elle ne se sentait plus autant obligée de s'essuyer les pieds en entrant, ni de se peigner chaque fois qu'elle passait devant une glace. Une lumière dorée s'engouffrait par la fenêtre de la cuisine, et scintillait sur les verres à vin légèrement maculés. Prochain achat, une machine à laver la vaisselle. Le frigo haletait toujours comme pour accoucher et son efficacité était très modérée, pas encore un grave problème vu le peu qu'il y avait dedans.

Ce qui expliquait peut-être la venue de Bailey, son instinct de retour au bercail faisait des heures sup, un sac en plastique à la main comme s'il s'imaginait utiliser le boire et le manger en guise de mot de passe après tout ce temps. Elle vit ses pieds dans la rue, se demanda comment il réagirait si elle lui laissait le temps de s'apercevoir que sa vieille clé n'ouvrait plus, tout en sachant qu'elle ne le ferait pas attendre ; elle lui fit un signe par la fenêtre et lui ouvrit la porte.

Scène cinquante-cinq. Bailey arrive par la porte de devant, se prend les pieds dans la nouvelle moquette, se rétablit, fait une entrée cocasse dans le salon aux murs badigeonnés d'un jaune suave, et laisse tomber son sac. Il ne hoquette pas vraiment d'étonnement, utilise les mots avec parcimonie, surtout des jurons proférés par quelqu'un qui vient d'éviter une chute.

— Dieu du ciel ! Qu'est-ce que t'as fait là ? C'est tout propre. C'est du jaune, non ?

— Je suis contente que tu aimes ça, dit Helen. Sympa de ta part de le remarquer. Tu l'as déjà vu, mais tu ne dois pas te rappeler. Où as-tu traîné ?

Elle dit cela comme si son absence avait duré quelques heures, et non des jours entiers, bien trop à son goût.

Il prit un air de chien battu, tourna les talons et se dirigea vers la cuisine. Helen resta où elle était. Il y eut un bruit de bouchon, puis d'autres jurons étouffés alors qu'il fouillait dans les placards réorganisés. Helen avait traversé des périodes de désespoir, de dépression, toute forme d'amour-propre accentuée par son absence ; désormais, elle se sentait d'humeur légère, les balbutie-ments d'un rire montaient dans sa gorge pendant qu'elle l'écoutait s'activer. Sa fierté en prenait un coup. Il repa-rut avec un plateau de verres, et une bouteille de bulles.

— Qu'est-ce qu'on fête ?

— Rien. Pourtant, si on doit fêter quelque chose, ça sera d'être encore en vie et presque sains d'esprit. Y a rien à fêter, rien, mes couilles.

Un silence tomba. L'une des choses qu'elle aimait chez Bailey, c'était son aptitude au silence. Cela ne le gênait pas, pas plus qu'elle, et il avait besoin de silence pour trouver les mots justes.

— Elle l'a tué, et tu as truqué sa déposition, c'est ça que tu voulais me dire ?

Il la regarda d'un air surpris, avala une bonne rasade de vin et toussa.

— Oui et non. Euh, non, c'était pas ce que j'allais dire en premier. J'allais dire, je crois qu'on devrait se marier. J'ai ce réveil à la maison qu'est reparti au rythme d'un jour à l'heure, et je ne pourrai pas l'arrêter avant que tu acceptes.

— Tu es un menteur.

— Pas plus que toi. Tu m'as menti sur la présence de Cath chez toi le lendemain de la mort de Joe Boyce. Elle me l'a avoué dans la voiture. Pour ce que j'en sais, tu avais l'histoire de la baïonnette au bout des doigts et tu n'as pas voulu m'en parler non plus. Tu l'aurais fait si ça avait dû m'amener au bon résultat. Lequel n'est pas, de la façon dont je vois les choses, qu'une misérable femme de ménage, avec une vie misérable, soit emprisonnée pour avoir fait à son mari ce qu'il avait fait à son frère. Même si on avait pu le prouver, ce qui n'est pas le cas.

Helen acquiesça, certes à contrecœur, mais avec fermeté. Deux ans auparavant, se dit-elle, je n'aurais jamais consenti. J'ai toujours cru qu'il fallait laisser un jury décider. Pourquoi ai-je changé ? La culpabilité fausse le jugement, à moins que ce ne soit de l'arrogance ? Nous sommes peut-être devenus plus cyniques l'un et l'autre.

— Je voulais te dire... commença-t-elle.

— Chut, l'avertit-il. Ne le fais pas. On efface l'ardoise et on repart à zéro, d'accord ?

Et il disparut de nouveau, tel un maître d'hôtel, pour s'occuper de la bouteille suivante. Helen disposait de grands verres, une seule bouteille de bulles partait en moins de deux. Helen tripota le rideau, près de son fauteuil. Tout cet effort, toutes ces dépenses.

— Je ne crois pas que tu pourrais vivre au même endroit que moi, lança-t-elle.

— Moi non plus, cria-t-il depuis la cuisine. Quel rapport ? On peut être mariés et vivre chacun de son côté. La famille royale fait ça tout le temps. Du moment que chacun sait où est l'autre et qu'on se retrouve de temps en temps.

— Oui, comme ça, c'est peut-être une bonne idée. J'aurais dû te demander en mariage depuis longtemps.

Il revint dans la pièce.

— Si ça veut dire oui, Dieu soit loué. Je ne pourrais jamais recommencer ma demande. Tu dois être dingue d'accepter.

— Tu dois être dingue de le proposer.

C'était idiot et singulièrement embarrassant d'être soudain au bord des larmes. Il lui dégagea le front, embrassa sa cicatrice, s'écarta et sourit de son immense sourire. Elle remarqua qu'il tremblait.

— Tu sais, je suis resté dans mon appartement merdique, à m'arracher les cheveux, à me demander si j'arriverais un jour à faire les choses correctement.

— Oh, mais tu les fais. C'est moi qui merde. Je fais tout de travers.

Il s'esclaffa, cri rassurant de joie.

— Qui sait ? Bon, ne bouge pas, et sois une mine d'or cachée, dans ce cas. Qu'est-ce que tu veux pour dîner ? Non, pas tout de suite, plus tard.

— Euh, manger suffirait.

— Je pourrais vous faire un bon sandwich, dit d'un ton engageant Cath au colonel. On pense à en vendre, vous savez, mais attention, des sandwiches de qualité. Ils ont du pain délicieux au coin de la rue.

Le colonel refusa poliment.

— Je suis navré pour votre mari, dit-il pour la quatorzième fois.

Il l'avait déjà dit avec plusieurs intonations d'incrédulité ces dix derniers jours, quand ça lui prenait. Le colonel avait un penchant singulier pour les veuves, même lorsque leur engagement récent dans son point d'eau impliquait que les tournées n'étaient plus à l'œil. Néanmoins, elle était gentille avec lui, elle aimait avoir de la compagnie l'après-midi, disait-elle, elle le rendait protecteur, et le laissait piquer un roupillon au soleil tant qu'il était encore temps. Les nuits commençaient à rallonger, lui dit-il, comme si elle n'avait pas eu l'occasion de s'en apercevoir d'elle-même. Avait-il été affreusement insensible en lui disant que son deuil finirait un jour, et que ce jour-là, elle pourrait songer à se remarier ? Il s'entendait encore le lui dire, il n'y avait pas cinq minutes, avant qu'elle ne lui propose un sandwich, c'était donc qu'il ne l'avait pas fâchée, après tout. Les impatientes, impatientes de mourir. Il y avait des fleurs nouvelles dans les jardinières, des plantes odoriférantes. Ça lui tournait la tête.

Cath loucha vers lui, il piquait du nez. Il avait sans doute un ou deux shillings dans la pierre, supposa-t-elle, mais, tout de même, il était un poil trop vieux. Elle ne se voyait pas en train de se déshabiller et de lui montrer sa cicatrice, aussi gentil soit-il, pauvre vieux. Sans compter qu'il était sourd, même s'il savait écouter, et en dormant encore. Elle avait besoin de quelqu'un qui sache l'écouter sans l'entendre, elle caressa sa main grêlée de taches de rousseur pendant qu'il fermait les yeux.

— Vous ne comprenez pas, monsieur le colonel. Non, vous ne comprenez rien, et c'est tant mieux, parce que ça vous ferait pas du bien à la santé si vous compreniez. Bien sûr que je suis en deuil. Je l'aimais. Ou du moins, je l'aimais à ma façon. Mais il y a deuil et deuil, pas ? J'aimais Damien, voyez. Je l'aimais comme une malade. J'aurais pas pu en aimer un autre comme ça. Il m'a mise enceinte, il m'a foutue en cloque, et m'a laissée me démerder toute seule ; j'ai perdu le bébé et j'ai récolté cette bon Dieu de cicatrice. Je pouvais assurer à l'époque, voyez, même si on ne peut plus se regarder tout à fait pareil. On ne vaut rien avec un ventre comme le mien. Du moins, c'est ce que je ressentais quand j'avais quinze ans.

Elle sirota un Bloody Mary. Deux par jour, c'était plus qu'assez, plein de Worcester pour lui donner du mordant, c'était bon pour une fille. Mieux qu'un repas. Tiens, le verre était fêlé, fallait qu'elle se souvienne de ne pas trop jouer des muscles en lavant la vaisselle.

— Mon seul et unique amour, reprit-elle rêveusement. Il m'envoyait de l'argent, il rentrait à la maison, il s'occupait de moi, il m'avait trouvé le job à l'hôtel, il m'a trouvé Joe, et Joe m'aimait. Comme il m'aimait ! Jusqu'à ce qu'il découvre. Enfin, il croyait avoir découvert que j'allais encore avec Damien, mais il n'osait pas le dire, il me frappait à la place. Bon, je n'étais pas contre le fait d'épouser Joe, parce qu'une femme doit se marier ; Damien avait raison, faut s'y faire.

C'était si réconfortant de parler au colonel. Les vieux, avec leurs valeurs démodées, ils comprennent plein de choses. Sur la respectabilité, le statut, tout ça. Pas comme les yuppies du bar.

— Je croyais qu'il faisait ça dans mon intérêt, voyez. Je parle de Damien. Mais ce que j'ai pas supporté, c'est quand j'ai compris qu'il se débarrassait de moi. Il maintenait Joe en état de marche si je me plaignais ; enfin, Joe n'y pouvait rien s'il avait du mal à remplir sa part du contrat et qu'il devait se battre pour y arriver, pas vrai ? Il était comme ça, et il m'aimait. Il aurait fait n'importe quoi pour moi et moi pour lui. Mais quand il est devenu pire, je suis allée montrer mes bleus à Damien, et, euh, Damien m'aimait pas avec des bleus. Cette putain de cicatrice, d'accord, mais les bleus, non, ça le débranchait. Pensez, lui, un champion de boxe !

Elle laissa échapper une sorte de rire goguenard. Le colonel s'agita. Cath ramassa le cigare dans le cendrier et l'écrasa avec fureur.

— Me larguer ! Avant, il me sortait au moins, même s'il se marrait mieux avec ses copains. Me larguer ! Je restais dehors, devant le pub, et je les attendais, lui et Joe, surtout lui. Après tout ce qu'il avait fait. Et après tout ce que j'avais fait pour lui. Il voulait me plaquer, me foutre au rancart. J'étais la seule qui l'aimait vraiment, et il voulait me... Quelle heure est-il ?

Le colonel remua dans son sommeil.

— Je suis navré pour votre mari, marmonna-t-il.

Cath lui attrapa le poignet, regarda sa vieille montre, et remit avec précaution son bras en place.

— Ça va, il est encore tôt. Je regardais l'heure quand j'attendais. J'avais une montre ; Joe l'a fracassée. Joe est sorti du pub, il sortait toujours avant les autres au cas où ils l'auraient laissé à la traîne, vous pigez ? Cette nuit-là, il est rentré chez nous en deux minutes en faisant le tour de la piste, c'était un athlète, mon Joe, mais il était en colère, voyez. Il me dit qu'il va y avoir de la bagarre. Il s'endort en moins de deux. Il faut sauver Damien, je me dis, ce pauvre imbécile est dans la merde. Mais quand je fonce dans le parc, c'est la fin de la bagarre. Je vois mon Damien s'en aller en titubant, à peine blessé, un peu essoufflé, tout ce bordel pour rien, et il s'assoit contre un arbre. Je me dis : toi mon salaud, et d'un coup je sais ce que je veux faire. Lui refiler la cicatrice qu'il m'a faite. Alors c'est ce que j'ai fait. Je l'aimais. Il m'aimait. C'est pas compliqué. Il aurait jamais dû me plaquer. J'aurais pas pu vivre, sachant ça. Il m'abandonnait cette bagarre, laissant tous les autres avec des cicatrices.

Elle se tapota le ventre, aspira à fond pour le rentrer.

— Bien sûr, je savais que Joe avait cette espèce de baïonnette dans sa sacoche. Il l'avait toujours, il en était fier, je savais où la trouver.

Elle regarda le mégot de cigare d'un air de regret. Fumer, ça serait agréable, mais penser à fumer équivalait à avoir des pensées cochonnes et ce n'était pas son genre. Les pensées cochonnes étaient aussi pernicieuses que celles de quelqu'un qui la croirait capable de voler.

— Il n'arrêtait pas de hurler, dit-elle en claquant la langue en signe de désapprobation. Il n'avait jamais eu le sens de l'autodiscipline. Ça m'a pris un temps fou et j'étais en nage, je peux vous le dire. Un tel raffut ! Ça faisait rien, personne n'écoute jamais dans ce coin, je ne sais même pas pourquoi Joe s'est réveillé et est venu jeter un œil, mais il est venu. Il a été vachement sympa avec moi, après, il m'a fait couler un bain ; mais sa gentillesse — il voulait me protéger, dire que c'était lui qui l'avait fait — ça n'a pas duré. Il voulait réellement dire que c'était lui, mais j'ai pas voulu le laisser cacher la baïonnette. Je l'ai planquée dans le seul endroit auquel j'ai pu penser, dans un jardin. Où j'aurais pu la planquer ? Où est-ce que j'avais le droit d'aller ? Et j'ai laissé sa chance à Joe, vrai, je lui ai laissé sa chance. Je voulais qu'il soit comme Damien, je voulais qu'il essaie d'être comme Damien avait été autrefois, quand il m'aimait autant que je l'aimais, mais il a pas pu. Et je ne pouvais pas m'empêcher de continuer à aimer Damien, même s'il était mort. Ça dure jamais, hein ?

— Quoi ? fit le colonel en sursaut.

— Les gens qui sont gentils avec vous, cria Cath. Alors, vous le voulez ce sandwich ?

Il était trop vieux, quel dommage. Sinon, il aurait été parfait.

Pendant la nuit, le vent se leva. Helen avait oublié de défaire la grille qui recouvrait la fenêtre de sa chambre. Le bruit du vent rappelait celui d'un animal sauvage raclant le grillage. Alors, ils allèrent se faire des œufs brouillés et les mangèrent au lit. Ils avaient oublié de dîner ; le jour finissant avait masqué leur gaucherie soudaine. Désormais, il faisait noir. L'automne avait commencé à souffler contre les vitres.

— Je pourrais vivre sans ces machins, dit Bailey en pointant sa fourchette vers les grilles avant de tartiner un toast calciné.

— Tu n'es pas obligé de vivre avec.

— Non, pas tous les jours, mais il y a de meilleures solutions. Le double vitrage, par exemple, c'est plus agréable à l'œil. Je peux te l'installer. Ah, tu as de jolis rideaux. Ils sont nouveaux ?

— Tu ne remarques donc jamais rien ?

— Si, toi. Tu ne changes pas, quoi que tu mettes. Ça, je l'ai remarqué. Appelle ça une vision aux rayons X, si tu veux, mais j'aime aussi ce que tu portes. Et je t'aime, toi. Tu me plaquerais demain que je le penserais quand même. Je t'aimerais de toute façon. Et même si tu t'effrayais et même si tu mentais. Tu as toujours de bonnes raisons. Certainement en rapport avec le fait d'être bonne. Je n'en dirais pas autant d'un homme bon. Tiens, retire cet œuf de la couette.

Elle renversait ses œufs brouillés en essayant de couper un toast.

— Mary Secura pense que je suis grillée en tant que femme.

Il s'étouffa sur son café, une idée lui traversa l'esprit : devrait-il lui parler de sa mutation au Service des Plaintes ? Il fixa son choix sur une réponse.

— Elle n'écoute pas ce que tu dis, et elle ne couche pas avec toi non plus. Dieu merci. Comment pourrait-elle savoir ? Est-ce que les œufs ne voyagent pas ?

Les œufs à la coque explosent comme des bombes, se souvint Helen. Brouillés, ils ne vont pas plus loin que le tapis où ils attirent un chat fanatique du beurre. Elle sauça son assiette.

— On avait raison pour Cath ?

Il se leva et mit le chat dehors, donnant un coup de pied dans la peinture fraîche de la porte.

— Oui, je crois. Pourquoi ? Pas toi ?

— Parce qu'il nous manque un jury pour l'attester, voilà pourquoi. Il aurait dû y avoir un jury. Les preuves, tous les garde-fous qui devraient exister avant le jugement dernier. Sinon, c'est de l'arrogance.

Il hocha gravement la tête.

— Je sais. Il y a des exceptions, toutefois. Viens là. Je n'aime pas le doute. Je ne le supporte pas. Tu te rappelles ce que je t'ai dit ? J'ai cru autrefois que si tu ne m'épousais pas j'en mourrais, je le crois encore une fois par jour. Tu veux un jury ? Tu veux que ce soit officiel ?

Délicieuse matinée, qui montait crescendo contre les fenêtres du jardin, exigeait qu'on la voie. Premiers frimas, et un gros cancrelat qui courait au suicide en se dirigeant vers la cuisine. Il y avait bien trop de lumière. Helen West, bientôt mariée, qui traînait, vêtue de tulle, marchant sur les nuages, fatiguée comme jamais, prête à tout. Même au courrier de la veille, un truc à lire en attendant que l'eau chauffe. Prémunie contre tout. Même contre les circulaires, et les restes de la lettre d'Emily :

... Eh bien, pendant que tu te débats avec ta propre version de la vraie vie, j'ai beaucoup réfléchi à la mienne, et j'ai pas mal d'excuses humiliantes à faire. Par exemple, m'apercevoir que ma benjamine est une mythomane, mais on devrait peut-être dire qu'elle est créative. Tu comprends, je ne la croyais pas capable de voler le parfum, c'était pourtant elle, elle l'enterrait. Alistair l'a découvert quand il a remarqué des traces de terre retournée et qu'il a creusé pour voir si cette petite idiote n'avait pas enfoui la drôle de baïonnette qui avait disparu. Quand on met le nez de Jane dans ses mensonges, elle est absolument épouvantable ! Elle invente autre chose ! Oui, elle avait bien pris la baïonnette (il fallait d'abord qu'elle l'ait trouvée, je suppose donc que c'était la sienne), mais Jane étant Jane, il fallait qu'elle dise qu'elle ne faisait que la rendre à Cath, parce qu'elle avait vu Cath l'enterrer là. Je te demande un peu ! Ça, c'est le pire mensonge de tous, parce qu'elle avait toujours affirmé qu'une espèce de bonhomme l'avait mise là, ah, elle est impossible. Enfin, je suis soulagée d'être débarrassée de cette vieille chose, elle était affreusement aiguisée, et Jane n'aurait jamais dû jouer avec.

Navrée de radoter, mais la vie n'est pas un lit de roses. Cath me manque énormément. L'histoire de la baïonnette me rappelle une des raisons pour lesquelles elle me manque. Je veux dire, elle faisait plein de trucs pour moi en rentrant chez elle. Elle savait où faire faire les choses. Un jour, elle m'a fait affûter tous mes couteaux, un truc qu'on peut faire plus facilement dans l'East End que par ici ! Ils sont émoussés, maintenant, et bien sûr la bouilloire fuit. Alors, permets-moi de te demander un service, mais je te connais, fidèle comme tu es, tu vois peut-être Cath. Peux-tu lui rendre ses flacons de parfum ? Je sais qu'elle ne les a pas volés. C'est le moins que je puisse faire pour m'excuser. Elle a dû les apporter le jour où Jane les a trouvés dans son sac. Nous sommes sûrs qu'ils ne sont pas à nous, vois-tu, parce que ce sont des contrefaçons... ! C'est ça qui nous a mis la puce à l'oreille, pour Jane.

Helen lisait, la hanche coincée contre le plan de travail, et, s'étant tournée vers le mur, le coin du plan s'enfonçait dans son ventre, douloureusement. C'était un coin arrondi, mais cela lui faisait tout de même mal. Le contenu de la lettre aussi. Elle avait besoin de la concentration de cette légère douleur pour réfléchir. A Cath, à son faux parfum, à son odeur de sainteté. Cachant dans un jardin un couteau qu'elle savait affûter, un fait qu'elle avait nié. Pourquoi le cacher si elle ne savait pas comment Joe s'en était servi ?

Parce que c'était elle qui s'en était servie ?

— Non ! cria Helen. Non, non, OH, NON !

Achevé d'imprimer en juin 1998
sur presse Cameron
*par **Bussière Camedan Imprimeries***
à Saint-Amand-Montrond (Cher)

N° d'édition : 6666. N° d'impression : 983043/1.
Dépôt légal : mai 1998.

Imprimé en France